로맨스 푸어

로맨스 푸어

펴 낸 날 | 2015년 6월 29일 초판 1쇄

지 은 이 | 이혜린
펴 낸 이 | 이태권
책임편집 | 곽지희
책임미술 | 양보은
펴 낸 곳 | (주)태일소담
　　　　　서울특별시 성북구 성북로8길 29 (우)136-825
　　　　　전화 | 745-8566~7　팩스 | 747-3238
　　　　　e-mail | sodam@dreamsodam.co.kr
　　　　　등록번호 | 제2-42호(1979년 11월 14일)
　　　　　홈페이지 | www.dreamsodam.co.kr

ISBN　978-89-7381-464-0　03810

이 도서의 국립중앙도서관 출판시도서목록(CIP)은 서지정보유통지원시스템 홈페이지
(http://seoji.nl.go.kr)와 국가자료공동목록시스템(http://www.nl.go.kr/kolisnet)에서
이용하실 수 있습니다.(CIP제어번호: CIP2015016261)

로맨스
푸어

이혜린 소설

Romance Poor

소담출판사

이 치열하고 냉혹한 시대,
감히 낭만을 꿈꾸다 최하층민으로 전락한 사람들을
우리는 '로맨스 푸어'라고 부른다.

| 차 례 |

1.
비상시국의
연애

남자의 입이 쩌억 벌어진다. 입가에 침이 뭉치는가 싶더니 윗입술과 아랫입술을 연결한다. 두툼하게 썰린 스테이크 한 조각이 한줄기 침을 뚫고 들어가 누런 백태가 낀 혀 위에 안착한다.

진짜 싫다. 하지만 여자 나이 서른둘이면 머릿속에 계산기 하나쯤은 있게 마련. 나는 고개를 살짝 떨어뜨린 채 생긋 웃었다. 아무것도 본 적 없다는 듯이. 지금 내 표정은 사랑스러울까.

입에서 포크를 빼낸 남자는 고기를 질겅질겅 씹다가 채 삼키기도 전에 입을 열었다. 핏물이 빠져 거무튀튀해진 고기 조각이 혀 위에 굴러다닌다. 나는 눈가에 힘을 줬다.

"왜 안 먹지? 이걸 또 언제 먹어본다고. 나도 큰맘 먹은 거야."

나는 양 입가에 힘을 가하고 최선을 다해 귀 쪽으로 잡아당겼다. 남자는 거무튀튀한 걸 꿀꺽 삼켰다.

"너무 맛있을 것 같아서요. 모양부터 좀 음미하고 있어요."

내 목소리는, 적당히 여성스럽다. 그새 남자는 다른 조각을 또 입에 집어넣었다. 입이 잠시도 쉬지 않는다.

"거참, 촌스럽기는. 시국이 어느 땐데 음미를 하나. 있을 때 한 조각이라도 더 먹어야지. 이런 기회가 어디 흔하나?"

마지막 단어를 말함과 동시에 엄지손톱만 한 고기 조각이 남자의 입 밖으로 튀어나왔다. 남자는 테이블 위에 떨어진 그것을 집어서 입에 도로 넣는다. 나는 고기를 더 잘게 썬다.

"아니, 집게손가락에 힘을 더 줘야지. 그래갖고 잘리겠어? 아무리 한우라 해도 잘 안 잘리지."

알았다고. 너는 이 시국에 한우 스테이크를 처먹을 만큼 부자라고. 그런 대단한 네가 나랑 밥을 먹어주다니 가문의 영광이라고. 나는 못 이기는 척 고기를 한 조각 베어 문다. 인정할 건 인정해야 한다. 고기가 들어가자 내 위장은 힘껏 꿀렁거리며 축제 분위기다.

"맛있네요."

나는 새침하게 입을 다물었다. 자리에서 벌떡 일어나 너무 좋아 미칠 것 같다고 소리치고 싶은 걸 겨우 꾹 누른다. 요즘 마트에서 파는 8만 원짜리 출처 불분명 통조림과는 차원이 다르다. 고기가 마치 젤리처럼 입안에서 사르르 녹는다. 꿀꺽 식도를 따라 내려가는 고기의 부피감은, 내 생애 그 어떤 오르가슴과 비교해도 한 수 위다.

하지만 남자는 "맛있네요" 정도로 만족할 사람이 아니다. 시국 타령을 또 해대기에, 역시 회장님의 사회적 지위와 파워는 대단하다고 영혼 없는 소리를 해주니 그제야 입을 다문다. 영혼 없는 리액션은 내 전문이지만 지금만큼은 하기 싫다. 이 남자가 펀드를 들어 내 실적을 올려줄 것도 아니고 직원 친절 지수 설문 조사에 5점을 줄 것도 아닌데 내가 왜 이딴 소리까지 해야 하나.

"다영 씨한테 빨리 우리 집을 보여줘야 할 텐데 말이지."

여기서 '우리 집'이라 함은 강남 서래마을에 있다는 120평짜리 아파트를 말하는 거다. 이 남자 앞에서 미량의 자존심이라도 지키겠다는 각오는 '우리 집' 세 글자에 무너진다.

"정말 대단할 것 같아요."

나는 얼른 대답했다. 사실, 이 남자에게는 더한 말도 해주어야 한다. 이 남자의 역할은 그깟 실적 하나 올려주고 직원 평가서에 스마일 스티커 따위나 붙여주는 것과는 비교가 되지 않는다. 내 남편이 되어줄 거다. 강남의 널찍한 아파트에 입주시켜줄 거다. 무제한으로 쓸 수 있는 신용카드를 쥐여줄 거다.

"그런데 오늘은……."

"그래, 우리 다영 씨 오늘은 피곤하겠지. 서명운동 하느라 다리 아팠을 테지. 그래, 오늘만 날인가, 뭐. 내가 이해하지."

남자는 전혀 이해하기 싫다는 표정으로 일어섰다. 불룩 튀어나온 배가 테이블을 조금 밀어내며 내 눈높이에 올라왔다. 나는 깜짝 놀라 같이 일어서려 했다.

"아니, 화장실."

남자는 무안한 듯 성큼성큼 걸어서 사라졌다. 하지만 이윽고 여기 화
장실이 어디냐고 묻는 소리가 쩌렁쩌렁 울렸다. 옆 탁자를 치우던 종업
원이 깜짝 놀라 뛰어갔다. 유독 동그란 눈이 툭 튀어나올 것 같았다. 화
장실 표기가 이렇게 작아서 어떡하느냐는 호통이 이어졌다. 극비리에 운
영되는 불법 식당에 화장실 표기가 대문짝만 할 리 없건만, 저 남자는 한
참을 신경질 낸다. 연신 고개를 숙이는 종업원의 모습 위로 내 모습이 오
버랩되는 듯하다. 나도 120평 아파트에서 저렇게 살게 될까.

감상에 젖을 시간은 없다. 나는 손바닥만 한 한우 스테이크를 한입에
욱여넣는다. 육즙이 입가로 흘러나와 얼른 손으로 훔쳐낸다. 고기를 채
씹지도 않고 꿀꺽 삼키고는 육즙이 묻은 손가락도 재빨리 핥는다. 고기
다운 고기를 먹은 게 언젠지 기억도 나지 않는다.

5년 전 여름, 이유를 알 수 없는 폭우가 중부지방을 강타해 산 빼고는
전부 물에 잠겼었다. 농사는 망했고, 가축은 다 죽었고, 서울엔 사람들이
시름시름 아프다는 소문이 돌았다. 전염병이 창궐할지도 모른다는 보도
가 계속됐다. 애완동물을 모두 없애고 일제히 채식에 들어갔지만 불길한
기운까지 불식시킬 수는 없었다. 인터넷에는 좀비가 나타나기 시작했다
는 웃기고 자빠진 글이 꾸준히 올라왔다.

손가락 열 개를 차례로 빨다가 어느새 옆으로 돌아온 종업원과 눈이
마주쳤다. 나 같은 여자, 그리 놀랍지 않다는 표정이다. 차라리 그녀가 가
장 놀란 표정을 지은 건 내가 식당에 들어섰을 때였다. 하긴, 낼모레 오

십인 부자가 데리고 나타난 트로피 와이프감 치고는, 서른두 살의 나는 거의 할머니로 보였을 것이다.

전화가 울렸다. 지난봄에 장만해 1년 가까이 매일 쓰고 있는 명품 백을 열어 휴대폰을 꺼냈다. 퇴근 후엔 절대 보고 싶지 않은 김 차장의 얼굴이 휴대폰의 투명 액정을 가득 메웠다.

"서명은 다 받았겠지?"

야밤에 전화하면서 '여보세요'도, '통화 가능하냐'는 질문도 모조리 생략하는 건 상사만의 특권이다.

"아, 아직."

"어쩌겠다는 거야? 내일은 오후에 반차도 써야 한다며?"

반차를 쓰겠다고 허락받은 건 무려 3주 전의 일이었으나, 그는 매일같이 읊고, 읊고, 또 읊으면서 내 사과를 새롭게 받아냈다.

"네, 죄송합니다."

"뭐, 별 같지도 않은 걸로 그렇게 오래 끌어?"

"내일이 선고일이니까, 이제 끝일 거예요."

"지금은 또 어디야? 이 시간에 나돌아다닐 정신은 있고 서명은 못 해?"

"죄송합니다."

"알아서 해."

"거의 다 됐……."

전화가 툭 끊겼다.

10년이 넘게 흘렀지만 아직도 고3때가 떠오른다. 특히 이럴 때면. 이 세상은 단 한 번의 수능으로 우리의 인생이 바뀔 것이라며 호들갑을 떨었다. 수능 백 일 전부터 엄마는 전국의 절이라는 절은 다 다니며 기도를 해댔고, 수능 날 아침에는 행여 1분이라도 늦어 내 인생이 망할까 봐 경찰 오토바이가 아빠 차를 비호해주기도 했다. 그 하루가, 내 남은 인생의 계급을 결정지어줄 것이라고 철석같이 믿었다. 그래서 나는 면도칼로 손톱 밑을 찔러가며 공부했다. 수능이 끝나고 어둑어둑해진 낯선 학교 정문을 나서면서, 나는 내 인생이 순조롭게 풀릴 것이라 확신했다.

숫자라면 질색하면서도 경영학을 전공하고 기어이 은행에 취업까지 했을 때만 해도 나는 잘 몰랐던 것 같다. 순조로운 인생을 만드는 숫자는 수능 점수나 학점이 아니라 통장에 찍힌 잔액이라는 것을. 나는 내 손톱 밑을 찌르던 면도칼을 빼앗아 질겅질겅 씹어대던 고등학교 동창이 발음도 하기 어려운 외제차를 산다며 3억 원을 현금으로 단번에 뽑는 광경을 보고서야, 고교 졸업 후 13년의 인생이 이상하게 흘러왔음을 실감했다. 그녀는 날 알아보고는 한참을 웃어대더니 한 달에 3백만 원짜리 펀드를 들어주고 갔다. 마치 먹다 남은 새우깡 반 봉지를 넘겨주듯이.

'먹을래? 아님 다른 데 버린다.'

나는 그녀 덕분에 그날 하루 실적 압박에서 한숨 돌릴 수 있었는데, 그렇게 느끼는 나 자신이 한없이 초라하게 느껴졌다. 그녀가 직원 평가표 4점과 5점 사이에 애매하게 붙이고 간 스마일 스티커가 날아와 내 관자놀이를 뚫어버릴 것만 같았다. 옆자리에 앉은 이 대리는 내 속도 모르고 저런 친구가 있다니 너무 부럽다고 한 소리 덧붙였다. 날 자리에서 일으켜 세워 반 친구들에게 "유다영의 반만큼만 해보라"고 호통치던 대머리 담임이 이 광경을 봤다면 뭐라고 해명할 것인지 궁금했다.

핸드백에서 서명지를 꺼냈다. 50명이나 채우라고? 미치겠네. 볼펜을 왼손으로 잡고 첫 칸부터 삐뚤빼뚤 이름을 써넣기 시작했다. 김 차장만 속이면 되는 거다.

유재석, 정형돈, 노홍철, 정준하, 박명수. 고등학교 때 내게 유일한 낙을 줬던 방송에 나온 사람들 이름이었다. TV와는 담을 쌓고 사는 김 차장은 이들의 이름을 알지 못할 것이다. 남은 한 명이 누구였는지 한참 고민하고 있는데 남자가 돌아왔다.

"많이 못 받았네?"

나는 서명지를 숨기지도 내놓지도 못하고 어정쩡한 포즈를 취했다.

"사람이 별로 없어서요."

"하긴, 이 시국에 누가 길을 걸어 다닌다고."

남자는 종이를 빼앗아 자기 이름을 휘갈겨 넣었다.

'이성욱.'

종이를 건네받으며 나는 엉겁결에 고개를 푹 숙이고 말았다. 한 달 전, 그를 감히 영접했을 때처럼. 남자는 그때나 지금이나 네가 VVIP를 상대하다니 꽤 영광일 게다 하는 표정을 짓고 있다. 하긴, 그날 지점장이 참치 회 무제한 리필을 있는 대로 처먹고 화장실에 나자빠져 있지만 않았다면, 내 신랑감 후보군에는 그저 그런 월급쟁이들뿐이었을 것이다.

"VIP클럽은 왜 문을 닫았지?"

"죄송합니다. 지금 잠깐 점검 중입니다. 30분 후면 다시 이용하실 수 있는데 기다리시겠습니까."

"30분이면 내가 얼마를 버는지 아나?"

"죄송합니다."

"지점장은 또 어디 갔지?"

"외근 중이십니다."

"나이가 몇 살이지?"

"네?"

"자네 말이야."

"서른둘입니다."

"으이구, 엄청 많네."

"……."

"그래도 어려 보이니 다행이네. 여자는 어려 보이면 돼. 언제 밥이나 같이 먹지."

나는 '너나 실컷 먹어라'와 '영광입니다' 사이를 잠깐 고민하다 미세하게 고개를 끄덕였었다. 미친 척 그에게 전화를 건 건 그다음 날이었다.

그날도 잠이 덜 깬 이 대리는 고객에게 백만 원을 더 넣어버렸고, 고객이 인사까지 다 하고 은행을 나선 후에야 그 사실을 깨닫곤 소리를 질렀다. 나는 이미 자취를 감춘 고객을 찾아 장거리 달리기를 한 후 고객에게 90도 인사로 사죄하고 백만 원을 돌려받았다. 발목을 살짝 접질려 욱신거렸지만 3년 후배인 이 대리에게는 비싼 밥이나 한번 얻어먹겠다고 큰 소리치며 자리에 앉았다. 정말 쿨한 선배가 아닐 수 없었다.

내가 지점장의 방에 들어간 것은 김 차장이 자기가 쓰던 물파스를 지점장이 가져갔다고 말했기 때문이었다. 나는 그저 탁자 끝에 놓인 물파스만 가지고 나오면 되는 거였다. 지점장은 또 본사에 들어가 대책 회의인지 뭔지를 하고 있었고, 그 때문에 빈 사무실엔 전화만 미친 듯이 울리고 있었다. 그날따라 나는 전화를 대신 받아주고 싶었다. 상체를 숙여 수화기를 집다가 물파스를 떨어뜨렸는데, 물파스가 데스크톱 마우스를 건드려 화면이 활성화됐다.

전화는 끊겼고, 그와 동시에 나는 보고 말았다. 지점장의 컴퓨터에 떠 있는 승진 대상자는 내가 아니었다. 하물며 이 대리였다. 나는 두 눈을 비비고 소매를 당겨 모니터를 박박 닦았다. 분명 이 대리였다. 저 능력도 없고 의욕도 없는 개새끼가 나보다 먼저 과장 타이틀을 다는 거다. 연봉도 천만 원 정도 오르겠지. 그럼 한 달에 83만 3천 3백 원이나 더 받아처먹는 거다. 내가 선배랍시고 산 밥이 얼만데. 얼마 전엔 그가 증발시켜버린 3백만 원을 메우는 데 보태라고 20만 원도 줬었다. 난 그런 여자였다. 시바.

점장이 돌아오자마자 나는 돌격했다. 내가 먼저 점장실 문을 두드린 건 입사 7년 만에 처음이었다. 나는 장염에 걸려도, 신종플루에 걸려도, 하다못해 검찰 출두령을 받아도, 그가 먼저 "들어가봐"라고 하기 전까지는 말도 걸지 않았다. 다시 한 번 말하지만, 난 그런 직원이었다.

처음으로 내 맞은편에 앉은 지점장은 이 대리의 실적이 어쩌고 입사 성적이 어쩌고 하며 한참을 떠들었다. 말이 안 된다는 건 물론 본인도 잘 알고 있었다. 궁지에 몰린 그는 이렇게 말했다.

"쟤는 결혼도 하잖아. 처자식 먹여 살리기가 얼마나 힘든데. 좀 봐줘라, 좀!"

한 달에 83만 원, 없어도 사는 데 지장 없다. 다음 승진 때 금방 따라잡으면 된다. 그런데 그땐, 마치 그 83만 원이 내 인생을 망친 것만 같았다.

"그거랑 승진이 무슨 상관이에욧!"

"그래서, 그만둘 거야?"

점장은 의외로 희미하게 안도까지 하는 듯했고, 난 그제야 눈치챘다. 외국계 기업에 먹히네 마네 하면서 '플렉서블 경영'에 목숨 걸고 있던 우리 은행 구조 조정 1순위는 바로, 연차가 높아 연봉은 많이 받아먹으면서 먹여 살릴 부양가족도 없는 30대 독신 여자였던 거다.

"회사 사정 알잖아. 승진 대상자들 다 승진시키면 은행이 휘청거려."

그의 엄살은 국보급이었다. 하긴, 내가 없으면 우리 신사동 지점이 돌아가지 않는다는 그의 엄살에 속아 넘어가 여의도 본사로 보내달라는 요청도 취소했던 게 나였다.

"회사 사정은 알아요. 그런데 왜 제가 아니라 이 대리가……. 아예 아무도 승진이 안 된다면 모를까."

"서슬 퍼런 요즘 같은 시대라도 가정은 지켜줘야지, 안 그래? 알 만한 사람이 왜 그래. 그렇게 이기적이어서는 곤란하다잉."

내가 왜 일면식도 없는 이 대리 신부 밥그릇까지 배려해야 하지?

"이기적이라뇨."

"막말로, 유 대리가 우리 은행 지키기 위해 한 일이 뭐가 있어?"

할 말을 잃고 일어섰다. 나는 참으로 정 많고 훈훈한 이 회사에 있는 힘껏 충성한다는 의미로, 은행 매각 반대 서명운동에 앞장서야 했다. 이쯤 하면 이타적이라고 봐주겠지? 연신 주위를 힐끔거리며 빨간 조끼를 입고, 가로수길을 점거하고, 매각 반대 투쟁에 동참했다. 나는 사실 이 촌스러운 조끼를 보고서야 내가 노동자라는 걸 실감했다. 실감하자마자 벗어나고 싶었다. 혈서도 아닌 것이 시뻘건 글씨가 가득 적힌 찌라시 3백 장을 받아들고 함박눈을 맞던 나는 정신을 반쯤 놓고 휴대폰을 꺼냈었다.

"이 회장님, 밥은 언제 사주실 거예요오오옹?"

벌써 밤 9시. 학동사거리 뒷골목은 귀신이라도 나올 것처럼 한산했다. 발렛 주차 요원은 이곳이 어마어마한 고위 관계자들만 상대하는 극비 레스토랑이라는 게 믿기지 않을 정도로 굼떴다.

"왜 이리 안 오지."

순식간이었다. 남자는 주차 요원에 대한 불만을 내뱉는 동시에 내 목을 잡아당겨 입안에 자기 혀를 집어넣었다. 기대도 안 했지만, 이건 너무 했다. 본능적으로 몸을 밀어내려 했지만 머릿속 계산기가 더 빨랐다. 그래, 밥을 네 번이나 같이 먹었으니 키스할 타이밍도 됐다. 나는 눈을 감고 상상했다. 강남 120평짜리 아파트에서 우아하게 한우 한 조각을 마음껏 빨아 먹는 모습. 물론 이 남자의 혀는 한우만큼 좋지 못했고, 나는 금방 눈을 떴다.

그리고 봤다. 피 칠갑을 한 주차 요원이 휘적휘적 모퉁이를 걸어 나오는 모습을. 그리고 입을 쫙 벌리고 우리를 향해 맹렬하게 돌진하는 모습을. 본능적으로 나는 이성욱의 몸을 주차 요원 쪽으로 밀었다. 그와 동시에 몇 걸음 떨어져 충분한 거리를 확보했다. 주차 요원은 저항하는 이성욱의 손목을 있는 힘껏 물었다. 나한테도 오려나? 나는 핸드백을 있는 힘껏 들어 올려 주차 요원의 얼굴을 가격했다. 아이씨, 아직 할부도 안 끝났는데. 하지만 문제는 그게 아니었다.

내 120평짜리 강남 아파트가 눈앞에 풀썩 자빠졌다.

•

팔에도 모공이 있다. 모공은 구멍이다. 구멍을 통해서 뭔가가 전염될수 있다. 내 왼쪽 손목에 주차 요원의 피가 잔뜩 묻은 핸드백이 닿았었다. 과산화수소 소독약 따위로 전염을 피할 수 있을까. 밤새도록 문질렀지만 알 수 없다. 응급실이라도 가고 싶었지만, 의사가 나를 격리실에 가둘지도 몰라 관뒀다. 나는 물티슈로 팔을 닦고 또 닦았다. 할 수 있는 건 그뿐이었다. 아직도 피부가 빨간 게 물티슈와의 마찰 때문인지, 전염병 증상인지 헷갈렸다. 무의식적으로 다리를 덜덜 떨었다.

탁. 그때 내 허벅지를 치는 남자의 손길. 옆에 앉은 변호사다.

"진정하세요."

나는 우리 동네 의류함에서 가장 낡은 코트를 훔쳐 입고 서초동 법정
에 앉아 있다. 얼굴에는 비비크림도 안 발랐다. 아파 보이려고 입술에만
하얗게 발랐다. 판사가 문을 열고 들어섰다. 나를 포함한 모든 사람이 일
어섰다가 판사를 따라 앉는다. 이 정도는 잘한다. 벌써 네 번째니까.

오늘은 선고 공판이다. 사람들이 어찌나 바글바글한지 가만히 있어도
땀이 흐른다. 이 사람들은 대부분 기자와 팬들이다. 물론 날 보러 온 건
아니고, 내 옆에, 옆에, 옆에 앉은 여자 연예인 때문이다.

나의 완벽한 플랜은 저 여자 때문에 다 망했다. 에볼라 바이러스도 아
닌 것이 걸렸다 하면 다 죽는 전염병이 돈다는데 의사들이 하는 말은 고
작 '비타민을 잘 챙겨 먹어라'였다. 비타민 주사는 동났다. 심각한 질병이
있는 사람만 맞는 걸로 바뀌었다. 그래도 부자들은 지들끼리 어딘가에서
잘도 구했다. 정부는 여유분을 학생과 군인, 저소득층부터 맞혔다. 내 몸
은 내가 챙겨야 했다. 가짜 처방전을 받는 조건으로 세 달치 월급을 썼다.
맞는 김에 태반, 마늘 등등 맞을 건 다 맞았다. 다 극비리에 이뤄지는 것
이었다. 저 무식한 년이 주사를 팔에 꽂고 인터넷에 셀카를 찍어 올리기
전에는. 경찰이 급습한 병원에서는 내가 대자로 뻗어 비타민 주사를 맞고
있었다.

셀카로 인생 망친 여자가 세상 제일가는 연기력으로 훌쩍이고 있는 동
안 나는 고개만 푹 숙이고 있다. 실은 이 까딱거리는 의자가 신경 쓰인
다. 톱스타 최유라 외 4인 중 1인으로 출석한 나는 피고석 끄트머리 보조

의자에 앉아 있다.

판사가 또 내게 이름과 생년월일을 불러보라고 했다. 벌써 공판을 세 번이나 진행했는데 얼굴을 외울 때도 되지 않았나. 어쨌든 나는 있는 힘 껏 내 생년월일과 주소를 외쳤다. 작게 말하면 크게 외치라고 또 한 소리 듣기 때문이다. 서른 넘은 이후로 내 생년월일을 밝히는 게 방귀를 뀌는 것만큼이나 부끄럽다. 벌게진 얼굴로 뒤뚱거리는 의자에 앉는데 유독 열심히 받아 적고 있는 기자가 하나 보였다. 아는 얼굴이다. 이번 비타민 불법 투약 사건에는 톱스타 외에도 대형 은행에 다니는 고위 관계자까지 연루됐다고 보도해 악플 6천 개를 유도해낸 놈이다. 물론 그 '고위 관계자'는 빨간 조끼 입고 매각 반대 서명운동이나 하고 자빠진, 그것도 한 달 83만 원에 집착하다 잘릴 뻔한 나다.

판사는 간밤에 노래방이라도 다녀왔는지 성대 결절에 걸린 것 같았다. 하긴, 요즘 재판 일정이 사상 최고를 기록 중이라고 들었다. 한참을 웅얼 거렸는데 이 말 하나는 알아들을 수 있었다. 징역 6월, 집행유예 2년, 사 회봉사 5백 시간. 뭣이 어째?

변호사는 무죄가 나올 것이라고 날 안심시켜둔 상황이었다. 검찰이 3년이나 구형해서 나는 거품 물고 쓰러질 뻔했는데, 변호사는 나를 유죄 로 몰아가기는 어려울 것이라고 확신했다. 내게는 건강 염려증이라는 특 수한 상황이 있었으니까. 그에 따르면 사회가 미쳐 돌아가는 판에 심신 이 약한 나는 이성적인 사고가 마비돼 평소라면 절대 하지 않았을 범행 을 저지른 것이었다. 더구나 지난달에 판결난 비슷한 사건도 무죄로 결론 났다고 했다. 그래서 마음을 놓고 있었는데, 뭐? 5백 시간? 이게 다 저 무식한 년 때문에 여론이 집중된 탓이다.

법정 밖은 아수라장이었다. 기자들이 수첩을 들고 이리 뛰고 저리 뛰고, 여배우가 울음을 터뜨렸다. 엘리베이터는 5층에 섰다. 여배우와 매니저는 엘리베이터에 탔다. 기자들이 아래층으로 날쌔게 뛰었다. 복도 한복판에 서서 머릿속을 정리하고 있는데 엘리베이터 문이 다시 열렸다. 최유라와 매니저가 도로 내렸다.

"타세요."

나는 별 생각 없이 엘리베이터를 탔다. 아무 쓸모도 없는 변호사는 화장실에 간다기에 그냥 내버려뒀다. 그리고 곧 1층에 도착했다. 엘리베이터 문이 열렸다.

젠장. 수백 개의 플래시가 터진다. 내 눈도 같이 터진 줄 알았다.

"저건 누구야?"

욕설도 날아들었다. 눈을 감았지만 계속해서 별이 번쩍였다.

"저리 비키쇼."

나는 눈을 감은 채 누군가에게 떠밀려 포토라인을 벗어났다. 누가 좀 치워주면 좋으련만, 허리 높이에 걸린 노란 줄을 고무줄뛰기 하듯 건너고 나서야 내 검은색 정장 치마가 심각한 수준으로 올라간 걸 깨달았다. 그나마 다행인 건 기자들이 어디론가 벼락같이 뛰쳐나가느라 내 팬티에는 눈길도 주지 않았다는 점이다.

눈을 끔뻑이며 좀 걷다 보니 1층 우체국 맞은편에 매달린 평면 TV에 내 얼굴이 나왔다. 엘리베이터가 열리고, 내가 내리고, 우악스럽게 눈을 찌푸리곤 휘청이는 모습이다. 자막으로 '여배우 최유라, 사회봉사 5백 시간 선고'가 떴다가 황급히 지워졌다. 그리고 이내 '속보—대학로 일대 괴바이러스 확산…… 긴급 폐쇄령'이라는 문구로 바뀌었다.

'유죄 안 나온다며? 위에 뭐라고 보고해야 되냐, 거참.' 김 차장.

'괜찮아? 뉴스 봤어. 어쩜 좋니. 아 참, 나 일주일 뒤에 결혼해.' 황소연.

택시는 꽉 막힌 도로 안에 갇혔고, 문자메시지는 끝없이 울려댔다. 3년 만에 연락해서는 나의 굴욕적인 뉴스 뒤에 '아 참'을 붙이고 이제야 기억이 났다는 듯 자기 결혼 소식을 알리는 대학 동창이 압권이었다. 네가 결혼하든 말든 관심 없다고 답을 보내려다 참았다. 나도 조만간 결혼을 해야 하고, 그 결혼식엔 하객이 한 명이라도 더 필요하다. 그러고 보니 좀 어이없긴 하다. 큰맘 먹고 혀까지 내준 신랑감이 좀비가 된 지금, 언제 있을지도 모를 내 결혼식 하객 수까지 걱정하고 있다니.

김 차장에게는 장문의 문자메시지를 남겨야 했다. 정말 최선을 다해 재판에 임했으나 어쩔 수가 없었다고, 회사의 명예를 위해서라도 항소하고 싶었지만 오히려 달게 벌 받는 모습이 더 좋아 보일 것이라는 변호사의 판단에 따라 즉시 항소를 포기하고 내일 당장 사회봉사를 시작하는 모범을 보임으로써 기자들에게 좋은 인상을 남기기로 결정했다고 알렸다.

사실 다른 방법이 없기도 했다. 낯선 사람들과 몸을 부벼야 하는 사회봉사는 당연히 자원자가 없었다. 그래서 법원이 사회봉사령을 미친 듯이 두드려대고 있다고, 나의 잘난 변호사는 이제야 말해줬다. 항소해봐야

봉사 시간만 더 늘 것이다.

김 차장의 답장은 금방 왔다.

'ㅇㅇ'

그래도 이응을 두 개나 찍어준 게 고마운 거다. 평소엔 한 개만 보낼 때도 있는데, 그럴 때마다 정말 휴대폰을 뚫어버리고 싶다.

신경질적으로 휴대폰을 눌러대다가 더 큰 실수를 저지르고 말았다. 엄마의 전화를 받아버린 것이다. 결혼한 남동생을 따라 거제도에 내려가 살고 있는 엄마는 우리 가문 역사상 가장 멋진 커리어우먼에서 가문 최초 범죄자가 된 내 팔자를 지극히 걱정했다. 물론 엄마의 걱정은 언제나 그랬듯, 나를 더 나락으로 처밀었다. 내 입에서 격한 말이 튀어나올 때 즈음, 다른 사람으로부터 전화가 오고 있다며 휴대폰 진동이 울렸다. 두 눈을 의심했다. 좀비가 돼 있을, 강남 120평 아파트였다.

120평은 손목에 붕대를 감고 있을 뿐, 멀쩡했다. 너무 멀쩡해서 이상할 정도였다. 그는 반쯤 마시던 커피 잔을 내려놓았다. 저 머그잔은 폐기해야 한다고 커피숍 알바생한테 알려야 할까. 어색한 공기가 흐르는 가운데, 120평은 자기 집으로 가자고 했다. 나는 움찔했다.

"저, 서명운동도 마저 해야 되고……."

"지금 서울 마비된 거 안 보이나? 저기 강북 쪽은 고립되고 난리라는데 무슨 서명운동이야. 거절 말고, 일단 우리 집으로 가지."

나는 엉겁결에 따라 일어섰다. 하지만 아직 아무 정보도 파악하지 못

한 상태다. 나는 넘어진 이 남자와 주차 요원을 두고 줄행랑을 쳤었다. 9센티짜리 하이힐 굽이 부러져 어디 날아간 것도 눈치채지 못한 채 빈 택시에 몸을 날렸었다. 그게 다였다. 그 순간 목격한 그게 다 뭐였는지도 몰랐지만 집에 돌아오자마자 한우를 덩어리째 토하고, 선고 공판 걱정을 하다가 잠들었다. 미안하지만 이 남자의 안위를 걱정하지는 않았다.

정말 좀비라는 게 있을지도 모른다. 중부지방 물난리 때문인지, 일본 방사능 때문인지, 미국 미친 소 때문인지는 몰라도, 뭔가 생기기는 했다. 정부도 미확인 바이러스가 생겼다는 것까지는 인정했다. 걸리면 죽는다고 하는데 구체적인 증상은 아무도 모른다. 이 남자가 그 이상한 바이러스에 옮은 상태일지도 모른다.

"나 병 걸린 거 없으니까, 안심하지."

주차 요원이 피 칠갑을 하고 눈알이 하나 빠져 있던 것에 비하면 이 남자는 매우 멀쩡해 보이긴 했다. 하지만 모를 일이다. 요즘 바이러스는 꽤 똑똑할 테니까. 겉으로 보이는 증상을 최소화해 불시에 다른 사람에게 옮아 갈 타이밍을 노리고 있을지도 모른다.

"결혼하자."

이 정도면 바이러스가 너무 똑똑한 거 아닌가. 나는 홀린 사람처럼 아우디에 올라탔다.

벌써 네 번째다. 그의 아파트로 들어서는데, 벌써 네 번째로 나타난 경비가 인사를 했다. 정문에 들어설 때, 본 건물에 들어설 때, 복도에 들어설 때, 그리고 지금 엘리베이터 앞에서 한 명씩 봤다. 당장 간첩이라도 때려잡을 거 같은 건장한 남자들이다. 내가 살고 있는 신사동 오피스텔 경비 아저씨의 아들뻘들이다. 어쩌면 손주뻘일지도 모른다.

그의 집에 대해 말하자면 그냥 좋다는 말 외에는 딱히 떠오르지 않는다. 사실 별로 보이는 것도 없었다. 촌스럽게 보이지 않으려고 아무것도 둘러보지 않고 정면만 응시하고 있었기 때문이다. 소파는 푹신했고, 맞은편 TV는 거실 한쪽 벽면을 가득 메우며 양옆으로 휘어졌다. 전원이 꺼져 있을 때는 명화가 떠 있는 모양이다. 어디선가 분명 본 그림이긴 하지만 화가 이름은 기억나지 않았다. 좌측에 길쭉한 나무가 있고, 밤하늘엔 푸른빛이 도는데 군데군데 노란 동그랑땡이 박혀 있다. 먹고살기 바빠죽겠는데 예술 따위는 내 관심 영역이 아니었다. 이성욱이 저 그림의 작가를 아냐고 물어서 내 무식이 탄로 나지 않았으면 좋겠다고 생각하고 있는데, 그 옆의 스피커가 돌연 솟아올랐다. 잔잔한 클래식 음악이 나왔다. 이 역시 들어는 봤지만 작곡가가 누군지 물으면 곤란하다. 내가 자신 있게 답할 수 있는 건 그 스피커의 가격이다. 언젠가 포털 사이트 검색어 1위를 차지해서 관심 있게 봤었다. 2억 5천만 원짜리였다. 가까이 다가가 살펴보고 싶지만, 집 전체에 깔려 있는 대리석이 너무 반짝반짝해 자칫 미끄러졌다가는 즉사할 것만 같았다. 로봇 청소기와 비슷한 게 돌아다니며 피톤치드를 뿜어내고 있었는데, 묘하게 몽환적이었다.

이성욱은 시커먼 박스를 들고 와 옆에 앉았다. 가까이서 본 그는 정말 아무 매력이 없다. 쌍꺼풀은 너무 진한데 코는 그냥 보통 크기고, 새까만 피부는 불에 그을린 오렌지 껍질 같다. 결정적으로, 나이에 비해 동안도 아니다. 정확히 마흔여섯 살같이 보였다. 숨결에서는 희미하지만 담배 냄새도 난다. 나는 2센티가량 남자 반대편으로 몸을 움직였다. 집은 너무 조용했다.

"다영 씨."

"네."

"나 성격 되게 급한 거 알지? 그래서 이렇게, 허허."

남자는 돌연, 여자 손 한번 잡아본 적 없는 순진한 노총각처럼 보였다. 백만스물두 번 양보하면, 머리를 긁적이는 모습이 아주 조금 귀여워 보일 수는 있겠다. 그런데 저 머리는 심은 걸까, 이마 선이 너무 깔끔하다.

"내가 뭐 하나 결심하면 그냥 해버려야 직성이 풀려서. 그래서 우리 회사 사람들도 질색하긴 하지."

난 그가 무슨 일을 하는지 잘 모른다. 지점장이 언젠가 그에 대해 까탈스러운 졸부 새끼라고 중얼거리는 걸 듣고 '부자구나' 하고 깨달은 게 전부다. 그는 자기가 얼마나 돈이 많고 고위 공직자들을 많이 아는지는 자랑해댔지만 정확히 무슨 사업을 하는지는 구체적으로 말하지 않았다. 어쩌면 내가 이미 안다고 생각하는 것 같기도 하다. '굳이 말해주지 않아도 알잖아?' 하는 눈빛인 것 같다. 하지만 나는 전혀 모른다. 이성욱이라는 사람은 내게, 그저 은행 셔터가 내려간 이후에도 당당하게 들어와 업무를 보는 VVIP 중의 하나였고, 그것만으로도 최고의 신랑감, 아니 도피처였다.

그가 시커먼 박스를 열었다. 설마 반지가 저만한 건가. 나는 호기심을 이기지 못하고 박스 안을 힐끔 들여다봤다. 그런데 모습을 드러낸 건 굴러다니는 십여 개의 약병과 주사기였다. 나는 반사적으로 몸을 일으켰다. 역시 이 정도 자산가가 이 나이 먹도록 솔로인 데에는 다 이유가 있는 거다. 말로만 듣던 전신 마취제인가. 이제 난 끔찍하게 강간당하고 온몸이 토막 나서 여행 가방에 실려 나가는 것인가.

남자가 얼핏 웃었다.

"알고 있구나."

너무 놀라면, 목소리가 나오지 않는다. 난 그저 입을 떡 벌리고 서 있을 뿐이다.

"다영 씨는 이제 살았어."

"……."

"주차 요원한테 물렸을 때 말이지, 다영 씨."

쩝, 남자는 입맛을 다셨다.

"다영 씨가 날 구하려고 그 주차 요원한테 달려들었다면서."

이건 또 무슨 소린가. 나는 의아한 표정을 애써 지우며 소파에 다시 앉았다.

"거기 식당 종업원한테 들었어. 난 패닉이었지, 뭐. 잘 기억이 안 나는데 나중에 그 여자가 말해주더라고. 눈 엄청 컸던 여자 있잖아."

기억난다. 육즙 묻은 손가락을 게걸스레 빨던 날 물끄러미 보던 그 여

자. 그 여자는 왜 그런 거짓말을 한 거지? 그녀가 그 큰 눈을 부라리며 CCTV 영상을 갖고 들이닥쳐 내게 돈을 요구하는 장면을 상상했다.

"그래도 내가 누구야. 처음부터 다영 씨가 참 좋은 신붓감이라고 생각했다니까. 그래도 이 정도일 줄은 몰랐지. 감동이라고나 할까."

남자가 내 눈을 깊이 바라보며 웃었다. 나는 아무 표정도 짓지 못했다.

"역시 사업 하는 사람 눈은 못 속이지. 사람 하나는 잘 보거든. 사실 예쁘고 어린 여자는 얼마 못 가. 이제 다영 씨 같은 사람한테 정착하고 싶다."

이 남자한테는 칭찬하는 척 싸대기를 날리는 특기가 있다.

"저……."

그는 나를 끌어당겨 앉혔다.

"다영 씨도 같은 생각이었으면 좋겠는데, 쩝. 더 늦기 전에 결혼해야지. 세상이 바뀌어서 30대 초반도 봐주는 거지, 아무리 그래도 여자는 서른 중반 이후론 힘들지 않겠어? 더욱이 이런 시국에."

"……."

한번만 참으면, 인생이 바뀐다. 아니다, 이렇게는 못 산다. 나는 핸드백을 꼭 쥐었다. 하지만 그와 동시에 남자가 주사기를 들어 내 호기심을 자극했다.

"그건 뭐예요?"

"내가 왜 좀비한테 물리고도 멀쩡한지 안 궁금해?"

"좀비 맞아요?"

내 목소리가 두 옥타브 올라갔다.

"자세히 말하긴 힘들고. 그냥 이게 다영 씨도 지켜줄 거다, 라고 믿어.
내일 당장 홍대 가서 사회봉사해야 한다며. 아, 진작 말하지 그랬어. 내가
손써줄 수 있었을 텐데. 내 여자도 제대로 못 지킨 바보가 됐잖아."

느끼해서 토할 것 같았지만 가냘픈 사슴 같은 눈망울을 유지하는 데
성공했다.

"조금만 참아. 내가 바로 알아봐주지. 며칠 걸리겠지만, 내가 그 정도
힘은 있지 않겠냐고."

남자가 내 두 눈을 바라봤다. 고개를 더 조아려야 하나?

"암튼 이건 꼭 필요할 거야. 사람 많은 데는 위험하잖아. 대학로는 금방
진압됐다지만 언제 또 뭐가 어떻게 될지 모르지. 이거 맞고, 무사히 서울
로 돌아오라고."

"……."

"아, 홍대도 서울이지. 허허. 어려서부터 이쪽 동네만 살아서 그래. 한
강을 넘어가면 딴 도시 같더란 말이지."

"이게 그 백신이라는 말이에요?"

그는 그 어떤 대답도 하지 않음으로써 가장 강력한 대답을 했다.

"결혼, 해줄 거지?"

"……."

"싫어?"

"아니요!"

나는 우렁차게 답했다. 너무, 우렁찼다.

"지금 당장은 좀 바빠서 힘들어."

뭐지, 내가 조르고 있다는 듯한 저 말투는?

"이 아파트 어때? 괜찮지? 세상이 뒤집어져도 이 아파트는 괜찮아. 태양열 시스템이 완벽해서 전기 끊길 위험도 없고. 수도 시설도 절대 마비되지 않지. 경비들이 총기류만 갖고 있을 수 있으면 이제 완벽히 안전해지는 거지. 곧 입법될 거거든. 정부가 못하는데 민간이 할 수 있게 해줘야지. 입법만 되면 이 아파트, 대박 아니겠어? 그럼 일단 나는 한숨 돌릴 수 있거든. 이후 일은 직원들이 알아서 할 거니까. 그때쯤이면 성대하게 결혼할 수 있어. 우리 다영 씨가 기대하는 만큼. 나, 이 정도 사람인지는 몰랐지?"

무슨 소리인지는 하나도 못 알아들었지만 '성대하게 결혼'은 기억에 남았다. 나는 고개를 끄덕였다. 주삿바늘이 내 팔뚝에 꽂혔다. 욱신거리는 느낌도 잠시, 남자는 오른손으로 주삿바늘을 쓰레기통으로 던짐과 동시에 왼손으로 내 블라우스 단추를 풀었다. 나는 눈을 감았다.

●

환승역은 을지로3가역이었다. 사람들이 어마어마하게 많다. 모두가 마스크를 쓰고 고개를 푹 숙인 채 재빨리 걸었다. 생각해보면 웃기다. 전염병이 호흡기성이라는 보고도 없었는데 마스크가 뭔 소용인가. 우리가 해야 할 일은 마스크 착용이 아니라, 이 빌어먹을 지하철역을 벗어나는 것이다. 그렇게 비웃지만 나 역시 마스크를 쓰고 있기는 마찬가지다.

지하철 안에서 마주치는 사람들 사이에는 일종의 동지 의식이 생긴다. 우리는 고급 정보가 없어서 재빨리 해외로 이주하지도 못 했고, 정보가 있었다 해도 딱히 갈 곳이 없었으며, 언제 어떻게 병에 옮을지도 모르는데 지하 벙커에 숨기는커녕 지하철을 타야 하는 처지인 것이다. 이 와중에도 우리는 출근을 해야 했고, 학교에 가야 했다. 네 인생도 고달프구나, 라고 생각하고 있다가 문득 '난 아니다. 난 그저 오늘따라 차가 엄청나게 막히기에 시간을 단축하기 위해 지하철을 탄 것뿐이다. 난 백신을 맞은 여자다'라고 마음을 고쳐먹는다.

홍대 입구는 나와 전혀 맞지 않는 곳이었다. 내 모든 라이프 스타일은 청담동을 지향했다. 조용하고 여유 있으며 다른 99퍼센트와 함부로 섞이지 않는 공기가 좋았다. 반면 내 기억 속 홍대 입구는 누가 더 개성 있나 경쟁하면서 오히려 서로가 더 닮아가는 곳이었다.

내 앞에 앉은 아주머니가 주섬주섬 짐을 챙겼다. 곧 내리겠다는 신호다. 동시에 내 양옆에 선 20대 여자들의 긴장이 느껴진다. 왼쪽에 선 뿔테 안경의 대학생은 두꺼운 전공 서적을 다시 그러쥐고, 오른쪽 야한 화장의 섹시녀는 은근슬쩍 아줌마 쪽으로 몸을 비틀었다. 바로 뒤에서는 웬 할아버지가 가래를 그렁그렁거리며 연신 기침 중이다. 얼른 벗어나고 싶은 마음, 우리 모두 마찬가지일 것이다.

"다음 역은 충정로, 충정로역입니다."

아줌마가 일어서자 우리 세 여자는 일제히 아줌마 앞에 버티고 섰다. 아줌마가 어떤 경로로 뚫고 지나가느냐에 따라 저 빈자리의 주인공이 달라질 것이다. 왼쪽이 당첨됐다. 대학생은 아줌마가 내리는 동선을 확보해주기 위해 발을 옆으로 떼야 했고, 빈자리와는 거리가 멀어졌다. 나와 섹시녀가 동시에 몸을 날렸고, 내가 좀 더 빨랐다. 무안해진 섹시녀는 아무 일도 없었다는 듯 다른 데로 시선을 돌렸다. 승리의 기쁨을 만끽하는 것도 잠시, 내 오른쪽 다리가 옆 자리 남자 허벅지 위에 올라가 있다는 걸 깨달았다.

"죄송합니다."

얼른 자세를 고쳐 앉는데, 옆자리 남자가 괜찮다며 씨익 웃었다. 흘깃 보고는 다시 본다. 그리고 또 본다. 뽀얗다. 첫 느낌은 그거였다. 남자가 다시 날 봤고, 눈이 마주쳤다. 어색해서 얼굴을 돌렸다.

맞은편 광고 칸엔 합정동 유토피아팰리스 추가 분양 광고가 큼지막하게 걸려 있다. 바로 어제 가본 그 아파트 브랜드다. 정말 최첨단 미래 도시 아파트같이 생겼다. 집에 가서 인터넷 검색을 좀 해봤더니, 합정에 새로 지은 유토피아팰리스는 서래마을과 달리 반응이 뜨뜻미지근해서 추가 분양에 들어간다고 했다. 강북에 그렇게 비싼 아파트가 잘될 줄 알았느냐는 댓글들이 수북했다. 대체 얼마나 하기에 저 난린가 싶어서 알아봤는데, 작년에 통장 잔액 1억 원을 돌파했다고 나 자신에게 12개월 할부로 명품백을 선물한 내가 한없이 귀엽게 느껴졌다.

할아버지가 재채기를 하는 바람에 깜짝 놀라 휴대폰을 떨어뜨렸다. 옆자리 남자가 휴대폰을 주워주었다. 그새 마스크를 벗은 상태다. 나도 마스크를 벗었다. 미소를 지어 보인다는 게 조금 떨떠름한 표정으로 휴대폰을 받아 들었다. 긴장돼서 입꼬리도 잘 안 움직여지는 미모다. 남자는 또 한 번 씩 웃었다. 순식간에 내 몸이 디톡스 되는 느낌이다.

그리고 이내 씁쓸한 기운이 덮쳤다. 내 인생엔, 이런 남자와의 연애가 없었다. 없다. 없을 것이다. 학창 시절엔 대학 가서 할 줄 알았고, 대학 가서는 취업해서 할 줄 알았고, 취업해서는 승진하면 할 줄 알았다. 그런데 난 승진도 못 했고, 연애도 못 했다.

아주 안 했다면 물론 거짓말이다. 대학교 때 만나 오륙 년 지지부진하게 사귀던 애는 있었다. 그를 향해 지지부진이라는 단어를 쓰게 될 줄은 몰랐지만, 지금 돌이켜보면 그것 말고는 적당한 표현을 찾기 쉽지 않다. 처음엔 손만 스쳐도 떨렸지만, 군대와 취업이라는 커다란 산을 각자 따로 넘으면서 물고 빠는 짓만 남은 관계가 됐다. 그나마도 점차 빈도가 떨어졌다. 나는 신입사원이 되어 숱한 남자들의 타깃이 됐고, 그는 학교에서 보는 보송보송한 신입생들에게 눈을 돌렸다. 숱한 남자들의 타깃이 된 나의 연애 행보는 불 보듯 빤한 것이었다. "어제는 실수였어", "룸살롱 2차는 비즈니스라니까", "여친 정리할 때까지만 기다려줘", "누나, 맛있는 거 사주세요"의 연속이었다. 매번 기대와 실망을 거듭하던 나는 "주말은 안 돼. 마누라랑 어디 가야 돼"를 듣고 나서야 로맨스에 미련을 버렸다.

나쁜, 혹은 덜떨어진 남자만 가득한 내 세계에 이렇게 뽀얗고 예쁜 남자는 없었다. 연애까지는 바라지도 않겠다. 그냥 마음껏 만져나 봤으면 좋겠다. 이런 남자는 어떤 여자랑 만날까. 지하철이 덜컹거린다. 난 그의 팔에 닿은 내 오른팔을 움직이지 않는다. 젠장, 너무 두꺼운 코트를 입었다.

　지하철은 홍대입구역에 도착했다. 꽃미남이 일어섰다. 나도 일어섰다. 내가 사람들 틈에 끼인 사이, 꽃미남은 쏜살같이 사라졌다. 그렇다, 앞으로 내 인생에 저렇게 멋진 남자는 빛과 같은 속도로 사라질 것이다. 내 청춘은 이미 끝났다. 내가 서른두 살이라는 사실이 끔찍하게 싫다.

　잠깐, 어디로 가야 하지? 인터넷으로 지도를 검색하고 나서야 내가 갈 홍대 주차장 골목은 상수역에서 더 가깝다는 사실을 깨달았다. 합정역까지 가서 갈아탔어야 했다! 안 그래도 늦었는데 한참 걸어야 한다. 나는 내비 앱을 켜놓고 일러주는 대로 빨리 걷기 시작했다.

　"우회전, 우회전해서 9번 출구로 나가세요. 도착 시간 13분 전. 지금과 같은 속도로 걸으세요."

　감상은 집어치울 때다. 살아남기 위해서는 불법을 저질러야 하는, 좀 더 괜찮게 살기 위해서는 몸과 마음도 팔아야 하는 현실 속으로 나는 빨려 들어간다.

　주차장 골목에 차 대신 낡은 책상들이 쭉 늘어섰다. 각 책상에는 당장 울음을 터뜨릴 것 같은 학생들부터 당장 폭탄이라도 터뜨릴 것 같은 반항아들이 뒤섞여 앉아 있다. 그리고 1미터 간격을 두고 책상을 둘러싼 폴리스 라인 밖으로 도무지 특징을 잡아낼 수 없는 군중들이 바글바글 줄 지어 서 있었다. 7백 명? 천 명? 2천 명? 몇 명인지 가늠하기도 어렵다. 이들이 내뱉는 고함 소리가 귓가에 웅웅댄다. 이건, 없던 전염병도 생길 것 같은 아수라장이다. 입을 떡 벌리고 있는데, 누군가 내 등을 툭 떠밀었다.

"뭐 해, 안 앉고."

"뭐라고요?"

"봉사하러 온 거잖아!"

한눈에 보기에도 매우 신경질적인 아저씨가 두툼한 종이 더미를 들고 서 있다. 손에 침을 탁 뱉고 종이를 넘기며 나를 한번 훑어보았다.

"어제 선고받았구만."

"네. 유다영이라고 하는데요."

순간, 뭔가가 눈앞으로 휙 날아왔다. 빈 콜라 페트병이다. 페트병이 날아온 곳을 보니, 남자 고등학생이 빨리 시작하라고 바락바락 소리를 지르고 있다.

"저 씹새끼가 돌았나."

아저씨는 저 멀리 선 다른 아저씨에게 소리치기 시작했다.

"야! 쟤 내보내! 거기 하늘색 교복 입은 새끼! 야! 그래 거기! 그 새끼 내보내! 주사 절대 주지 마! 씹새끼."

멀리 노란 조끼를 입은 아저씨가 학생의 교복을 잡아당겨 줄 밖으로 패대기쳤다. 학생은 금세 태도가 누그러져 잘못했다고 빌기 시작했지만 노란 조끼는 학생을 질질 끌어 줄 맨 끝에 세웠다.

"쫓아내라니까, 씹새끼."

아저씨는 한참을 구시렁거리더니 내 등을 또 한 번 과격하게 떠밀었다. 당장 내 몸에서 손 떼라고 하고 싶지만, 그럴 분위기는 아니었다. 그는 책상 라인 중간쯤 빈 곳으로 나를 밀었다. 나는 크게 휘청이며 자리에 앉다가 옆에 앉은 남자의 어깨를 짚고 말았다. 나는 사과할 기분이 아니었다.

책상은 근처 대학교에서 공수해왔는지 학생들의 낙서로 가득하다. '소영 ♡ 지훈'이라는 낙서가 날 더 짜증 나게 만들었다. 좋을 때다, 이것들아. 사람들이 내뱉는 고함은 점점 더 높아졌다. 서로의 새치기를 고자질하고, 발 밟지 말라고 소리치고, 왜 빨리 시작하지 않는지 분노했다. 대학로도 이러다 폐쇄된 게 틀림없다. 저 사람들과 나 사이에는 얇은 테이프 하나가 전부다. 긴장감이 여기서 더 높아질 수 없겠다 싶을 때쯤 상수역 쪽 던킨도너츠를 돌아 노란 조끼들이 한가득 나타났다. 그들은 세상에서 가장 느린 걸음걸이로 다가왔다. 그리고 두꺼운 종이 파일과 주사기, 주사액을 나눠주기 시작했다. 군중은 처음으로 조용해졌다.

노란 조끼의 대장인 듯 빨간 조끼를 입은 할아버지가 내 바로 뒤에서 마이크를 잡았다.

"에에, 마이크 테스트. 테스트. 에에."

"무슨 개떼같이 몰렸네. 주사는 10분의 1도 안 되겠는데."

새로 온 노란 조끼가 작게 중얼거렸다.

"마이크, 마이크, 나오나? 에헴, 오늘부터 방침이 바뀌었습니다."

놀라운 정적이 흘렀다.

"저소득층이 아닌데 자꾸 저소득층이라고 하는 경우가 많다 이거예요. 인터넷으로 무슨 짓을 하는 건지, 믿을 수가 없어요. 오늘부터는 지금 바로 근로소득명세서를 내셔야 됩니다. 출력하고, 구청 도장 찍어 오세요."

즉각 아우성이 터져 나왔다.

"안 가지고 온 분들은 돌아가시고."

당연히 질문이 쏟아졌다. 하지만 할아버지는 마이크를 껐다. 놀라운 일은 그때 벌어졌다. 군중의 절반가량이 종이를 꺼내 들었다. 저들은 미리 알고 있었다.

"옘병."

할아버지가 나지막하게 내뱉었다. 노란 조끼들이 투입돼 종이가 없는 사람들을 몰아냈다. 어떤 아주머니는 밀려나지 않으려 버텼지만 아저씨 두 명이 각자 머리와 다리를 드니 간단하게 바깥으로 내쳐졌다. 노란 조끼들이 또다시 라인을 치고 근로소득명세서를 지닌 사람만 남겼다. 우리는 주사기를 쭉 꺼내 하나씩 약을 주입하기 시작했다. 질서는 놀랍도록 잘 지켜졌다. 그들은 노란 조끼들에게 하나씩 다가가 명세서를 보여줬다. 기준이 얼만지는 몰라도, 대체로 통과됐다.

이 동네는 수돗물도 잘 안 나오는지 팔뚝이 하나같이 꼬질꼬질하다. 비타민 주사를 서른 개쯤 꽂았을 때, 유독 부드러운 목소리를 가진 남자 한 명이 내 앞에 섰다. 노란 조끼는 다 쓴 주사기를 담은 통을 들고는 어디론가 사라졌다. 어디 물에 대충 한 번 담갔다가 다시 쓸 게 뻔했다. 부드러운 목소리의 주인공은 내 얼굴을 빤히 보았다. 얼굴도 이만하면 준수하다. 남자는 내 두 눈을 3초가량 보더니 매력적인 남자에게서 제일 듣기 싫은 말을 내뱉었다.

"제 아내가 많이 아파서요."

"네. 그래서요?"

"주사액 두 개만 주시면 안 될……."

"안 됩니다."

"저기, 꼭 좀 부탁드립니다. 지금 몸이 약해져서 이런 데서 줄을 서기가……."

"주사 안 맞으실 거예요?"

"저 안 맞을게요. 그럼 제 거 하나라도 주시면 안 될까요? 제 아내만 줄 수 있다면 전 괜찮습니다."

이 남자는 좋은 남편일까. 아니, 진짜 좋은 남편은 어제 내게 '진짜 백신'을 놔준 그 무매력남일 것이다. 그 백신이 대체 뭔지는 몰라도.

"글쎄요."

그때였다. 누군가 내 오른쪽 어깨를 살짝 눌렀다. 반사적으로 쳐다봤는데, 웬 뽀얀 남자가 나를 쳐다보고 있었다. 헉, 소리 날 만큼 뛰어난 미모. 아까 그 지하철 꽃미남이다. 나는 퉁명스러운 표정을 싹 지웠다.

"그냥 주시면 안 돼요? 조끼들이 보고 있는 것도 아닌데. 아내가 아프다잖아요."

너도 아내가 있다, 이거냐. 나는 다시 삐뚤어졌다.

"저도 그러고 싶지만……."

"꼭 좀 부탁드립니다."

남자가 90도로 고개를 조아렸다. 진심으로 부담스럽다. 꽃미남은 밀려드는 사람들에게 주사를 꽂아대면서도 나를 계속 힐끔거렸다. 내 앞의 줄은 밀리기 시작했다.

"그럼 제 거 드릴게요."

꽃미남이 주사액을 하나 집어 들기에 나는 반사적으로 그를 저지했다. 에라이, 나는 주사액 세 개를 집고는 남자를 멀리 미는 척하며 코트 주머니에 넣어줬다. 남자는 나한테서 쫓겨나는 척하면서 귓속말로 감사하다고 했다. 그 어색한 감사 인사 덕분에 저 멀리서 미심쩍게 우리를 바라보던 아주머니는 기회를 잡았다.

"아가씨, 나도 주사액 몇 개 챙겨줘. 안 그럼 이를 거야."

내 쪽 줄이 밀리자 노란 조끼가 두 명이나 근처에 와 있던 참이었다.

"잘못 보셨어요."

"내가 똑똑히 봤어. 아까 그 남자한테 몇 개 챙겨줬잖아. 누구야, 남자 친구야?"

목소리가 한층 커졌다. 시선이 집중됐다.

"무슨 말도 안 되는 말씀이세요."

아주머니는 날 노려보더니, 쉽지 않은 게임이라고 판단했는지 조끼를 불렀다.

"여기 이 아가씨, 주사액 빼돌리는 거 내가 봤어!"

"아니에요."

"이거 주사액 세봐요, 몇 개 빌걸! 이 아가씨 안 되겠네!"

"아니라니까요!"

노란 조끼가 내 주사 명단과 남은 주사약 수를 대조했다. 당연히 두 개가 비었다.

"일어나."

"아니, 그게 아니라. 다시 한 번 세보⋯⋯."

나는 쭈뼛거리며 일어섰다. 조끼는 내 양팔을 과격하게 들어 올렸다. 그리고 순식간이었다. 내 두 손목을 잡았던 조끼의 두 손이 팔과 어깨를 지나 내 가슴 구석구석을 눌렀다. 악 소리를 지르기도 전에 두 손은 허리를 지나 엉덩이를 향하고 있다. 심장이 튀어나올 것 같았다.

"뭐 하는 거예요!"

꽃미남이 벌떡 일어나 나를 휙 잡아당겼다. 나는 균형을 잃고 기우뚱했는데, 꽃미남은 조끼에게 거세게 항의하느라 날 잡을 여력은 없어 보였다. 나는 그대로 책상 밑으로 고꾸라졌다.

"둘이 한패야?"

우리는 나란히 쫓겨나서, 사회봉사 백시간 추가 명령을 받았다.

꽃미남의 이름은 우현이다. 그는 손마저 예쁘다. 왼손으로 동창들 이름을 쭉 써넣고 가짜 사인을 끼적이는 모습을 나는 침을 뚝뚝 흘리며 바라보았다. 은행에서는, 그렇게 사람이 많은 곳에 가는 건 하늘이 준 기회라며 서명운동 백 인분을 시켰었다. 하늘이 준 기회인 건 맞다. 잘생긴, 나에게 민폐를 끼친 이 남자를 붙잡아두고 시킬 일이 생겼다.

나는 호프집 조명이 내 왼쪽 얼굴을 환하게 비출 수 있게 몸을 조금 튼 후, 소주와 맥주가 8 대 2로 섞인 소맥을 한 잔 건넸다. 통조림 옥수수를 안주 삼아 먹기엔 좀 과한 술이긴 하다. 볼이 발그레해진 남자가 한 번만 봐달라며 눈웃음을 쳤다. 아, 좋다. 나는 어깨를 거세게 흔들며 거부 의사를 표했다. 나한테도 이런 면이 남아 있었나.

남자는 한 모금 마시고 진저리를 쳤다. 나는 입술만 축이고 술잔을 살짝 놓았다. 남자를 유심히 봤다. 나보다 네댓 살은 아래일 줄 알았는데, 의외로 동갑이다. 아내는 없으며 여자 친구도 없다. 영화 관련 일을 한단다. 사회봉사 7백 시간을 선고받은 이유는, 트위터에 식품 관리 관련 정부 정책을 비판하는 글을 리트윗 했기 때문이란다.

왜 여자 친구가 없을까. 그럴 리가, 여자들은 절대 이런 남자를 그냥 두지 않는데. 나는 술을 홀짝이며 입술을 계속 촉촉하게 유지하는 데 총력을 다했다. 사실 그것만으로도 취기는 확 올랐다. 무려 2년 만에 먹는 진짜 술이다.

"이렇게 하면 되는 거예요? 스무 명 넘어가니까 가짜 사인 티가 좀 나는데요."

가짜 사인 티는 다섯 명째부터 났었다.

"그럼 나머지는 진짜로 받아줘요."

어떻게든 또 만날 계기를 만들려 노력하는 게 티 났을까. 괜히 어색해서 소맥 한 잔을 원샷했다.

"당연하죠. 제가 어떻게든 도와드릴게요. 술도 다 먹었는데, 그럼 일어나실까요?"

우현이 일어섰다. 난 아쉬운 표정을 숨기지 못했다. 이 남자, 분명 나랑 시간을 보내고 싶어 하는 것 같았는데. 굳이 여기 술집까지 데려와 서명을 돕는 걸 보면 분명 내게 호감이 있는 거였는데. 나는 괜히 무안해져 시계를 보고 깜짝 놀라는 척했다.

"어머, 너무 늦었네요."

밤 11시. 이건 정말 놀랄 만한 시간이긴 하다.

"아, 가셔야 돼요?"

"네?"

"3차 가려고 했는데."

입이 귀까지 찢어졌지만 이내 추스른다. 맙소사, 3차라니. 이미 예전에 멸종한 단어가 아니었나.

"위험하지 않을까요?"

"여긴, 좀비 없어요."

"없어요? 저엉말?"

귀여운 척이 좀 과했나.

"정말 좀비가 있다고 생각해요? 그거, 정부가 우리 통제하려고 만든 유언비어잖아요. 어제 대학로 사진도 다 믿으면 안 돼요. 성난 국민들 과잉 진압 해놓고 핑계 대려고 정부가 합성한 거예요."

5년 전의 나였다면, 정색을 하고 남자의 말에 따박따박 반박을 했을 것이다. 하지만 지금은 아니다. 그렇게 고쳐주고 알려주고 내가 더 잘났다는 걸 어필해봐야 남는 건 없다. 이 남자가 뭘 잘못 알든 말든, 어차피 내가 원하는 건 다른 거다.

"몰라요. 히히."

대신 나는 몸을 배배 꼬았다. 그리고 한 번 튕겨준단 의미로 술집에서 나오자마자 길가에 서서 택시 잡는 모션을 취했다. 거리는 젊은 사람들로 북적였다. 전염병이 아무리 돌아봤자 전혀 개의치 않고 놀겠다는 의지가 결연했다. 8시만 돼도 화들짝 놀라서 집으로 튀어 들어가던 나로서는 신세계였다.

이 시간에 택시가 있을 리 없었다. 나는 우아하게 손을 몇 번 흔들다가 어쩔 수 없다는 듯 3차를 제안할 생각이었다. 우현은 길쭉한 몸을 흔들거리며 내 옆에 섰다. 나보다 머리 하나가 더 큰 남자 옆에 붙어서 있는 거, 진짜 오랜만이다. 그의 쇄골에서 은은한 화장품 냄새가 났다.

갑자기 저기 상상마당 모퉁이에서 빈차 표기를 반짝이는 택시가 나타났다. 젠장, 어쩌지, 하는 순간 우현은 손을 흔들어 택시를 세웠다. 눈치 없는 새끼. 나는 발랄하게 웃으며 택시에 올라탔다.

"아, 이거. 그럼 파이팅하세요!"

우현이 서명지를 건네줬다. 더 해주기로 하지 않았느냐고 되물으려다 떨떠름하게 받았다. 우현은 택시 문을 닫았다. 간판 불빛을 받은 그의 얼굴은 정말 잘생겼다. 키에 몸매까지, 비율도 예술이다. 택시가 서서히 출발했다.

"어디까지 가세요?"

백미러에 비친 택시 아저씨는 강남 120평을 똑 닮았다.

"아저씨, 신사동까지 안 가죠?"

"강남 신사동?"

"네."

"갈 수 있죠."

보면 볼수록, 이 아저씨는 강남 120평의 판박이다.

"아니에요, 너무 멀잖아요. 할증에 더블까지 받으시는 거 아니에요?"

"더블을 왜 받아요."

"아니에요, 너무 멀 거예요. 여기서 세워주세요. 빨리용!"

"거참."

택시가 서고 내가 내리자 술에 잔뜩 취한 애들이 달라붙어 서로 타겠다고 난리다. 덩치 큰 남자가 여자 손을 잡고 우악스럽게 몸을 날렸다. 하얀 원피스를 입은 여자애가 아슬아슬하게 기회를 놓쳤다. 애들아, 얼른 집에 들어가렴. 이 누나는 이 멋진 밤을 좀 더 즐겨야겠다. 내 생애 마지막일지도 모르거든!

나는 얼른 우현을 찾았다. 나를 의아하게 바라보고 있다. 빙고. 나는 요염하게 갈지자로 걸었다. 하늘이 빙빙 돈다. 내 정신도 같이 돈다. 술 먹고 밤거리를 누빈 게 대체 얼마 만이냐. 한없이 행복하다. 그런데 우현의 표정이 이상하다. 많이 이상하다. 하긴, 방금 내 행동이 좀 로맨틱하긴 했을 거다. 우현이 나에게 달려왔다. 날 와락 끌어당겨 안았다. 탄탄한 몸을 음미할 새도 없이, 그는 내 손을 잡고 뛰기 시작했다.

"어머, 왜 이러세요호호홍."

우현은 말없이 달리기만 했다. 화끈하기까지 한걸. 택시에서 내리길 정말 잘했다.

"아하하하!"

웃음이 자꾸 터져 나왔다. 오늘 밤 확 사고를 쳐야 하나 싶은데 길가에 서 있던 여자가 날 보고 고함치기 시작했다. 느낌이 뭔가 이상하다. 힐끔 뒤를 돌아보는데. 하얀 원피스를 입은 여자애가 피 칠갑을 한 채 뛰고 있다. 입을 쩍 벌리고 내 웨이브 머리를 움켜쥐기 직전이다. 그 뒤로, 적어도 서른 개는 될 듯한 입들이 맹렬히 달려오고 있다.

•

내가 백 미터를 몇 초에 뛰었더라? 고3때 쟀던 기록으로는 17초였다. 물론 지금 17초에 뛰지는 못할 거다. 10년이 넘게 흘렀고, 몸무게는 7킬로가 늘었다. 아무리 그래도, 목숨 걸고 뛰고 있는데 20초를 넘어가지는 않을 것이다. 그런데 내 뒤를 바짝 쫓고 있는 피 칠갑 여자애는 나와 같은 속도로 달리고 있다. 내가 알던 그 흐물거리는 좀비가 아니다.

어디 좁은 골목이나 술집으로 뛰어들고 싶지만 엄두가 나지 않는다. 방향을 틀기 위해 속도를 조금이라도 늦췄다간 저 굶주린 여자의 손아귀에 잡힐 것 같기 때문이다. 더구나 우현은 내 왼손을 너무 세게 잡고 있다. 내가 어디 자빠져 고꾸라져도 이 남자는 내 왼팔만 쏙 뽑아 달릴 기세다.

상상마당 앞에서 홍대입구역 근처까지 뛰었다. 걸어서 13분 거리를 3분 만에 뛴 느낌이다. 낯익은 큰길이 나왔다. 홍대입구 사거리다. 우리는 크게 원을 그리며 사거리로 뛰었다. 내 품을 떠난 서명지가 흩날렸다. 차마 뒤돌아보지 못했지만, 좀비들은 여전히 우리 뒤를 쫓고 있다. 쌀국수집을 지나, 커피숍을 지나, 설렁탕집이 나왔다. 다시 왼쪽으로 크게 턴. 부츠 굽이 보도블록에 끼여 휘청하는 찰나, 좁은 골목에서 잔뜩 취해 나오던 남녀 일곱 명가량이 시야에 들어왔다. 우현은 내 왼쪽 팔목을 더 세게 끌어당겼다.

남녀들은 상황을 파악하지 못한 채 흰색 원피스의 습격을 받았다. 그리고 한 무더기의 좀비들이 뒤이어 덮쳤다.

"속도 줄이면 안 돼요!"

우현이 내 팔을 또 잡아당겼다. 한숨 돌렸다고 생각하니, 이제야 숨이 턱까지 차올랐다.

"아니, 저기⋯⋯."

남녀 무리가 어떻게 됐나 보려고 뒤도는 순간, 우리 뒤를 바짝 뒤쫓고 있는 남자 하나가 눈에 들어왔다.

"아이씨, 또 하나 붙었어!"

너무 지쳐서 그냥 우리에게 뛰어들었으면 좋겠다는 생각이 들 지경이다. 거리에는 네온 간판이 확연히 줄었고 도로 표지판은 합정역 방향이라고 가리키고 있었다.

"너무 어두운데!"

내 말이 끝나기가 무섭게 우현이 바닥에 나뒹굴었다. 주차 금지 턱을 못 보고 걸려 넘어진 것이다. 드디어 내 왼손이 자유로워졌다. 살고 싶다면 그대로 냅다 뛰는 게 맞다. 하지만 우현의 발에 걸려 좀비도 자빠졌고, 따라서 나는 이 지겨운 좀비 놈을 해치울 수도 있다는 희망을 품고 말았다.

이 녀석 등에 둘러멘 백 팩에서는 두터운 『맨큐의 경제학』 원서가 빠져나올 듯 걸쳐져 있다. 아직 고딩 티도 다 벗지 못한 신입생쯤 되는 것 같다. 바닥을 보고 한참 숨을 몰아쉬던 신입생은 스르륵 고개를 들었다. 그러고 보니 애는 핏자국이 없다. 우현은 어느새 벌떡 일어나 내 옆에 섰다.

"대학생인가 봐요."

"핏자국이 없지 않아요?"

"그러게."

"아이씨, 괜히 뛰었네."

학생이 두 팔을 휘젓더니 주차 금지 표지판을 잡고 일어섰다.

"괜찮니?"

내 말이 채 끝나기도 전에, 학생의 눈알이 하얗게 번득이더니 우리에게 뛰어들었다. 우리는 가까스로 몸을 피했다.

"이봐, 우리 좀비 아니야!"

학생은 곧장 우현에게 달려들었다. 우현이 땅에 얼굴을 세게 박았다.

"둘이 아는 사이예요?"

"몰라요, 몰라! 얼른 안 떼내고 뭐 해요!"

학생은 그제야 우현의 목덜미를 노리고 이빨을 드러냈다.

"야!"

나는 소리를 치며 주차 금지판 쇠파이프를 손에 쥐었다. 학생이 획 뒤돌아보는데, 눈동자가 거의 없는 것 같았다. 나는 차마 내려치지 못했다. 대신 발로 등을 세게 차버렸다. 학생이 땅바닥에 머리를 박고 고꾸라졌다. 온몸이 벌벌 떨렸다. 우현이 총알같이 튀어 올라 내 옆에 섰다. 학생은 바닥에서 두 팔을 흐느적거리기 시작했다. 손등의 물린 자국이 그제야 보였다. 강남 120평보다 훨씬 더 작게 물린 것 같은데.

"저게, 저게 대체 뭐죠."

우현이 숨을 몰아쉬며 말했다. 내가 어떻게 알겠어.

"일단 어디 좀 들어가죠."

내가 우현의 팔을 잡고 말했다. 절대 우리가 모텔 앞에 서 있기 때문에 한 멘트는 아니다.

13만 원짜리 스탠더드 룸은 발 디딜 공간도 거의 없었다. 너무 큰 침대는 너무 작은 소파와 맞닿아 있었고, 벽에 걸린 TV는 당장에라도 침대 위로 쏟아질 것만 같았다. 그나마 샤워실만 널찍했다. 술값을 낸 건 저 남자였으므로 모텔비는 내가 냈는데 굉장히 특이한 경험이었다. 카운터에 앉은, 나보다 어린 여자는 마치 내가 편의점에서 과자와 우유를 사는 것처럼 아무렇지도 않게 대했다. 그런데 그게 뭔가 더 부자연스러웠다. 나는 지갑 안에서 카드를 찾느라 한참을 허둥대고, 큰 소리로 고생 많으시다고 인사도 했다.

매우 창피했지만, 지금 TV 앞을 서성이는 저 남자를 보고 있자니 별일도 아니었다 싶다. 우현은 모텔에 들어서는 그 순간부터 광대뼈가 얼마나 아픈지 주절댔다. 광대뼈 얘기는 곧 누나의 성형수술 얘기로 넘어갔고, 성형수술 얘기는 어제 방송된 막장 일일 드라마 줄거리로 옮아가고 있다.

"그러니까, 살 좀 빼고 성형수술해서 예뻐지니까 고향 사람들이 그렇게 친절할 수가 없는 거예요. 이 여자는 별거 안 해요. 그냥 눈 마주치면 씨익 웃고, 그게 다예요. 근데 그걸로 자기 왕따시켰던 애 남편부터 꼬시는 거예요. 근데 진짜 너무 금방 넘어와요. 그래서 어떻게 됐는지 알아요?"

"저기."

"네!"

"안 궁금한데……."

"아, 죄송해요."

"얼굴은 괜찮아요?"

"얼굴이 안 괜찮다는 말을 하려던 거였는데, 어쩌다 친구 남편 꼬시는 얘기까지 왔죠?"

우현이 씨익 웃었다. 아, 너무 잘생겼다. 나는 어깨를 한 번 들썩이며 시선을 피했다.

"그냥, 좀. 아직 잘 모르는 사인데 이런 공간에 있으니까 뭔가, 어색해서……."

"그렇게 많이 어색해하시니까, 상대적으로 저는 좀 편해지네요."

"하, 그럼 다행이네요. 하하하!"

그는 웃음소리마저 어색하다. 나는 그의 어깨를 잡고 소파에 앉혔다. 마시고 있던 콜라 캔을 소파에 올려두고, 두 손으로 그의 볼을 잡았다. 자연스럽게 나는 침대에 앉게 됐다. 우리 둘의 무릎이 맞닿았다. 이대로 확 질러버려? 한 손을 그의 목덜미 쪽으로 내리려는데 그는 황급히 무릎을 뺐다. 나는 재빨리 한마디 덧붙였다.

"얼굴은, 멍이 좀 들겠네요. 그래도 안 물린 게 어디예요."

"그러게요."

"수건에 찬물 좀 묻혀 올게요."

"고마워요."

일어서서 화장실로 갈 타이밍이다. 그런데 왠지 이 남자의 눈을 더 들여다보고 싶다. 난 움직이지 않았다.

"근데 진짜 그게 뭐죠? 진짜 좀비인가 봐요."

우현이 벌떡 일어섰다.

"뭐, 뉴스 같은 거 나오려나?"

그는 침대 위로 몸을 날리더니 반대편 탁자에 놓여 있던 리모컨을 집어 들었다. 뉴스 채널에서는 다가오는 꽃샘추위에 잘 대비하라는 보도가 나오고 있다. 그는 과장된 몸짓으로 휴대폰을 찾더니 인터넷을 샅샅이 뒤졌다. 그러나 방금 홍대에서 일어난 이상한 일은 거론되지 않았다.

"신고가 들어갔을 텐데."

"내일 되면 뭔가 나오겠죠."

우현은 그새 화장실로 가서 수건을 적셔 왔다. 행동 하나는 기똥차게 빠르다.

"엇, 내가 해주려고 했는데."

"아니에요! 괜찮아요."

우현은 또 한 번 과장되게 웃더니, 소파 위로 몸을 날렸다.

"악!"

그가 다시 튀어 올랐다.

"왜 그래요?"

그가 누웠던 자리에 콜라 캔이 쓰러져 있다.

"미안해요, 거기에 누울 줄은 몰랐네요."

웃음이 터져 나왔다. 우현도 웃었다. 나는 콜라가 소파를 흠뻑 적실 때까지 내버려두었다. 그는 화장실에서 두터운 수건을 갖고 오더니 소파에 깔고 그 위에 누웠다.

"이러고 자면 돼요. 얼른 자요."

"잠이 오겠어요?"

"그죠?"

우현은 다시 일어나 창밖을 한참 보더니 현관으로 가서 문을 다시 한 번 걸어 잠갔다.

"안전하겠죠? 밖은 조용해졌는데."

나는 침대 모서리에 걸터앉았다. 여전히 쿵쾅거리는 가슴이 방금 그 난리법석 때문인지, 이 남자 때문인지 헷갈린다.

"다리 아프죠? 저기 뜨거운 물에 마사지 좀 해도 괜찮을 것 같아요. 뜨 거운 물 잘 나오더라고요."

물론 이 남자가 직접 다리를 주물러주거나 할 위인은 못 될 것 같다.

"괜찮아요."

나는 엉거주춤 침대에 누웠다. 지금 화장을 지우고 이까지 닦으면 오 버로 보일까. 우현은 다시 소파에 누웠다.

"거기 축축하지 않아요? 침대로 와도 되는데."

난 할 만큼 했다. 이래도 못 알아들으면 모르겠다.

"아니에요. 이 수건 이거 되게 두껍나 봐요. 완전 보송보송해요. 와, 이 거 어디 거지? 나도 하나 사야겠다."

젠장, 포기다. 나는 돌아누웠다. 손에 쥐고 있던 휴대폰에서 메시지 알 림음이 울렸다. 홈쇼핑에서 물건을 한 번만 더 사면 이달의 사은품을 주겠다는 내용이다. 사람 많은 곳은 위험했기 때문에 홈쇼핑은 유례없는 호황을 맞았고, 채널 간 경쟁이 극심해지면서 홍보 문자를 밤낮 없이 보내기 시작했다. 그러고 보니 정작 와야 할 문자는 없었다. 이 시간까지 내가 사라졌는데도 날 걱정하는 전화 한 통 와 있지 않았다. 120평마저도 연락이 없다.

하긴, 연락이 없는 건 당연할 거다. 나는 어제 그가 꺼내놓은 물건에 기절초풍할 뻔했다. 그 '물건' 말이다. 결정적인 순간 직전 버튼을 누르면 뽁, 뽁, 뽁 소리를 내며 발기시켜주는 장치가 거기에 달려 있었다. 페니스 펌프라니, 말로만 들었지 눈으로 본 건 처음이었다.

"약은 부작용이 있을지도 모르니까. 소리는 금방 적응되겠지. 싫나?"

"아뇨, 그것 때문이 아니라."

부디 좋으면서 튕기는 것처럼 보였길 바랐지만 글쎄, 성공했는지는 모르겠다. 120평은 하루가 다 되도록 연락을 하지 않음으로써, 내 얄팍한 연기력에 속지 않았음을 확실히 했다. 슬슬 불안해지기 시작했다. 소파에 누운 우현은 드르렁 코를 골았다. 나는 부자 남편감한테 맘에 없는 교태를 부리지도, 기가 막히게 섹시한 남자를 화끈하게 덮치지도 못하는 어정쩡한 여자가 되고 말았다.

"너무 잘 자는 거 아니에요? 나도 남잔데."

우현이 침대 모퉁이에 앉는다. 날 유심히 보는 것도 느껴졌다. 나는 몸을 뒤척이는 척하며 왼쪽 얼굴을 베개에 더 깊이 파묻었다. 실은 이 남자가 커튼을 확 젖혔을 때 깼지만 일어날 수 없었다. 왼쪽 얼굴이 침으로 흥건히 젖었기 때문이다. 나는 베개에 얼굴을 더 문질렀다. 잠깐, 지금 몇 시지? 지각이다! 몸을 일으키는데 절로 신음이 터져 나왔다.

"으아, 너무 야한 거 아니에요?"

"밤새도록 어디서 얻어맞은 거 같아요."

간밤의 마라톤을 떠올리면, 이 정도라도 움직일 수 있는 게 기적이다. 나는 밤새 말려 올라간 원피스를 얼른 잡아당겨 허벅지를 가렸다. 우현의 왼쪽 뺨은 퉁퉁 부어 있다.

"다리 줘봐요."

그는 내 두 다리를 자기 허벅지에 올리더니 마사지를 시작했다. 야릇한 거 말고, 진짜 마라톤 감독들이 선수한테 하는 것 같은 그런 마사지. 나는 다리를 뺐다. 술은 완전히 깼다. 내가 이 남자 때문에 그 택시에서 내렸다는 게 믿기지 않았다. 아무리 오랜만에 취했다지만, 보통 미치지 않고서야 어떻게 그런 판단을 내릴 수 있지? 내 남은 평생 뽁뽁이와 살아야 한다는 두려움 때문이었을까?

"안 하면 아플걸요."

그가 다시 손을 뻗는데, 나는 신경질적으로 밀어냈다. 다 짜증 난다.

"가죠."

나는 손에 물을 적셔 제멋대로 뻗어 있는 앞머리만 대충 정리하고는 코트를 찾아 입고 부츠를 신었다. 딱딱한 부츠가 발에 닿자 날카로운 통증이 발끝부터 머리끝까지 훑고 지나갔지만 티를 내지는 않았다. 롱부츠라 지퍼를 올리는데 온몸이 기울었다. 하마터면 앞으로 고꾸라질 뻔했다. 우현은 내 허리춤을 잡았다가 급히 손을 뗐다.

엘리베이터는 비정상적으로 작다. 3층에서 1층까지 내려오는 동안 침묵이 흐른다. 엘리베이터 문이 열리고 쭈뼛쭈뼛 우현이 앞서간다. 그의 하얀 후드 티셔츠에는 콜라 자국이 큼지막하게 남았다. 모텔 입구에 다다르자, 나는 그를 바라보고 섰다. 작별 인사다, 이거다.

"전 이쪽으로, 그럼."

"엇, 가시게요?"

"네, 가야죠."

"어……."

"어젠 고마웠어요."

"저기, 그, 서명 다시 해드려야 할 것 같은데……."

당장에라도 내 전화번호를 불러주고 싶지만, 뒤돌아섰다. 정신을 차려야 한다. 120평이 힘을 써주면 사회봉사 따위 더 안 해도 될 것이다. 이런 말도 안 되는 동네에 또 올 일, 절대 없을 것이다. 대신 햇살 가득한 서래마을에서 스테이크나 썰고 있을 것이다.

"괜찮아요."

"그럼 지하철 타는 데까지만……."

"아니에요, 괜찮아요."

길에는 이미 사람들이 북적이고 있다. 매캐한 연기가 자욱했다. 소독차가 지나다닌 것 같다. 좀비들은 이미 정부에서 다 잡아갔을 것이다.

"잘…… 가요."

우현의 목소리가 작아졌다. 이 남자가 혹시 섭섭해하고 있는 걸까, 호기심이 살짝 일었지만 무시하기로 했다. 나는 다시 한 번 어색하게 묵례를 하고 뒤돌아 걸었다. 어제 목숨 걸고 달렸던 거리를 다시 걸어 내려왔다. 아니, 뛰어야 했다. 이틀 전엔 반차를 썼고 어제는 조퇴를 했고 오늘은 지각을 했다. 서명운동도 다 못 했는데. 회사에서 잘리게 생겼다. 의기양양할 지점장의 얼굴을 떠올리니, 다시 뛸 수 있을 것만 같다. 우선 전화부터 해야 했다. 휴대폰을 꺼내보니 불통이다. 비상사태인데, 설마. 이해해주겠지? 회사에서 잘리고 부자 남편한테 시집가는 그림만큼은 피하고 싶다. 더 솔직하게 말하면, 부자 남편감이 제대로 삐진 게 틀림없는 이 상황에서 회사에서 잘리기는 싫다.

택시를 잡을까 했는데 도로는 비정상적으로 붐볐다. 경찰도 쫙 깔렸다. 홍대입구역에 가까워지면서 사람의 수가 급증했다. 여기저기 메가폰을 쥐고 소리치는 사람들이 보였다. 어제 일로 실종된 사람들을 찾는 건가. 나는 무심하게 사람들 사이에 섞여들었다. 여길 지나야 지하철역이 나온다. 그때였다. 삐익, 마이크가 불쾌한 소리를 내더니 청년의 목소리가 우렁차게 터져 나왔다.

"우리는 살 권리가 있습니다! 정부는 분명 백신을 갖고 있습니다! 우리 세금으로 만든 백신을 고위층에게만 유통시키고 있습니다! 어제 여기서 무참히……."

KFC 앞에 큰 단상이 만들어져 있다. 검은 뿔테 안경을 쓰고 검은 후드 티를 입고, 양 볼에 검은 엑스 자를 그린 남학생이 울컥한 듯 호흡을 가다듬더니 다시 마이크를 고쳐 쥐었다.

"무참히 생명을 빼앗긴 우리 친구들을 기억하십시오! 그리고 명심하십시오! 다음 순서는 바로 우리가 될 수 있습니다! 우리는 정부에게 진실을 요구할 자격이 있습니다!"

그러고 보니 거리를 가득 메우고 있는 사람들은 20대 학생들 같다. 피켓에 각 대학교 이름이 쓰인 걸 보니, 대학교 연합 동아리 시위인 듯하다. 요즘 대학교에 다시 낭만이 불고 있는 걸까. 나는 신입생 오리엔테이션에 가기도 전에 토익 공부에 매달렸었는데, 요즘 대학생들은 시간이 많나 보다. 경찰 쪽에서도 고성이 터져나왔다. 허위 사실 유포를 즉각 중단하고 해산하라는 내용이다. 학생들의 고함은 같이 커져 아수라장이 됐다. 그러거나 말거나 내 목적지는 KFC 앞 홍대입구역 9번 출구다.

갑자기 여자의 높은 비명이 하늘을 가른다. 일순 조용해지는가 싶더니, 학생들이 미쳐 날뛰기 시작했다. 나는 사람들 사이에 껴서 이러지도 저러지도 못하는 신세가 됐다. 뭐, 익숙하다. 출근 시간 지하철에 비하면 이 정도는 약과다.

"저기요. 전 아니거든요. 저, 잠깐만 비켜주세요!"

물론 비켜주는 사람은 없다. 그러면서도 호기심이 일었다. 방금 그 비명은 뭐지?

"어머니가 쓰러졌다!"

학생들이 외쳤다.

"어머니가 누구예요?"

솜털 보송한 한 여학생이 격분하며 설명했다. 이 병으로 아들을 잃은 한 어머니가 시위에 동참해주셨는데, 경찰이 쓰러뜨렸단다.

"그럼 단상 위에 저 남자는 누구예요?"

여학생은 날 외계인 보듯 했다.

"엑스 몰라요?"

엑스? 이 무슨 아이돌 같은 이름인가.

"그게 뭔데요?"

그 순간 또 한 번 사람들이 큰 파도를 치며 술렁였다. 여학생은 온몸을 다해 고통을 토해냈다. 오버하기는. 분명 연극학과 학생일 거다. 난 얼른 빠져나가고 싶지만 다리고 팔이고 다 꽉 껴서 고스란히 그 압력을 견디는 수밖에 없었다. 비명은 저 앞에서부터 메아리처럼 울려 퍼졌다. 뭐지? 상황을 채 파악하기도 전에 뭔가가 날아들었다. 물대포다. 이건 십수 년 전에 이미 유행이 지난 거 아닌가?

심장이 쪼그라들 만큼 차가운 물이 순식간에 덮쳤다. 턱이 덜덜 떨려서 이가 딱딱 소리를 낸다. 타깃은 KFC 앞에 있던 학생들이었으므로 내가 정통으로 맞진 않았다. 하지만 내 머리카락이 흠뻑 젖을 정도는 됐다. 다행히 150만 원짜리 코트는 방수가 되는 듯하다. 학생들이 도로로 튀어나가자, 드디어 틈이 생겼다. 난 중심을 잃고 몇 번 휘청거렸는데, 여기저기서 비명이 또 터져 나오기 시작했다. 누군가 내 팔을 세게 움켜쥐었다. 반사적으로 뿌리치려 했지만 힘이 너무 세다. 경찰이다.

"저 시위대 아니에요!"

나는 온 힘을 다해 외쳤다.

"저 여기 지나가던 사람이라고요! 내가 대학생으로 보여용?"

몽둥이를 휘두르려던 경찰이 멈칫했다. 막상 멈칫하니 또 섭섭하다.

"그럼 여기 왜 있어요!"

"전 그냥 지하철 타려고요."

"네?"

"지하철 타려고 했다고요!"

"운행 중단됐어요."

"네?"

우리 옆으로 경찰 한 무리와 학생 한 무리가 거칠게 뒤엉켰다.

"뭐라고요?"

"어디 가시는데요?"

"신사, 신사역이요! 강남!"

"강남 못 가요."

"왜요?"

경찰이 빌딩 위 대형 전광판을 가리켰다.

'강북 일대 긴급 폐쇄.'

시뻘건 글씨였다. 물대포가 한차례 더 내 몸을 훑고 지나갔다. 나는 고
스란히 흠뻑 젖는다.

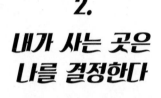

2.

내가 사는 곳은
나를 결정한다

밤이 다가오고 있다. 좀 더 빨리 걸어야 한다. 얼어붙은 발이 부츠에 덜거덕거린다. 마치 얼음송곳으로 찔리는 것 같다. 거리는 휴대폰 불빛으로 반짝였다. 이런 생각을 하기엔 좀 미친 것 같지만, 예쁘다. 살아 있는 사람들은 모두 휴대폰을 머리 위로 쳐들고 흔들어대고 있다. 그래봐야 불통이다. 내가 세상과 연결된 느낌을 받을 수 있는 건 단 하나, 저 건물 위 전광판에서 보이는 '빨리 대피하십시오'라는 글자뿐이다. 하지만 대체 어디로? 하루 종일 쏘다녔지만 방법이 없었다. 지하철역은 어두컴컴해서 들어갈 엄두도 나지 않았다. 버스 정류장에서 희망을 품었지만, 마지막으로 도착한 버스 세 대에서는 좀비들이 쏟아져 내렸다. 덕분에 모든 건물들이 문을 걸어 잠갔다. 편의점도, 약국도, 커피숍도. 내 뒤를 노리는 좀비보다, 내 눈을 똑바로 보며 문을 걸어 잠그는 사람들이 더 무서웠다. 솔직히 나도 좀비가 돼서 저 인간들 목덜미를 물어뜯어버리고 싶다는 생각도 들었다. 물론 거리 쪽 사람들도 밀리진 않았다. 격분한 사람들은 유리문을 부수고 쳐들어가기 시작했다. 나는 그 어느 쪽에도 끼고 싶지 않았다.

마지막 희망은 모텔이었다. 제발, 어젯밤처럼이라도 잘 수 있다면. 설마 이 말도 안 되는 상황이 내일까지 이어지지는 않을 것이다. 여기는 대한민국이다. 서울이다. 누구나 인정하는 선진국은 아니어도, 먹고살 만했고, 치안은 좋았다. 하룻밤만 버티면 내일은 원래 세상으로 돌아올 것이다.

신입생 좀비가 뒹굴었던 주차 금지 표지판에 다다랐다. 모텔 문에 커다랗게 나붙은 하얀 종이가 보였다. 빨간 매직으로 쓰인 글씨.

'현금 ONLY, 1박 백만 원.'

"다행이다. 나만 여길 떠올린 건 아닌가 봐요?"

입을 떡 벌린 채 숨도 내쉬지 못했던 내 눈에 띈 건 우현이었다.

나, 은행원 8년차다. 이런 내가 현금 출금기 앞에서 두 손 모아 빌게 될 날이 올 줄은 몰랐다. 사람들이 잔뜩 늘어선 줄 저 앞에서는 출금기가 털털거리며 현금을 세고, 뱉고, 세고 뱉고 있다. 방금 어떤 아줌마가 3백만 원을 만 원짜리로 출금하려다 다른 아줌마한테 뺨따귀를 맞았다. 다들 눈치껏 뽑고 있다지만 출금기에 든 현금이 그리 많이 남지 않았음은 분명했다. 제발, 나한테까지 차례가 돌아와야 할 텐데. 아님 옆줄에 선 우현의 차례라도. 팔짱을 끼고 이리저리 몸을 흔들던 나는 우현과 눈이 마주친 3초 동안은 가만히 서 있을 수 있었다. 그가 날 보며 짐짓 괜찮다는 표정을 지어 보인 건 꽤 쓸 만한 위로였다. 비록 은행 전문가는 내 쪽이었다 하더라도.

영겁의 시간이 지나고 드디어 내 차례가 됐다. 앞에 서 있던 여대생이 돈을 손에 쥐고도 뭉그적거리자 몸을 확 밀어버리고 싶은 충동에 사로잡혔지만 나는 초인적인 인내심을 발휘해 여대생이 옆으로 완전히 비키기를 기다릴 수 있었다. 출금기는 아무 일도 없다는 듯 초기 화면을 보여주었다. 손가락이 벌벌 떨렸다.

계좌 출금 클릭, 지문 인식, 비밀번호 그리고 잔액. 나는, 나는 내 눈을 의심했다. 42만 6천 원? 잔액이 달랑 42만 6천 원? 이럴 리가 없다.

"저기요, 좀 서두르시죠."

뒤에 서 있던 남학생이 내 어깨를 두드렸다. 나는 신경질적으로 어깨를 털어냈다.

"잠깐만요."

빌어먹을, 바로 어제 백화점 카드가 내 잔액을 다 쓸어갔다. 신사동 오피스텔에 포장째로 우두커니 있을 60만 원짜리 안티 에이징 크림, 뜨거운 밤을 보낼 때 입으려 했으나 역시 옷장 안에 고스란히 포개져 있는 50만 원짜리 망사 속옷 세트, 그리고 지금 내 발밑에서 다 뭉개진 80만 원짜리 롱부츠. 이럴 줄 알았으면 크림이나 잔뜩 발라볼걸. 광란의 1박 2일을 보낸 지금의 내 얼굴 상태는 차마 확인할 용기도 없다. 내 방은 안전하려나. 좀비들이 들이닥쳐 크림을 찍어 먹고 있으려나.

정기예금을 해지해보려 했지만 업무 시간이 아니라는 메시지만 떴다.

당연한 건데, 머리가 폭발할 것 같다. 빌어먹을. 쓸데없이 참 착실하게 살았다. 현금을 죄다 정기예금에 처박아두다니. 나는 주먹으로 출금기를 쿵 내려쳤다. 즉각 뒤에서 조심하라며 폭언이 날아왔다. 나는 일단 현금 40만 원을 쥐고 줄에서 비켜섰다. 설마 우현이 혼자 비싼 방을 차지하고 날 내쫓진 않겠지. 좀 더 친한 척을 해뒀어야 했는데. 나는 이보다 더할 수 없는 비겁한 자세로 우현에게 다가갔다. 우현은 출금기 앞에 고개를 푹 숙이고 구시렁거리고 있다.

"무슨 수수료가 2천 원이나 해?"

내가 다가오는 걸 느낀 우현이 덧붙였다.

"어쩌죠. 수수료 때문에 많이 못 뽑겠는데요."

우현은 달랑 12만 원을 꺼내 들었다. 이 인간이 지금 나랑 장난을 하는 건가! 내 표정을 본 그는 매우 어색하게 "아!" 하고 외치더니 지갑을 뒤적였다.

"카드 하나 더 있어요."

뒷줄에서 즉각 헛기침 소리가 날아들었다. 우현은 잽싸게 새 카드를 밀어 넣었다. 현금 서비스 50만 원.

"네, 그 정도면 일단 하룻밤은 될 거 같아요!"

내가 기뻐서 외쳤다.

하지만 출금기와 우현 사이에 이상한 기류가 흘렀다. 그가 고개를 갸우뚱했다. 불길하다.

"잠깐만, 비밀번호가 뭐지."

"왜요?"

"틀렸다고 나오네요."

그는 몇 번을 더 누르더니 또 틀렸다.

"이거 기계가 이상한 거 같아요."

"방금 12만 원은 뺐잖아요. 더 틀리면 안 되는데."

뒤에서 험악한 남자 하나가 얼른 비키라고 소리치는 바람에 우리는 다시 옆줄로 이동해야 했다.

"빨리 생각해봐요. 생일, 전화번호 뒷 번호, 전 여친 생일, 전 여친 뒷번호."

우현은 그저 멍한 표정을 지을 뿐이다. 갑갑해 미칠 지경인데, 이 와중에도 참 잘생겼다. 아니, 이렇게라도 생각해야 어젯밤 택시에서 뛰어내린 나를 스스로 때려죽이지 않을 수 있을 것 같다. 우현은 한참을 중얼거리더니, 뭔가 숫자가 떠오르는 것 같다고 펄쩍 뛰었다. 그와 동시에 우리 옆줄에 서서 출금기에 매달려 있던 여학생 하나가 울부짖었다.

"현금 떨어졌대요!"

우리 줄은 아직 괜찮다. 앞에 선 아저씨가 머리를 박고 이것저것 누르니 금세 현금 세는 소리가 났다. 행여 옆줄 사람들이 침범할 새라 아저씨 엉덩이에 몸을 잔뜩 밀착시킨 나는 신물이 올라오는 것 같아 침을 꿀꺽 삼켰다.

이내 우리 차례가 됐다. 우현은 후들거리는 손으로 화면을 터치했다. 그러나 이내 거래 불가 메시지가 떴다.

"기억났다면서!"

나도 모르게 소리를 꽥 질렀다. 동시에 뒤에서 얼른 비키라는 고함이 쏟아졌다.

"잠깐, 잠깐만요."

사실 내 카드도 아닌데, 이렇게 화를 내는 게 좀 미안하다 싶어 우현의 어깨에 살짝 손을 댔다. 우현도 긴장했는지 거세게 온몸을 흔들었고, 이내 현금을 세는 우렁찬 소리가 이어졌다.

"살았다!"

우리는 누가 먼저랄 것도 없이 서로를 부둥켜안았다. 뒤에 선 학생이 우리를 세차게 밀어낼 때까지도, 우리 행동이 얼마나 비호감으로 보일 것인지 생각하지 못했다.

돈을 모두 합치니 102만 원. 이제 빈방이 있기를 바라는 수밖에 없다. 거기 말고 또 모텔이 있었나 기억을 더듬어봤지만 떠오르지 않았다. 지도 앱 때문에 길을 외우는 능력은 아예 없어져버렸다. 휴대폰도 인터넷도 여전히 먹통이다.

제발 돈을 조금만 나눠달라는 한 여학생의 손을 가까스로 뿌리쳤다. 우현이 2만 원이라도 주자고 하는 것도 못 들은 척했다. 우현은 군말 없이 내 옆에 섰다. 머리는 거의 다 말랐지만 밖은 정말 춥다. 누가 먼저랄 것도 없이 우리는 손을 꼭 잡았다.

"이제 잘될 거예요. 파이팅!"

우현은 아무 맥락 없는 파이팅을 즐겨 하는 듯했다. 내 머릿속은 만약 빈방이 없을 경우의 수, 강북이 내일 밤까지 폐쇄될 경우의 수 등을 계산하느라 바쁜데도 일단은 웃음이 났다. 3분쯤 걸렸나. 꽉 잡았던 우리의 손은 자연스럽게 풀렸다. 식칼이었다, 나이 지긋한 아줌마와 아저씨 손에 하나씩 들린 것은.

"방금 돈 뽑는 거 봤어. 내놔."

아주머니의 목소리는 떨리고 있었다.

"아줌마, 비켜요."

내가 침착하게 말했다.

"새댁, 나도 미안하게 생각해."

좀 더 큰 칼을 든 아저씨가 말했다.

"우리 부부 아니에요."

우현의 엉뚱한 소리.

"지금 그게 중요해?"

내가 소리 질렀다. 지른 김에 더 질러야 했다.

"도와주세요! 여기 누구 없어요?"

"아가씨, 누가 오겠어. 우리도 이런 사람들 아니었어. 그런데 딸아이가 있다고. 이제 겨우 초등학교 6학년이야. 이 길바닥에서 재울 순 없잖아."

"우리는 길에서 자도 돼요?"

내가 앙칼지게 되물었다.

"우린 그 돈이 필요해. 모텔이고 편의점이고 극장이고 현금 없이는 들어가지도 못한다고."

나는 이들이 실제 사람을 해치지는 못할 것이라 확신했다.

"칼은 잘도 구했네요."

"이미 문이 다 깨진 데서 가져온 거야. 거기서 잘 순 없다고. 두 사람은 젊잖아. 오늘 하루 정도는 길에서 버틸 수 있을 거야. 걘 어린애야. 어린 애부터 살려야지."

어린애를 살려야 한다는 데에는 동의하지만, 내 목숨을 담보로 도울 생각은 없다. 아줌마의 말투는 묘하게 내 신경을 건드렸다.

"죄송한데 저희도 어쩔 수 없어요."

"아가씨, 말이 안 통하네."

아저씨가 칼을 휘둘렀다. 칼은 내 코트 옆을 아슬아슬하게 비껴갔고, 그와 동시에 우현은 아줌마를 막아냈다. 둘 다 무지막지한 힘이다. 돈은 나한테 있다. 일단 다시 은행 방향으로 뛰었다. 하지만 이내 10미터를 남겨두고 아저씨에게 잡히고 말았다. 벽에 밀쳐진 내 목 밑으로 칼이 들어왔다. 영화에서나 보던 장면이다. 이번엔 정말 겁에 질렸다.

"지금 주면 다치지 않게 할게."

아저씨는 내 코트 주머니를 더듬었다. 현금 꾸러미가 그의 손에 잡혔다. 이를 악무는 것 말고는 할 수 있는 일이 없었다. 아저씨는 쏜살같이 아줌마 곁으로 갔다.

"잡아! 잡으라고! 돈 가져갔어!"

내가 외쳤다. 두 사람은 우현을 가까스로 피해 거리를 벌리는 데 성공했다.

"뭐 해! 따라가서 잡아야지!"

내게 다가오려는 우현을 향해 외쳤다. 하지만 우현도, 나도 그게 아무 쓸모 없는 짓이라는 걸 금방 알게 됐다. 건장한 남자 한 명이 야구 배트로 아저씨의 머리를 내려치고 있었으니까. 우리의 돈 봉투는 그렇게 그 남자의 손으로 넘어갔다. 거리는 무섭도록 조용했다. 거리 전체에 퍼진 이 공포는 아줌마의 비명도 꿀걱 삼켜버렸다.

●

"진짜, 그 아줌마 힘이 진짜 너무 셌다니까요."

내 귀엔 우현의 말이 제대로 들리지 않았다. 뭔가 느낌이 이상했다. 대단한 느낌은 아니고, 여자들이라면 한 달에 한 번씩 느끼는 그 느낌. 설마, 이 와중에? 세상이 뒤집힌 이 와중에 내 자궁은 정자를 못 만난 내 가여운 난자를 밀어내려 하고 있었다. 시작하라는 로맨스는 물 건너가고, 멘스가 웬 말이냐. 예정일도 이틀이나 남았는데, 그러므로 생리대도 가지고 오지 않았는데, 미치고 팔짝 뛸 노릇이다.

"그 아저씨는 죽었겠죠? 야구 배트로 맞았는데. 그래도 이왕이면 그분들이 모텔에 갈 수 있었으면 좋았을 텐데. 딸은 어떡하지."

"어이, 거기. 내가 말하는 거 안 들리오?"

노란 조끼가 우현을 지목했다. 우현은 즉각 어깨를 움츠렸다. 뒤늦게 출동한 닭장차에 몸을 구겨 타고 이제 좀 지낼 만한 곳으로 가나 싶었더니, 노란 조끼들이 데려온 곳은 겨우 주차장 골목이었다. 바로 어제 내가 앉아 주사를 놔줬던 책상들도 구석에 그대로였다. 달라진 게 있다면 엉성하게 텐트 같은 걸 세웠다는 건데 좀비는커녕 바람도 막지 못할 것 같았다. 정부가 생각해낸 최고의 도피처 수준은 겨우 이 정도였다. 하지만 생색은 최고 수준이다. 마치 유토피아팰리스 월세를 50만 원만 받겠다는 것처럼, 노란 조끼들은 잠은 무료로 잘 수 있고 식사 가격은 만 원밖에 안 하니 이 얼마나 대단한 기회냐고 으스대고 있었다.

천막 하나에 서른 명의 사람들이 몸을 웅크리고 앉았다. 천막이 적어도 스무 개는 쳐졌으니까 6백 명가량이 여기 모여 있는 셈이다. 노란 조끼들은 수시로 천막을 찾아와 사람들의 외투를 벗기고 좀비에게 물린 자국을 찾았다. 기를 쓰고 찾았지만 수확은 없었다.

"저기요, 좀비에 물렸으면 여기 가만히 앉아 있지 못할걸요. 아저씨도 봤잖아요. 여기 있다는 거 자체가 안 물렸다는 증건데, 왜 자꾸 옷을 벗으라 마라예요?"

열혈 투덜이 여성께서 노란 조끼에게 톡 쏘아붙였다. 조끼가 여자를 아래위로 훑어봤다. 그 의미를, 나도, 여자도, 천막 안 사람들도 모두 알아차렸다.

"저 말을 왜 쟤가 하냐. 저기 단발머리가 하면 몰라도. 지 몸매 아무도 관심 없는데."

"남자 앞에서 벗는 게 처음일 것 같은데."

내 옆에 앉아 있던 30대 남자 둘이 킥킥거렸다. 여자가 불쾌해져서 덧붙이려는데 노란 조끼가 심드렁하게 말했다.

"물린 것만이 아니라 다친 것도 보는 거요. 저것들이 피 냄새를 맡고 오는 거 같으니까."

"진짜요? 누가 그래요?"

괜히 내가 찔려서 끼어들었다. 조끼는 그냥 그런 줄 알라는 제스처만 취하고는 나갔다.

"진짜 그런 거면 단순히 겉옷만 벗어서 될 게 아니지 않아요? 완전히 다 벗고 봐야지."

폐경인 게 틀림없는 중년 여자가 말했다. 사람들도 동조하는 분위기다.

"근거가 없잖아요."

내가 또 반격했다.

"저 사람이 뭘 알아요? 피 냄새를 맡고 쫓아오는 거면 물린 애들끼리 뒤엉켜야지, 왜 멀쩡한 사람을 공격해요?"

사실 꼭 이렇게 생각하는 건 아니었지만, 일단 내가 살고 볼 일이다. 곧 생리가 시작될지도 모르는데 알몸 검사라니 말도 안 된다.

"그 말도 일리는 있네. 일단 잡시다. 자고 내일 생각합시다."

그 누구도 리더 자리를 주지 않았건만 자꾸만 사람들을 통솔하려 드는 40대 남자가 말했다.

"지금 잠이 문제예요? 누가 망이라도 봐야 되는 거 아니에요?"

투덜이가 말했다.

"어허, 가만히 있으라잖아요. 정부가 나선 것 같은데 별일 있겠수?"

리더 아저씨가 말했다. 여기저기서 웃음이 쿡 터졌다. 정부가 나서면 더 빨리 죽을지도 모르는 나라다.

"일단 눕죠."

누군가가 말했다. 사람들은 누가 먼저랄 것도 없이 자리에 누웠다. 나도 일단 눈은 감았다. 잠이 올 리 없었지만, 이들과 수다를 떨 기분은 더더욱 아니었다. 사실 나는 나 자신에게 최면이라도 걸어야 할 판이다. 분명히 근처에 편의점이 있었다. 봤던 기억도 있다. 어니시, 어디였지? 눈을 감고 아무리 떠올리려 해봐도 정확히 기억나지 않는다. 편의점만 찾으면 될 텐데. 흉기가 될 만한 것부터 음식, 물까지 죄다 훔쳐 갔겠지만 이 와중에 생리대를 훔쳐 간 사람은 많지 않을 것이다. 어쩌면 이 와중에 생리대를 찾는 건 홍대 바닥에서 내가 유일할지도 모른다. 젠장, 나는 왜 코트 안에 노란색 원피스를 입었나! 코트마저 밝은 색이다.

나는 살금살금 몸을 일으켰다. 암흑천지라 누군가를 밟지 않고 나가는 건 불가능할 것 같다. 핸드백을 어깨에 메고(생리대를 담아 와야 했다) 손을 뻗어 빈 땅을 찾아 더듬고 있는데, 밖에서 이상한 소리가 났다. 쓰윽, 발을 질질 끌며 걷는 소리다. 소리를 들은 건 나만이 아니었다. 여기저기 몸을 일으키는 소리가 났다.

"쉿!"

나는 본능적으로 몸을 낮췄다.

"아, 뭔데!"

한 남자가 잠이 덜 깬 목소리로 구시렁거렸다. 그게 신호였다. 뭔가가 천막으로 달려들었다.

"좀비다!"

사람들은 정확히 두 패로 나뉘었다. 천막으로 달려들어 입구를 막는 사람과 입구에서 뚝 떨어져 몸을 피한 사람. 나와 리더 아저씨, 투덜이가 달려들어 입구를 막았고, 나머지 사람들은 구석에 몸을 웅크렸다. 실은 나도 입구를 막을 생각은 아니었다. 아저씨한테 부딪혀서 엉겁결에 딸려 왔다. 누군가 내 등을 힘차게 밀기에 보니, 우현이었다. 덕분에 나는 이제 와서 손을 떼기도 어려웠다. 좀비의 수는 급증하고 있었다. 뒤늦게 사람들이 모두 들러붙었지만 역부족이었다. 옆 천막에서는 벌써 비명 소리가 높았다. 천막 입구가 벌어지기 시작했다.

"밖이 위험합니다! 나오지 마세요! 다시 한 번 말합니다! 나오지 마세요!"

확성기에서 다급한 목소리가 흘러나왔다. 노란 조끼인 듯했다.

"나가지 말라는데요?"

"그러니까 나가야죠!"

"반대편! 반대편을 찢어요!"

30대 남자가 있는 힘을 다해 천막을 찢기 시작했다. 하지만 이 쓸데없이 질긴 천막은 쉽게 찢어지지 않는 것 같았다. 구멍은 대체 어떻게 만들어지고 있는 건지 궁금해 미치겠는데 내 뒤엔 우현이 버티고 서서 보이는 것도 없다.

"뚫렸어요? 찢어졌냐고!"

"아니, 조금만 더 버텨요."

"됐다!"

남자가 소리치면서 뛰쳐나가는 듯했다.

"자, 우리도 하나, 둘, 셋 하면 저쪽으로 나갑시다."

리더 아저씨가 숫자를 셌다. 하나, 둘, 셋! 나는 있는 힘껏 달렸다. 그와 동시에 천막이 무너지기 시작했다. 좀비한테 물어뜯기고 있는 30대 남자와 단발머리를 뛰어넘고 나는 정신을 놓은 채 달려 나갔다. 뭔가가 다가올 때마다 핸드백을 휘둘렀는데, 그에 맞아 떨어져 나간 게 좀비인지 사람인지도 알 수 없었다. 동이 트고 있는 주차장 골목, 어스름한 햇빛에 비친 아비규환은 차라리 한 폭의 그림 같았다.

누가 먼저랄 것도 없이 사람들은 한 방향으로 뛰기 시작했다. 던킨도너츠를 돌아 상수역으로 향했다. 거기엔 마포구청이 만들어놓은 특별 대책 위원회가 있었다. 무의식중에 그리로 향하는데 반대편 편의점이 눈에 띄었다. 오히려 도로는 한산했다. 나는 잽싸게 길을 건넜다. 생리대만 얼른 집어 나오면 될 것이다. 아무리 세상이 뒤집어진 와중이라도 생리혈이 묻은 원피스 차림으로 돌아다닐 수는 없는 노릇이다. 그래도 선진 시민으로 32년을 살았는데, 옷에 생리혈이 묻었다고 말하느니 좀비한테 엉덩이를 물리는 게 나을지도 모른다.

편의점 불은 꺼져 있었다. 박살 난 유리 조각들을 조심해서 건너 안으로 들어갔다. 이미 음식이나 음료수는 모두 쓸어간 상태였다. 나는 조심조심 발걸음을 뗐다. 치약, 칫솔, 팬티스타킹을 하나씩 빼서 핸드백에 넣었다. 이어서 생리대에 손을 뻗으려는 찰나, 와장창 소리와 함께 나무 선반이 날아와 박혔다. 앳돼 보이는 남학생 하나가 선반에 머리가 꽂힌 채 같이 무너져 내렸다. 그 와중에도 뭘 물겠다고 필사적으로 이빨을 달가닥거렸다. 덕분에 내 심장이 입 밖으로 튀어나올 뻔했다.

"여기서 뭐 하는 거예요!"

우현이 하얗게 질려 뒤편에 서 있었다.

"여긴 왜 왔어요!"

"그쪽이 가니까 따라왔죠!"

"왜요!"

"그냥요. 일단 얼른 나가요. 여긴 위험해요."

누가 모르나. 내가 뭉그적거리자 우현이 또 한 번 재촉했다.

"알았다고요, 나간다고."

우현은 내게서 눈을 떼지 않았다. 그러면 내가 어떻게 생리대를 집니!

"잠깐만, 밖에 좀 볼래요?"

"다들 상수역 쪽으로 갔어요."

"나도 알아요. 그냥 좀 보라고!"

우현이 멈칫, 시선을 돌렸다. 나는 얼른 생리대를 핸드백에 있는 대로 넣었다. 내가 제일 좋아하는 브랜드는 남학생의 깨진 머리통 밑에 깔렸다.

"다 됐으면 얼른 나가자고요!"

"알았다고요!"

아니, 얘는 왜 자꾸 일행인 척하는 건지 알 수가 없다. 나는 우현을 지나쳐 편의점 밖으로 휙 나갔다가 반사적으로 다시 뛰어 들어왔다. 반짝거리는 햇살에 비친 상수역은 피의 향연 그 자체였다.

"6백 명이 전부 좀비가 된 거 같은데."

나는 중얼거렸다. 상수역을 본 우현도 넋이 나간 것 같다. 정신이 나가면 헛소리가 나오는 게 당연하지만 그래도 그는 내 상상을 초월했다.

"저기 맞은편 집 보이죠? 저 집 노가리 맛있는데."

그는 푹 주저앉으며 이따위 말을 했다.

속이 울렁거리고 머리가 지끈거린다. 이제 생리도 다 끝났는데 생리통이 아직 있을 리는 없다. 먹은 것도 없는데 속이 울렁거리다니, 이것도 미칠 노릇이다.

우리는 상수역 뒷골목을 헤매다 조그마한 원룸에 자리를 잡았다. 일고여덟 개의 건물을 샅샅이 뒤진 끝에 찾아낸 보금자리다. 방 주인이 문을 열고 뛰쳐나오다 슬리퍼를 내팽개친 모양인데, 용케도 문틈에 끼인 슬리퍼 덕분에 우리는 처음으로 현관문이 잠기지 않은 집을 발견하게 됐다. 다른 집은 텅텅 빈 건지, 빈 척하는 건지, 좀비로 가득한 건지 알 길이 없었다. 어쨌든 우리의 '보금자리'에 앉아 현관문을 굳게 걸어 잠근 걸 한번 더 확인하고, 우현의 손을 잡고 있으면 온몸이 덜덜 떨리는 증상은 확실히 덜해졌다. 좀비가 스파이더맨이 되지 않은 한, 창문을 타고 5층까지 올라오지는 못할 테니까.

집은 그냥 아담한 원룸이다. 테이블에는 노트북과 캔들이 놓여 있고, 부엌에는 커피포트와 전자레인지가, 화장실에는 면도기와 콘돔이 있는. 그냥 평범한 싱글 남성의 원룸이다. 침대맡에 채찍과 가죽끈이 놓여 있다는 점만 빼면 이 남자의 얼굴이 궁금할 필요도 없을 정도다.

문제는 이 집주인이 그리 가정적이지는 않았다는 것이다. 온 집 안을 다 뒤졌는데 먹을 거라곤 맥주 한 캔과 신라면 한 봉지가 전부였다. 수돗물을 열 컵 부어 라면 한 개를 끓이고, 면은 나눠 먹고, 국물은 두고두고 마셨다. 하지만 이마저도 이틀 전에 동났다. 맥주는 이 집에 도착하자마자 마셔버렸다.

멀쩡한 음식을 마구 버릴 때가 있었다. 그러면서 나 자신에게 상을 주기도 했었다. 좋았어, 오늘은 천 칼로리를 넘지 않았어! 좋았어, 피자를 시키긴 했지만 한 조각만 먹었어. 치킨은 다리와 날개만 빼고 다 버리는 거야! 햄버거 세트에 나오는 감자는 원래 데커레이션용이잖아? 덜 먹는다는 것은 내가 얼마나 '힙'한 여자인지를 보여주는 척도 같았다. 식탐을 조절할 수 있다는 것은 상당히 강한 정신력을 지녔다는 점을 방증하는 것 같기도 했다. 나는 치즈도 없는 치즈 케이크를 한입 가득 물고는 '살 빼야 되는데'를 노래하는 덜떨어진 여자들과 차원이 다르다고 자부했다.

하지만 그건 진짜 굶는 게 아니었던 모양이다. 나는 진짜 굶주림을 체험 중이다. 가능하다면 내 가죽이라도 벗겨내 구워 먹고 싶다. 지옥에 가면 내가 평생 버린 음식을 한 번에 다 먹어야 한다고 엄마가 늘 말했는데, 그 말이 맞다면 나는 지금 당장 지옥 한복판에 떨어지고 싶다. 지난 10년을 다이어트 해온 내가 고작 며칠 못 먹었다고 이렇게 되는 건 좀 웃기긴 하지만, 맞다. 있는데 참으면서 안 먹는 것과 없어서 못 먹는 것은 그 허기가 차원이 다르다. 다이어트 허기가 나 자신과의 싸움이라면, 지금의 허기는 세상과의 싸움 같았다. 물론 나 자신보다 좀비 세상이 120만 배쯤 어려운 상대다.

아니다. 생리도 끝났는데 속이 울렁거리는 건 그깟 허기 때문만은 아니다. 밤이 다가오고 있기 때문인지도 모른다. 좀비가 찾아올까 봐 불을 못 켜고 밤을 보내는데 그러면 다른 손님이 찾아온다. 어두워지기만 하면 사각거리는 소리가 나는 거다. 사각사각. 사각사각. 온 집에서 사각거리는 소리가 난다. 처음엔 피곤해서 그대로 곯아떨어졌지만, 갈수록 그 소리에 대한 궁금증 때문에 잠을 이룰 수가 없었다.

"우현아, 그 소리 또 나."

나는 바닥에 누운 우현의 어깨를 흔들었다. 우현은 잠에서 깨기 싫다는 듯 끙끙거렸다. 오늘 하루 종일 몸을 많이 쓰긴 했다. 내 지시에 따라 침대를 이리 옮겼다 저리 옮겼다 하고, 옷장에 걸린 행거를 분리해 그럴 듯한 무기를 만들었다.

"우현아."

우리가 친구 하기로 한 이후로 이렇게 애타게 불러본 적은 없었다. 오늘은 무슨 일이 있어도 이 사각거리는 게 뭔지 알아야 할 것 같다.

"라이터 못 봤어? 한 번만 켜보자."

"안 돼."

사실 좀비가 불빛을 보고 찾아올지도 모른다는 건 핑계다. 실은 불빛을 보고 달려와 같이 좀 살자고 할 사람들을 피하기 위해서다. 야구 배트에 쓰러진 아저씨를 본 이후로, 우리는 좀비보다 사람이 더 무섭다는 결론에 다다랐다.

"라이터 불 정도는 밖에 안 보일 거야. 너 아까 쓰고 어디 뒀어?"

"저기 테이블."

나는 조심스럽게 손을 뻗었다. 나는 라이터를 집고 조용히 일어섰다. 사각사각 소리가 더 커지는 것만 같다.

"나도 일어날게."

우현의 말을 들으며 라이터를 쥔 손에 힘을 줬다. 불을 어디부터 비춰야 할지 몰랐다. 구석에 좀비가 서 있을 것만 같아 다리가 후들거렸다. 라이터는 불꽃만 파박 튀기곤 불을 붙이지 못했다.

"불 안 붙어?"

"잠깐만."

그때였다. 뭔가가 내 어깨 위로 툭 떨어졌다. 나는 우현의 말에 대답하면서 무심결에 어깨를 털어냈다. 이상한 게 퉁 튕겨나갔다.

"뭐지?"

그와 동시에 불이 켜졌다. 그리고 사각사각하는 소리가 엄청나게 커졌다. 우현과 나는 동시에 천장을 봤다.

"악!"

나는 그대로 주저앉았다. 사각사각은 퍼득퍼득으로 바뀌었다. 그리고 퍼드득, 퍼드득으로 변했다. 수십 마리의 바퀴벌레가 천장을 뒤덮고 있었다. 그리고 땅바닥으로, 우리 머리 위로 후드득 떨어지고 있었다. 온몸에 소름이 쫙 돋으면서 그대로 얼음이 됐다.

"화장실! 화장실로 가자!"

우현은 얼어 있는 날 질질 끌고 화장실로 향했다. 그동안에도 내 맨발에 바퀴벌레가 닿았다. 몇 마리는 종아리를 타고 기어오르는 것 같았다. 나는 참지 못하고 비명을 질러댔다. 발을 동동 굴려봤지만 그 섬뜩한 느낌은 없어지지 않았다. 마침내 우현이 나를 화장실에 밀어 넣고 문을 닫았다. 화장실 전구 정도는 켜도 밖에 새 나가지 않을 거다. 우현이 화장실에 있는 바퀴벌레 일고여덟 마리를 처치하는 동안 나는 지난 7일간 내가 무심결에 만진 바퀴벌레가 몇 마리나 될까를 생각한다. 토할 것 같다.

"넌 좀비보다 바퀴벌레가 더 무섭나 봐."

우현이 변기 위에 앉으며 말했다. 나는 물을 틀어 다리를 씻고 있었다. 차가운 타일에, 차가운 물에, 쌀쌀한 공기까지, 얼어 죽기 직전이다.

"아껴 써. 물이 언제까지 나올지 모르는데."

"여기 계속 있으려고?"

"그럼?"

"난 여기 못 살아."

나는 수도꼭지를 잠갔다. 다시 바퀴벌레가 기어오르는 것 같아 소름이 끼쳤다.

"아침 되면 다 없어질 거야."

"밤엔?"

"여기 화장실에 있으면 되지."

"싫어, 나갈래."

"바퀴벌레도 계속 보면 정들어. 쟤들도 나름⋯⋯."

"그럼 너나 여기 살아!"

내가 꽥 소리를 질렀다. 우현이 흠칫 놀랐다. 실은 나도 좀 놀랐다.

"난 싫어, 여기."

다리를 긁던 나는 허벅지 안쪽에서 종기 같은 걸 발견했다. 맞다. 며칠 전 '왜 뾰루지가 여기에 났지'라고 생각하고는 까먹었었다. 그런데 바퀴벌레가 문 것일지도 모른다!

"바퀴벌레가 물 수도 있어?"

"응?"

"바퀴벌레가 사람도 무냐고!"

"인터넷에 찾아볼까?"

우현의 말에 나도 무심코 "응"이라고 말했다. 정확히 2초 후, 우리는 동시에 웃음이 터졌다. 인터넷이 없는 세상은 도무지 적응되지 않는다. 우현이 내 어깨에 손을 얹었다. 분위기가 살짝 야릇해졌다.

"우는 거야? 좀비고, 사람이고 있는 대로 다 후려치던 애가 고작 바퀴벌레 땜에?"

우현이 내 볼을 닦았다.

"웃지 마."

"안 웃어."

물론 이 집에서 행복한 순간도 있었다. 사실 꽤 많았다. 배고픔을 제외하곤 다 괜찮았다. 아침에 눈을 뜨고부터 밤에 눈을 감기까지 우현이 내 곁에 있었다. 난 더 이상 '지각이다!'를 외치며 아침에 일어나지 않아도 됐고, 거울 앞에서 오늘 내 옷차림이 직원들의 수군거림을 유발하지 않을까 망설이지 않아도 됐다. 일을 더럽게 못하는 이 대리의 불평불만을 들어주지 않아도 됐고, 앞뒤가 늘 맞지 않는 지점장의 말에 고개를 끄덕이지 않아도 됐다. 내 말을 전혀 이해하지 못하는 할머니 고객을 대상으로, 손해가 날 게 뻔한 펀드를 강권하지 않아도 됐다. 무엇보다, 더 이상 휴대폰 액정 화면에 김 차장의 얼굴이 뜨지 않았다. 결혼이고 나발이고, 나는 그 희한한 페니스 펌프 앞에서 쿨한 척하지 않아도 될 것이다. 나름 행복했다. 우현이 신라면의 마지막 한 면발을 시크하게 내 그릇에 넘겨주던 때엔, 그 전보다 오히려 더 행복한 것 같기도 했다.

우현은 정말 해피 바이러스 그 자체였다. 그는 이 집 주인 옷을 입어보며 패션쇼를 했고 채찍을 들고 변태 흉내를 냈고 숟가락을 들고 노래를 불렀다. 어렵게 잠들었다 깰 때마다 날 감싼 채 잠들어 있는 그를 볼 수 있었다. 그때마다 나는 그에게 키스를 하면 그가 어떻게 나올지 궁금해졌다.

"바퀴벌레도 계속 보면 괜찮다니까."

우현이 내 행복에 찬물을 끼얹었다. 아무리 잘생기고 다정한 우현이라

해도, 바퀴벌레 수백 마리가 옵션이라면 재고할 가치가 없다. 좀 더 나은 집이, 분명 어딘가에 있을 것이다.

우현은 내 앞머리를 부드럽게 넘겼다. 어려 보이려고 앞머리를 고수하고 있는데 저 인간은 틈만 나면 내 앞머리를 뒤로 넘기려 든다.

"여기서 좀 더 기다리는 게 나을 것 같은데. 구청 직원이든, 군인이든 누가 오겠지. 이렇게 전기도 안 끊기고 수도도 안 끊겼잖아. 조만간 집으로 돌아갈 수 있을 거야."

"난 그렇게 긍정적이질 못하거든. 먹을 것도 없잖아. 여기서 굶어 죽어 바퀴벌레 밥이 되느니, 좀비 밥이 되는 게 나을 것 같은데."

"너도 좀비 되게? 그럼 나는 꼭 니가 먹어줘. 니가 날 먹는 건 좀 섹시할 것 같다."

당최 이 인간과는 진지한 대화가 안 된다.

"잘근잘근 씹어 먹어줘. 금니는 빼고."

내가 풉 하고 웃음을 터뜨렸다.

"아는구나. 이거, 옛날에 내가 제일 좋아했던 영환데."

대화가 난데없는 원빈 흉내 내기로 나아가고 있는데 별안간 화장실 벽이 쿵쿵 울렸다. 분명 노크 소리였다. 바닥에 쪼그리고 앉았던 나는 뒤로 벌렁 나자빠졌다.

쿵쿵.

화장실 벽이 다시 울렸다.

"누구…… 있어요?"

내가 떨리는 목소리로 말했다.

"옆집이에요."

입에서 절로 헉하는 소리가 났다.

"들리세요?"

젊은 남자였다. 목소리는 또렷하게 들렸다. 화장실끼리 맞붙은 구조인 듯했다.

"살아 계세요?"

우현이 물었다.

"그럼 죽었겠어?"

내가 우현의 다리를 툭 치며 되물었다.

"살아 있습니다. 본의 아니게 대화 내용을 들었는데, 여기로 오실 래요?"

●

서늘한 쇠붙이가 내 손에 닿았다. 적어도 지난 7일간은 전혀 만지지 않은 쇠붙이. 현관문 손잡이였다. 손에 힘을 잔뜩 줬는데, 차마 돌릴 용기는 나지 않았다.

"안 열려?"

옷장에서 뺀 쇠막대를 들고 선 우현이 말했다. 막대기는 나도 하나 들고 있다.

"아니."

"내일 아침 되면 나갈까?"

"아냐, 지금 가자."

나는 대답을 해놓고도 한동안 손잡이를 잡고만 있었다. 이걸 돌리면, 밖에 뭐가 있을지 알 수가 없다. 여기서 굶어 죽느니 밖에 나가 다른 사람을 만나보겠다고 박박 우긴 건 나였지만, 이게 과연 잘하는 짓인지 스스로도 확신이 서지 않았다.

생각해보면 내가 뭔가 온전히 내 생각만으로 선택해본 게 있나 싶다. 수능 배치표가 가리키는 대로 대학을 정했고, 친구들이 다 가고 싶어 하기에 은행에 취업했다. 20대에 서울대 다니는 남자를 만난 건 엄마가 시켜서였고, 30대에 부자 남자를 찾은 건 회사가 나를 내몰았기 때문이다. 뉴스가 연일 비타민의 중요성을 떠들지 않았다면 비타민 주사 따위 쳐다도 보지 않았을 것이다. 난 늘 떠밀리고, 강요당하고, 강력한 지침에 맞닥뜨려야 했다. 진짜 내 맘대로 선택한 건, 그날 밤 술에 취해 택시에서 내린 것뿐이었다. 그 결과는 바퀴벌레와의 동침이다. 고로, 나는 선택을 하면 안 되는 인간이다.

"그냥, 우리 여기서 굶어 죽을까?"

내 목소리가 떨렸다.

"왜, 바퀴벌레라도 튀겨 먹지……."

젠장. 나는 문을 벌컥 열었다. 그렇게는 살기 싫다. 좀비랑 한판 맞붙어 보기라도 하고 죽겠다. 나는 쇠막대를 휘두르며 앞으로 나아갔다. 맞은편에 옆집 문이 있었다.

"으아아!"

나도 모르게 기합 소리가 터져 나왔다. 용기도 더 생기는 것 같다. 우현도 뒤에서 비슷한 소리를 내고 있다. 그러나 옆집 문은 열리지 않았다. 막대로 문을 쿵쿵쿵 내려쳤다.

"저기요!"

문은 꼼짝하지 않았다. 지독한 고립감에 옆집 남자의 목소리가 환청으로 들렸던 건가 하는 순간, 부스럭 하고 복도에서 소름 끼치는 소리가 났다.

"조심해!"

좀비 하나가 내 옆을 가까스로 비껴갔다. 우현이 내 손을 잡아끌고 계단으로 뛰어 내려가기 시작했다.

"이 바보야! 네가 문을 잡고 있었어야지!"

"그게 맘대로 되냐!"

우리가 있던 집 현관문은 닫히고 말았다. 우린 저 문의 비밀번호를 알지 못한다. 좀비는 자세를 가다듬고 다시 일어서는 중이다. 한쪽 발에만 신겨진 슬리퍼. 나는 집주인을 알아봤다. 우현은 계단 밑으로 날 잡아끌었고, 남자 좀비는 피가 말라붙은 얼굴을 희한하게 찡그리며 〈엑소시스트〉 귀신처럼 계단을 굴러 내려왔다. 한 번에 세 칸? 네 칸? 소리 지를 새도 없이 계단을 뛰어 내려오니 아래층 문이 벌컥 열렸다.

"여기요!"

사람이다! 우현이 먼저 열린 문을 잡았다. 기쁨도 잠시, 내 머리가 뒤로 확 젖혀졌다. 슬리퍼 좀비가 내 머리카락을 낚아챈 것이다. 나는 그대로 자빠져 계단에 누웠다. 쇠막대가 또르르 굴러가는 소리가 들렸다. 눈앞이 잠깐 깜깜해졌다. 이건 뇌진탕이다 싶은데, 바로 옆에서 좀비가 나를 노려보며 몸을 일으키는 게 보였다. 같이 넘어졌나 보다. 달빛에 비친 그는 조금 슬퍼 보이기까지 했다. 이렇게 내 32년 인생은 끝나는 건가. 눈을 질끈 감았다. 백신은, 효과가 있을까?

백신!

효과가 있을지 없을지도 모르는 백신. 어쩌면 120평이 나랑 한 번 자려고 독감 예방주사 따위를 맞히고 사기 친 것일지도 모른다. 어쨌든 도박 외에는 선택의 여지가 없었다. 나는 입을 쩍 벌린 좀비에게 팔을 쭉 뻗어 그를 힘껏 밀었다.

"유다영!"

그와 동시에 누군가 내 발을 잡았다 뗐다. 우현이었다. 내 발을 잡기엔 우현의 팔 길이가 좀 모자랐다.

"빨리 와요! 문 닫아야 돼요!"

아랫집 주인이 외쳤다. 나는 몸을 일으키면서 우현에게 다가섰다. 하지만 너무 어지러웠다. 고꾸라지는 나를 우현이 다시 잡아 올렸다. 이 와중에도 이 남자가 안전한 문을 박차고 나와서 나를 안아 올리고 있다는 사실이 좀 감격스럽다.

"아이씨! 빨리 데리고 들어와요!"

아랫집 주인이 우리에게 가까이 오는데, 내게 기습 공격을 받고 나가 떨어진 슬리퍼 좀비가 그쪽으로 튀었다. 비명과 함께 문이 쾅 닫히는 소리가 났다. 우현은 나를 안은 채 슬리퍼 좀비를 넘어뜨려 남자를 구했다.

"쌍!"

남자는 다시 일어나 비밀번호를 누르는 듯했다. 삐삐삐, 익숙한 기계음이 들렸지만 문이 열리는 소리는 나지 않았다. 남자의 손은 눈에 띄게 떨리고 있다.

"일어나!"

우현이 나를 잡고 거칠게 일으켰다. 위층 계단 쪽에서 서너 명의 좀비가 더 모습을 드러냈다.

"어쩔 수 없어요! 뛰어요!"

나와 우현은 계단 밑으로 뛰기 시작했다. 삐삐삐, 몇 번의 기계음이 더 들리더니 욕지거리가 한 번 더 울려 퍼졌다.

"같이 가요!"

헐레벌떡 1층에 도착했더니, 유리 현관문 밖으로 적어도 서른 명은 되는 듯한 좀비들이 우글거리고 있었다. 서로 들어오려고 아우성이었다. 뒤에서는 슬리퍼 좀비를 선두로 한 무리가 서로 다리를 엉켜가며 〈엑소시스트〉를 찍고 있었다. 녀석들은 계단에 취약했다.

"주차장 쪽으로 가요!"

우리는 주차장이 어디 붙었는지 알 길이 없으므로 남자의 뒤를 따랐다. 이내 뒷길이 나왔고, 좁은 길목을 벗어나니 처음 내가 생리대를 구했던 편의점이 나타났다. 어두컴컴한 밤거리에서 유일하게 알아볼 만한 건물이었다. 나는 편의점으로 뛰어 들어갔다. 두 남자도 따라 들어왔다. 문 같은 건 깨진 지 오래이므로, 우리는 최대한 깊숙이 들어와야 했다. 형광등은 나갔지만 냉장고 불빛은 남아 있어 시야는 충분히 확보됐다. 선반에 머리가 부딪혀 쓰러졌던 남학생 좀비는 피 묻은 선반만 남긴 채 사라졌다. 내가 좋아하는 브랜드의 생리대가 피떡이 된 채 자리에 떨어져 있었다. 그러고 보니 난 방금 슬리퍼 좀비를 맨손으로 만졌었다. 옮으려나? 이들에게 말을 해야 하나? 내가 곧 니들의 살을 뜯어 먹을지도 모른다고? 피가 좀 묻은 걸로는 안 옮을 거다. 내게는 주차 요원의 피도 묻었었으니까.

생각을 정리하고 있는데, 남자가 불쑥 내 이름을 물었다. 이 와중에 이름이라니. 어색한 자기소개 시간이 끝났다. 이름은 정호. 서른 살의 일간지 기자란다. 내가 왜 아랫집에 있으면서 옆집이라고 했냐고 성질을 내자 머리를 긁적이며 화장실이라 소리가 울려서 헷갈렸다고 했다. 하긴, 그건 중요한 문제가 아니다. 이제 제 갈 길을 가면 된다.

"그런데 왜 나왔어요?"

"나온 게 아니라, 문이 잠긴 거죠."

남자는 금세 대화에 흥미를 잃은 듯 음료 칸에 머리를 처박고 있다.

"다시 돌아갈 방법은 없는 거죠?"

"아까 그 괴물들 못 봤어요?"

"그런데 뭐 찾아요?"

"커피. 아니, 이 와중에 누가 커피를 다 가져간 거예요? 딱 한 모금만 먹어도 좀 살 것 같은데."

"지금까지 기다렸는데 지원이 없는 걸 보면, 앞으로도 없다고 봐야겠죠? 난 집으로 돌아가야겠어요."

내가 화제를 바꿨다.

"어딘데요?"

"신사동. 강남."

"강북 폐쇄된 거 몰라요?"

"폐쇄도 사람이 있어야 하는 거죠. 이 주위에 살아 있는 사람이라곤 우리밖에 없는 것 같은데."

"일리는 있네."

계산대 앞에 쭈그리고 앉은 우현이 말했다.

"강남 가면 뾰족한 수는 있고요?"

"네?"

"거기도 엉망이에요."

"어떻게 알아요?"

"그날 아침에 정보 보고가 떴어요. 역삼동에 난리가 났다고."

"무슨 보고요?"

"기자라니까요."

"언론을 어떻게 믿어요."

우현이 또 끼어들었다.

"뭐, 그건 나중에 논의하도록 하고. 기사가 아니라 정보 보고였다고요. 틀릴 수도 있지만 맞다고 보는 게 맞죠."

"그게 언제였는데요?"

"여기 난리 난 날이 금요일이었나? 그날 아침. 그래서 난 출근을 안 했었거든요. 여자 친구도 빨리 이쪽으로 오라고 했던 참인데."

정호는 한동안 자기 여자 친구 얘기에 열중했다. 어떻게 생겼고, 뭘 공부했고, 어떤 영화를 좋아하는지를 거쳐 임용 고시에 2년째 떨어졌다는 얘기까지 갔다.

"혹시 자동차 문 딸 줄 아는 사람 있어요?"

내가 또 화제를 바꿨다.

"도로가 엉망이지 않을까요? 1킬로도 못 갈걸요."

"없음 말고."

"저 아직 말 다 안 끝났는데요."

"여자 친구 꼭 찾으시길 바랄게요."

나는 정호의 구시렁거림을 못 들은 척하고 편의점을 빠져나왔다. 막상 나와보니 재빨리 이 동네를 뜨고 싶은 마음뿐이다. 우현은 날 따라올까? 거절당할까 봐 묻지도 못하겠다. 그래서 더 서둘렀다. 마침 인도에 주차된 아반떼 한 대가 시야에 포착됐다.

"다영아! 진짜 갈 거야?"

나는 차마 우현을 보지 못하고 문고리를 벌컥벌컥 당겼다.

엥엥엥…….

고막을 찢을 듯 도난 방지 경보음이 울렸다. 세상이 망해도 기계는 제할 일을 잘도 해낸다. 두 남자가 나란히 뛰어왔다. 그 뒤로 좀비들도 예닐곱 쫓아왔다. 나는 급하게 안경집 방향으로 뛰어 삐딱하게 주차된 그랜저로 달려들었다. 운전석 문이 열려 있다! 문엔 사람 피가 잔뜩 말라붙어 있지만, 가릴 처지가 아니다. 차 문을 채 닫기도 전에 당했는지 키도 꽂혀 있다! 남의 불행은 내겐 기회다. 나는 차 안에 아무도 없다는 걸 확인한 후 운전석에 앉았다. 두 남자도 차에 올라탔다.

"왜 타요? 1킬로도 못 간다면서요!"

"그쪽이 경보음 울려서 동네 좀비 다 튀어오고 있거든요! 이렇게 어두운데! 운전은 잘하는 거죠?"

내 면허는 장롱 면허였다.

"날 뭐로 보고!"

나는 거칠게 시동을 걸었다. 헤드라이트가 켜졌다. 노란 조끼를 입은 좀비들이 차를 향해 맹렬히 달려왔다. 나는 이들을 간발로 제치고 나가며 환호성을 질렀다.

"봤죠? 나만 믿어요! 내가 이래 봬도…….."

내 말이 채 끝나기도 전에 그랜저는 상수역 4번 출구 앞 전봇대에 처박히고 말았다. 이리저리 엉망으로 뒤엉킨 차들 때문에 도로는 난이도 최상 등급의 미로를 방불케 했다.

"이럴 줄 알았어! 이제 어떡해요!"

정호가 뒷좌석에서 발을 동동 굴렀다. 옆에 앉은 우현의 얼굴은 하얗게 질렸다. 시선을 따라가보니, 내 쪽 유리창에는 노란 조끼들이 이빨을 잔뜩 드러낸 채 피와 침을 질질 흘리고 있다. 다들 굉장히 화가 난 얼굴이다. 그중엔 벌써 문을 씹어대고 있는 식욕 왕성한 놈도 있다. 이대로 있다간 유리창이 깨지거나 차가 뒤집어지거나, 둘 중 하나였다.

"이쪽으로 가야겠어! 하나, 둘, 셋 하면 뛰는 거다. 다영아! 잘 따라와야 돼! 하나, 둘, 셋!"

우현이 먼저 튀어나갔다. 나는 미처 대답할 새도 없이 조수석으로 튀어 올라 차 밖으로 빠져나왔다. 정호도 가까스로 차에서 내렸다. 우현은 다시 원룸 쪽으로 뛰어보려는 것 같았지만, 좀비의 수는 더 불어나 있었다. 맞은편 파리바게뜨 쪽으로 뛰면 홍익대 방면이다. 좀비가 더 많을 것 같다. 방법이 없었다. 나는 어두컴컴한 지하철 역 안으로 뛰기 시작했다.

"유다영! 미쳤어? 어디 가는 거야!"

도로가 안 된다면 지하철이다. 선로를 따라 뛰면 강남으로 갈 수 있을 거다. 4번 출구의 유독 좁은 계단을 냅다 뛰다 보니 사람인지 좀비인지 알 수 없는 게 부츠 굽에 밟혔다. 이때만큼은 내가 롱부츠를 신고 있는 게 얼마나 다행인지 모른다. 뒤에서는 두 남자가 내 이름을 부르며 열심히 따라오는 중이다.

"여기야!"

두 사람을 부르며 앞서가던 내가 벽에 쿵 부딪혔다. 다시 보니, 다음 계단은 방향을 꺾어야 했다. 얼른 다음 계단으로 몸을 날렸다. 역 안에는 간헐적으로 불이 들어왔다가 금방 나갔다. 에스컬레이터는 모두 멈춰 있었다. 나는 기둥에 부딪히지 않게 양팔을 휘두르며 아래로 뛰어 내려갔다. 두 사람도 나를 거의 다 따라잡은 듯했다.

"이봐요! 좀 천천히 가요!"

나는 숨을 몰아쉬곤 뒤돌아보았다.

퍽.

둔탁한 소리와 함께 정호가 픽 쓰러졌다.

우리는 순식간에 포위됐다. 얇은 손전등 불빛들이 우리를 기분 나쁘게 훑었다. 가장 신경이 곤두서 있는 빨간 머리 여학생 뒤로 과자들이 몇 박스 쌓여 있는 걸로 봐서는, 이들이 지키려는 게 무엇인지는 확실했다. 겨우 몸을 일으키는 정호 앞으로 우현과 내가 방어막을 치듯 막아섰다.

"여긴 더 받아줄 생각 없으니까 도로 올라가세요."

빨간 머리가 도발하듯 쿵 소리를 내며 한 걸음 다가섰다.

"그깟 과자 부스러기 관심 없으니까, 쇠꼬챙이는 좀 내려놓지."

나도 한 걸음 다가섰다. 저 과자 한 봉지를 얻을 수 있다면 정호 목숨 정도는 기꺼이 넘길 수 있겠지만, 티를 내지는 않았다.

"여긴, 좀비가 없네요?"

우현이 어처구니없을 만큼 부드러운 말투로 말했다.

"처치하느라 얼마나 힘들었는지 알아요? 여긴 우리가 만든 곳이에요.

우리끼리 살기도 벅차니까, 가던 길 가세요."

　잘생긴 남자는 어디서든 통한다. 빨간 머리의 말투가 좀 누그러졌다. 우리를 둘러싼 20대는 어림잡아 열두 명쯤 됐다. 저 과자는 며칠 내로 동날 것이다.

　"밖엔…… 어때요?"

　안경을 쓴 남학생 하나가 물었다. 마침 역내에 불이 밝게 들어왔다가 꺼지면서, 체크무늬 남방에 피가 엉겨 붙어 있는 게 선명하게 보였다. 그는 다리를 절뚝거리는 여자애 하나를 여자 친구처럼 부축하고 있다.

　"떼로 몰려다니고 있어요."

　"다시 못 올라가겠다는 뜻인가요?"

　빨간 머리가 또 끼어들었다.

　"선로는 어때요? 강남으로 넘어갈 건데."

　"말도 안 돼!"

　모두가 날 미친년 보듯 했지만 그중 우현이 제일 황당해했다.

　"그거 말곤 방법이 없잖아."

　"그냥 해 뜨면 다른 원룸이라도 찾아보면 되잖아."

　"싫어."

　"아, 유다영 진짜!"

　"선로 진짜 안 가봤어요?"

　내가 애들한테 다시 물었다.

　"그쪽은 지하철 좀비들이 진 치고 있을 거예요."

남학생이 여자애를 다시 자리에 앉히며 말했다. 그때였다, 전기가 갑자기 들어왔는지 지하철역이 완전히 밝아졌다. 학생들이 욕을 내뱉으며 몸을 숙였다.

"왜 그래요?"

"밝아지면 좀비들이 발광해요. 왜인진 모르지만 깜빡거리는 거만 멈추면 저 난리예요."

좁은 역내 정중앙에는 에스컬레이터와 계단이 위치해 있고, 그 양옆으로 몇 개의 벤치와 화장실이 자리하고 있었다. 여자 화장실 문 앞에는 벤치가 서너 개 포개져서 높게 쌓여 있었는데, 벤치는 꿍꿍거리는 소리를 내며 눈에 띄게 흔들리기 시작했다.

"이번에는 전기가 오래갈 것 같은데!"

벤치가 기분 나쁜 마찰음을 내며 앞으로 밀려 나왔다. 학생들도 별다른 수는 없어 보였다. 그저 우왕좌왕할 뿐이었다.

"숨을 데 없어요?"

"있을 것 같아요?"

"저 앞에 더 쌓을 거는?"

"있겠냐고요!"

빨간 머리가 날카롭게 되받아쳤다. 그러고 보니 이 콧구멍만 한 역에는 편의점 하나가 전부였다. 그마저도 문도 없는 매점에 불과했다. 개찰구를 넘어서 계단을 내려가면 선로가 나올 텐데, 계단 밑에 뭐가 있을지는 도무지 상상이 되지 않았다.

"다시 올라가자!"

벤치가 무너졌다. 우현은 사람들을 몰아서 계단을 올라가기 시작했다.
나도 같이 뛰었다. 그랜저가 처박혀 있는 4번 출구 반대편인 1, 2번 출구로
향했다. 거기에는 좀비들이 한 무더기로 〈엑소시스트〉를 찍고 있었다. 우
리는 다시 반대로 뛰었다. 4번 출구 계단에서도 좀비들이 구르고 있었다.

"여기!"

3번 출구는 비었다. 그 출구는 좁은 에스컬레이터 두 줄로 통했는데,
너무 좁고 가팔라서인지 좀비들이 눈에 띄지 않았다.

"여기로 나가자고요?"

"다른 방법 있어요?"

좀비들의 쓱쓱 끄는 걸음 소리가 점차 커졌다.

"위에도 괜찮다 이거죠? 믿어도 되죠?"

"얼른 이쪽으로 갑시다!"

"우리가 먼저예요! 우리 다음에 오세요!"

그 와중에 과자 박스를 챙긴 빨간 머리가 우현을 거칠게 밀어내고 제
일 먼저 에스컬레이터에 올라섰다. 작동이 멈춰져 있어서 한 계단씩 올
라가는 데에도 꽤 많은 힘이 필요했다. 여학생이 신음을 토해내며 한 칸
씩 올라가자, 20대들이 뒤이어 줄을 섰다. 이 와중에도 우리 모두 올라가
는 방향의 에스컬레이터에 질서 정연하게 선다는 사실에 웃음이 날 뻔했
다. 지하철역은 다시 어두워졌고, 알 수 없는 좀비들의 울음소리가 역내
를 가득 메웠다.

"내가 먼저 올라가서 동태를 살필 테니 천천히 올라와!"

빨간 머리의 앙칼진 목소리가 어둠 속에 울렸다. 어딜 가나 대장이 못 돼서 환장하는 애들은 있게 마련이다. 깜빡, 깜빡, 다시 지하철역에 불이 들어왔다. 그리고 또 완전히 밝아졌다. 나도 마침 에스컬레이터에 발을 올려둔 참이었다. 내 앞엔 정호가, 뒤에는 우현이 섰다. 이 좁은 길에 일 자로 서는 게 얼마나 바보 같은 짓인지 말할 틈도 없이, 우리는 성큼성큼 에스컬레이터 계단을 올랐다. 그때였다. 에스컬레이터가 이상한 소리를 내기 시작하더니, 돌연 작동되기 시작했다. 모두가 중심을 잃고 넘어질 뻔했다. 에스컬레이터는 끼익 하는 소리를 내고는 평소보다 훨씬 더 빨 리 움직이기 시작했다. 체크무늬 남학생은 뒤뚱거리는 여자 친구를 잡느 라, 둘이 같이 추락할 뻔했다. 물론 그 피해는 그 뒤에 선 우리 여덟 명의 사람들이 고스란히 볼 것이다. 짜증이 났다.

"괜찮아! 조심해서……."

벌써 꼭대기에 오른 빨간 머리가 우리를 내려다보고 하나마나한 충고 를 채 하기도 전에, 비명이 터져 나왔다. 빨간 머리는 머리를 산발한 한 여자 좀비한테서 목을 뜯기고 있는 중이었다. 빨간 머리 뒤에 서 있던 노 란 머리 남자는 필사적으로 내려오려고 했지만 에스컬레이터는 더 힘차 게 상승 중이었고, 좀비들은 에스컬레이터 입구를 막아섰다.

"빨리! 뒤로! 뒤로!"

노란 머리 남자까지 좀비 밥이 되는 걸 보고서는 완전히 정신을 놓았 다. 우리는 꼼짝 없이 회전대 위의 새우초밥 신세가 됐다. 방향을 틀어

다시 내려가려는데 이미 나도 꽤 많이 올라와버린 상태였다. 사람들을 밀치고 최선을 다해 뛰어 내려간다 해도 상승 중인 에스컬레이터의 속도를 이길 수 있을지 장담할 수 없었다. 비명에 온몸은 닭살투성이가 됐다. 나는 난간에 올라타 다리를 쩍 벌리고 옆 에스컬레이터로 옮겨 가려 했다. 하지만 다리 길이가 모자랐다. 왼쪽 다리는 내려가는 에스컬레이터 난간에, 오른쪽 다리는 올라가는 에스컬레이터 난간에 걸쳐졌다. 두 난간은 서로 다른 방향으로 멀어졌다. 다리가 찢어질 듯 벌어지면서 원피스도 말려 올라갔다.

"아, 씨!"

욕을 내뱉고 있는데 뭔가가 내 오른쪽 다리를 번쩍 들어 올렸다. 나는 그대로 몸이 붕 떠서 뭔가에 번쩍 들어 올려졌다. 이미 이쪽 에스컬레이터로 옮겨온 우현이다.

"내려가자!"

빠르게 하강 중인 에스컬레이터에서 그는 나를 안은 채 몸을 웅크렸다. 바닥에 함께 구르고 나서는 나를 일으켜 세웠다. 고맙다고 말할 정신도 없다. 우리를 비롯한 몇몇이 에스컬레이터를 벗어나는 데 성공했다. 맞은편 계단에는 좀비들이 거의 다 내려왔고, 편의점 앞에도 이미 좀비들이 들어서 있었다. 그야말로 진퇴양난이었다. 모험을 해야 할 때였다. 나는 죽을힘을 다해 개찰구 쪽으로 뛰었다. 그리고 교복을 입은 좀비의 입을 가까스로 피했다. 살았다 싶은 순간도 잠시, 교통비를 내지 않았다는 경고음과 함께 쇠봉이 솟아올라 내 허벅지를 가격했다. 나는 비명을 지르며 가까스로 건너편으로 넘어갔다. 별로 도덕적인 삶은 아니었지만, 돈을 내지 않아 이 쇠봉에게 얻어맞은 건 내 생애 처음이었다.

의외로 승강장으로 향하는 이쪽 편은 조용했다. 깜빡이는 조명이 좀비들의 정신을 사납게 하는 게 틀림없었다. 다들 이성을 잃은 상태라 그런지 자기들끼리 물고 뜯고 싸우기도 했다. 그 틈을 타서 에스컬레이터에서 살아남은 사람들이 모두 봉을 건넜다. 단 두 명을 빼고. 체크무늬 남방과 여자애였다. 여자는 봉을 타넘기는커녕 걷기도 힘들어 보였다. 에스컬레이터에서 제대로 구른 듯했다.

"오빠, 먼저 가."

"말도 안 되는 소리 마!"

나는 저런 신파에 아무 관심도 없으므로 얼른 발걸음을 떼고 싶었다. 하지만 선로로 향하는 계단 밑에 뭐가 있을지 두려워 잠깐 이들을 걱정하는 척 눈길을 주고 서 있었다.

"먼저 가라고!"

여자애가 큰 소리를 내는 바람에 좀비들은 방향감각을 찾았다. 마침 불이 잠깐 들어왔다가 다시 나갔다. 여자애의 비명으로 미뤄보건대, 그녀는 열심히 뜯겨 먹히고 있다.

다시 불이 들어왔다. 체크무늬는 어느새 쇠봉을 넘어 우리 옆에 와 있었다. 혼자 잘도 넘어왔다. 무거운 침묵이 흘렀다.

나는 속으로 '웰컴'을 외쳤다. 내 안위 앞에 사랑 따위 아무것도 아님을, 저 녀석은 좀 빨리 배웠을 뿐이다. 언젠가는 알게 될 것이다. 네 목숨까지 바치려 했던 그 여자는 겨우 몇 달도 안 돼 다른 여자로 대체될 것임을, 만약 입장이 반대였다면 그 여자 역시 사뿐히 쇠봉을 넘었을 것임을, 어쩌면 남자 친구를 좀비 밥으로 던져주려고 술책을 쓸지도 모른다는 것을. '오빠, 먼저 가', '말도 안 되는 소리 마' 따위, 오늘이 최저가 찬스라는 홈쇼핑 호스트의 말처럼 곧 거짓으로 들통 날 게 뻔하다는 것을.

살아남은 여학생 세 명이 체크무늬에게 알 수 없는 시선을 던졌다. 그렇게 유난 떨 땐 언제고 막상 냉큼 살아 돌아온 남자를 보는 여자들의 마음이야 당연히 복잡할 것이다. 하지만 저들도 곧 알게 될 거다. 사랑하는 여자 대신 물에 빠져주는 남자는 타이타닉과 함께 침몰했다. 그저 강남 아파트서 한우나 쉽게 해주는 남자가 최고다.

젠장, 그런데 난 왜 여기 있는 것일까. 우현에게서, 강북으로부터, 빨리 도망쳐야 했다. 좀비들이 쇠봉에 몰려들어 앞으로 고꾸라지기 시작했다. 나는 계단으로 내려갔다.

"어쩌려고. 진짜 선로로 가겠다고?"

우현이 내 옆에 바짝 따라붙었다. 사람들이 손전등을 켜고 계단을 비췄다. 다행히 사람도 좀비도 없었다. 우리는 후다닥 내려왔다. 양쪽 방면의 승강장이 모두 드러났다.

"어느 방향으로 가야 하지?"

사실 선택의 여지는 없었다. 유리로 된 안전문이 열려 있는 건 한 곳뿐이었다. 나는 열려 있는 문 앞에 섰다.

"선로에 뭐가 있을지 모르잖아요."

체크무늬가 울어서인지 긴장해서인지 알 수 없는, 떨리는 목소리로 말했다.

"좀비는 어두운 거 싫어한다면서요. 모험해봐야지."

마침 쇠봉이 찌익 밀리는 소리가 났다.

"다른 방법 있……."

내 말이 채 끝나기도 전에, 우현이 선로로 뛰어내렸다. 그리고 나를 향해 두 팔을 벌렸다. 나는 순간 멈칫했지만, 우현 옆으로 혼자 뛰어내렸다. 왼쪽 발목이 좀 욱신거렸다. 우현의 품에는 다른 여자애들이 하나씩 안겼다. 나는 손전등을 하나 받아 들고 앞에 나섰다. 어두웠지만 우현의 시선이 내게 고정돼 있는 건 충분히 느낄 수 있다.

차라리 뭐라도 나왔으면 좋겠다 싶은 어둠과 고요였다. 그 어떤 것도 보이지 않고, 어떤 것도 들리지 않았다. 얇디얇은 손전등 불빛에 비치는 건 오로지 끝도 없이 연결돼 있는 쇳덩어리와 정신없이 흩날리는 먼지들뿐이었다. 우리는 아무 말도 하지 않고, 쇳덩어리를 따라 걷고만 있다. 가끔 휘청거릴 때도 있는데, 그때마다 어떤 손이 내 팔을 움켜쥔다. 우현이다. 나는 괜찮다는 듯 팔을 빼낸다.

"잠깐."

불빛이 희미하게 들어왔다. 일행은 멈춰 섰다. 다음 역은 합정이다. 피가 말라붙은 벽면에 합정이라고 적혀 있다. 나는 그 옆에서 '2호선 갈아

타는 곳'이라는 문구를 본다. 내 기억이 맞다면, 2호선에는 강남역이 있다. 2호선 승강장으로 환승을 해야 했다. 이것도 환승은, 환승이다.

"나랑 2호선 쪽으로 갈 사람?"

내가 속삭였다.

"다시 올라가겠다고?"

"응."

"위에 뭐가 있을지 모르잖아."

"다음 역에 뭐가 있을지도 모르잖아."

"저기 계단 있네. 아까 괜히 뛰어내렸어!"

여학생 하나가 계단을 발견하고 큰 소리를 냈다. 그리고, 어둠 속 우리 맞은편에서 뭔가가 쓱쓱 하는 소리가 들리기 시작했다.

"뛰어!"

우리는 계단을 통해 합정역에 올라섰다. 우리 중 누군가 비명을 질러 댔다. 제발 그게 우현이 아니길 바랐지만 뒤를 돌아볼 여력은 없었다. 나는 2호선을 갈아타는 곳을 따라 무작정 뛰었다. 내 뒤로 우두두 발걸음 소리가 따라왔다. 다리가 후들거렸다. 합정역은 밝았다. 이 말은, 좀비들이 날뛰고 있을지도 모른다는 걸 뜻한다. 갑자기 우현이 내 팔을 잡아당기며 다른 통로로 뛰기 시작했다. 뒤를 흘깃 보니, 체크무늬 남방이 입에서 피를 내뿜으며 정호를 물기 직전이다. 나는 우현의 손에 이끌려 계단 끝까지 올라왔다. 체크무늬 남방은 계단을 올라오지 못했다. 정호가 사색이 돼서 우리 뒤에 따라붙었다.

"2호선이고 나발이고, 일단 나가죠."

정호는 방금 전의 일이 치욕스럽다는 듯 고개를 내젓고, 앞장섰다. 역 안은 너무 밝았다. 사람들이 몇몇 쓰러져 있다. 우리가 조심스레 쇠봉을 넘자 날카로운 경고음이 울렸다. 사람들이 슬금슬금 몸을 일으키기 시작했다. 좀비들이었다.

나는 2호선 표기를 보고 무작정 뛰었다. 이곳은 의류 상점 같은 게 꽤 많았다. 여차하면 문을 열고 들어가 숨어야 할 텐데, 어느 문이 열릴 것인지 구분하기가 어려웠다. 다행히 좀비들의 움직임은 아직 그리 빠르지 않았다. 커피숍과 편의점을 지나 2호선 승강장 입구가 보였다. 가쁜하게 쇠봉을 넘고 계단을 내려가려다 흠칫 멈춰 섰다. 뒤따르던 누군가에게 부딪혀 굴러 떨어질 뻔했지만, 안간힘을 다해 계단을 잡고 주저앉는 데 성공한다. 만약 성공하지 못했다면, 계단 끝까지 굴러 내려갔다면, 나는 저 좀비 소굴에 밥으로 바쳐졌을 것이다. 옆으로 기운 지하철 문은 열려 있었고, 수백 명의 좀비들은 서로를 한창 뜯어 먹고 있다. 다행히 아직까지는 우리 쪽에 별 관심이 없었다.

어느새 우리 일행은 다섯 명으로 줄어 있었다. 되돌아온 쇠봉 쪽에는 열댓 명의 좀비들이 이상한 소리를 내기 시작했다. 벽 뒤에 숨은 우리를 발견하고 달려드는 건 시간문제였다.

"뭐 던질 거 없을까? 일단 쇠봉에 있는 애들이라도 주의를 돌려야 할 것 같은데."

살아남은 다섯 명을 샅샅이 훑었지만 그 흔한 귀걸이 하나 없었다. 허리띠, 지갑, 그 어떤 것도 없었다. 휴대폰은 차마 던질 수 없었다.

"저기 밑에 뭐가 있을지도 모르지."

우현이 계단 밑을 가리켰다. 다시 계단 밑을 보니 좀비들은 힘이 빠져 누워 있거나 서로 싸우느라 정신이 없었다. 계단 위로 올라올 생각은 전혀 없어 보였다. 올라올 능력이 없을지도 모른다. 우현이 내 옆구리를 쿡 찔렀다. 그가 가리킨 계단 아래에는 콜라 캔 두 개가 떨어져 있었다. 승강장까지는 계단 여덟아홉 개의 거리가 있다. 잽싸게 움직인다면, 캔만 가지고 다시 올라올 수 있을 것이다.

"누가 제일 빠를까?"

그때, 우현이 성큼 계단을 내려섰다. 하마터면 우현을 돌려세워 가지 말라고 소리칠 뻔했다. 우현이 나를 돌아보며 한쪽 눈을 찡긋했다.

"파이팅."

우현의 손끝이 내 뺨 근처를 머물다 멀어졌다. 나는 그 손을 덥석 잡는 대신, 고개만 한 번 끄덕였다. 우현이 벽에 바짝 붙어 살금살금 계단을 내려서는데, 아직 좀비들은 별 관심이 없다. 우현은 어느새 콜라 캔이 있는 계단까지 다다랐다. 좀비들이 맘먹고 손을 뻗는다면, 충분히 우현의 다리를 잡아챌 수 있을 것이다. 나는 계단을 두세 칸 내려갔다. 여차하면 녀석을 잡아끌고 계단을 올라와야 할지도 모른다.

우현이 상체를 크게 숙였다. 이제 캔을 쥐기만 하면 된다. 나는 계단을 더 내려갔다. 잡았다! 우현이 캔 하나를 손에 쥐었지만 몸을 펴지 않았다. 옆에 있는 하나를 더 쥐겠다는 거다. 하마터면 그냥 올라오라고 소리칠 뻔했다. 좀비들은 아직 벽에 딱 붙은 우현을 보지 못했다. 우현이 몸을 더 숙였다. 그리고 우현의 손끝에 닿은 콜라 캔이 데구루루 구르기 시작했다. 우현은 얼른 몸을 펴서 벽에 딱 붙었다. 콜라 캔은 완만한 곡선을 그리며 계단과 거의 평행하게 한참을 굴렀다. 아직 소리가 그리 크진 않다. 그런데 콜라 캔의 무게중심이 점차 허공에 더 쏠리기 시작했다. 밑으로 떨어진다면, 이후의 일은 상상도 하고 싶지 않다. 우현은 캔 하나만 쥐고 잽싸게 올라오기 시작했다. 내가 우현을 거의 다 잡았을 때, 콜라 캔은 계단 끝에 위험하게 멈춰 섰다.

쇠봉 건너 저 멀리 콜라 캔을 던지고, 그 요란한 소리가 좀비들을 얼마나 세차게 끌어 모으는지를 확인했을 때, 나는 방금 계단에서 우현이가 얼마나 아찔한 순간에 놓였는지를 새삼 실감했다. 그리고 그게 얼마나 화가 나는지도 나 스스로 충분히 느꼈다. 내가 강남으로 돌아갈 확률이 제로에 가까워졌지만, 아니, 내가 내일 아침을 맞을 가능성조차 제로에 가까워졌지만, 나는 황당하게도 콜라 캔 생각을 버릴 수 없었다.

좀비들의 시선을 돌리고 우리는 가장 가까운 출구로 뛰었다. 밖에는 분명 좀비 떼가 우글거릴 테지만, 우리에게 선택의 여지는 없었다. 넓은 통로를 따라 뛰고 또 뛰다 보니 7번 출구가 나왔다. 우리는 몸을 한껏 숙이고 올라갔다. 좀비들이 또 〈엑소시스트〉를 찍으며 굴러 내려올지 모를 일이었다.

"환한데?"

정호가 거친 숨을 내뱉으며 말했다. 아직 한밤중일 텐데, 진짜 환했다.

"좀비들이 더 활발하겠지."

생각을 하면 할수록, 우리가 내일 아침을 맞을 가능성은 현저히 줄어들었다. 이런 생활을 계속할 바엔, 차라리 조금이라도 빨리 물리고 마는 게 나을지도 몰랐다. 나, 우현, 정호 그리고 이름도 모르는 여자 하나, 남자 하나. 누가 먼저랄 것도 없이 우리는 손을 꼭 잡았다.

"우리 이 정도면 꽤 잘 버틴 거예요, 그죠?"

초록색 코트를 입은 여자애가 떨리는 목소리로 말했다.

"맞아요. 어쩌면 우리가 제일 끝까지 살아남은 사람일지도 몰라요."

정호가 여자애 손을 더 세게 쥐며 말했다. 나는 우현의 얼굴을 봤다. 그도 말없이 내 눈을 들여다봤다. 나 때문인데, 내가 원룸에서 나오자고 해서 이렇게 된 건데, 날 탓할 법도 한데 우현은 "잘될 거야"만 읊조리고 있다. 살고 싶다. 이렇게 죽긴 싫다.

"그냥 여기서 더 버티면 안 될까?"

내 말은 별 설득력이 없었다. 느리긴 하지만, 분명 좀비들은 계단을 기어오르고 있었다. 온몸이 사시나무 떨리듯 떨렸다. 우현이 내 손을 꼭 쥐더니, 다른 손으로 내 목덜미를 끌어당겨 안았다. 귀에서, 그의 숨결이 느껴졌다.

"떨지 마. 우리, 꼭 같이 살자."

이내 우현의 얼굴이 멀리 떨어졌다. 멈칫하는 사이 대답할 타이밍을 놓쳤다. 정호가 숫자를 셌다. 우리는 동시에 몸을 일으켰다. 에라이, 모르겠다. 우리는 누가 먼저랄 것도 없이 계단 끝까지 올라갔다. 그리고 모두 그 자리에 멈춰 섰다.

우리 눈에 들어온 건 저 멀리 반짝이는 고층 빌딩이었다. 각 층마다 불이 환하게 켜진.

•

'더 행복한 삶, 완벽을 추구하는 유토피아팰리스.'

합정역 사거리서 망원역으로 향하는 방면에는 고층 아파트가 줄지어 있었다. 합정역에 붙어 있는 주상복합단지를 지나, 아파트 단지 두 개를 더 지나면, 큰 도로를 끼고 서교동 끄트머리와 망원동 끄트머리에 걸쳐 거대 단지를 조성하고 있는 유토피아팰리스가 나온다.

이 일대를 넓게 아우르는 철조망이 둘러쳐졌고, 우리는 이곳에서 3일을 버티며 오늘만을 기다렸다. 오늘은 유리문, 철문 등 삼중 장치가 돼 있는 유토피아팰리스 정문 안으로 입성할 수 있는 유일한 기회였다.

101동 벽면에 설치된 대형 전광판에 휘황찬란한 글자들이 획획 지나갔다. 더 행복한 삶, 완벽을 추구하는 유토피아팰리스. 내 시선은 행복이라는 단어에 꽂혔다.

"옛날이 좋았다고요? 그때가 살기 좋았다고요? 이 어마어마한 재앙만 아니었으면 행복했을 거라고요? 여러분, 위기는 곧 기회입니다. 이 지옥의 불구덩이에서도 여러분은 살아남았습니다. 그러므로 또 해낼 수 있습니다. 이전보다 더 살기 좋은 곳이 될 수 있습니다. 바로 여기, 유토피아팰리스에서라면 말이죠!"

유명 MC가 가리킨 곳에는 고급 아파트가 당당한 위용을 자랑하고 있었다. 지하철 광고물에서 봤던 모습은 좀 사진발이었다 하더라도, 바퀴벌레로 뒤덮인 원룸에 비하면 파라다이스 그 자체였다. 분위기는 후끈달아올랐다. 여기 모인 천여 명의 사람들은 서로 질세라 함성을 내지르며 두 팔을 휘저어댔다. 좀비를 쫓기 위한 것인지 철망 밖으로 소독약을 내뿜고 있었는데, 이 매캐한 연기조차 함성 소리를 낮추지는 못했다. 나도 연신 콜록거리면서도 입을 다물지 못했다.

전광판엔 어떤 여자가 연어 샐러드를 음미하고, 스파에서 마사지를 받으며, 헬스장에서 운동을 하는 모습이 지나갔다.

"여러분, 맘껏 환호하십시오! 이 얼마나 오랜만에 마음껏 소리치는 겁니까! 우리는 안전합니다! 튼튼한 철망이 우리를 보호하고 있습니다. 그리고 바로 여기, 유토피아팰리스는 철망과는 비교도 안 되게 안전한 시설을 자랑하고 있습니다! 최고의 보안, 최고의 경호를 자랑합니다! 이곳은 단순한 주거 지역이 아닙니다. 하나의 사회이고, 공동체이고, 다음 세대를 위한 유일한 희망입니다. 모두들 서두르세요! 제가 감히 말씀드리건대, 이건 신이 주신 기회입니다!"

"입주 미달된 고액 아파트가 준 기회겠지."

낯익은 목소리. 천막에서 봤던 그 당돌한 투덜이였다. 옷 벗기를 거부하다 조롱을 받았던. 용케도 살아남아 여기까지 와서 구시렁대고 있다. 그새 넘어졌는지 앞니 두 개는 부러져 있다. 반가운 마음에 아는 척을 하려는데, 정호가 나타났다. 여자 친구 찾는다고 헤매고 돌아다니더니 허탕 친 모양이다. 대신 그는 다른 여자를 가리켰다.

"저 아줌마, 어때요? 혼자 같은데."

정호의 손가락 끝에는 3월 말이 다 된 이 시점에 퍼 코트를 입고 껌을 씹고 있는 여자가 서 있었다. 누가 봐도 '나 돈 좀 있다'가 느껴졌다.

"저기요."

정호가 쭈뼛쭈뼛 말을 걸었다. 여자는 의외로 미인이었다. 예전에 인기 있었던 섹시 가수를 닮은 것 같다.

"뭐죠?"

"저, 아직 추첨권 안 받으셨으면…… 같이 하실래요?"

"애 있어요?"

"네?"

"둘 사이에 애가 있냐고."

"아, 아니, 우리 부부 아니에요."

"그럼 다행이고."

정호와 난 영문을 몰라 시선만 교환했다.

"그런데 그럼 하나 모자랄 텐데."

저 아파트에 입주하려면 4인 가족을 맞춰야 했다. 나와 우현, 정호는 그래서 한 명의 룸메이트가 더 필요했다. 합정역에서 같이 살아 나왔던 남녀 대학생은 여기서 친구들을 만났다며 떠났다.

"우리 한 명 더 있어요!"

"남자?"

여자가 활짝 웃으며 말했다.

"네! 남자! 쟤예요!"

미리 가서 줄을 서고 있는 우현을 가리켰다. 여자의 표정은 이미 '예스' 였다.

"강남도 엉망이라던데 진짜예요? 지방은요? 남부 지방은 어때요? 우리 가족이 거제도에 있는데."

나는 응모권에 내 인적 사항을 써넣으며 물었다. 맞은편에 앉은 여직원은 귀찮게 왜 그딴 걸 물어보느냐는 표정이었다. 내가 두리번거리자 여직원 뒤에 서 있던 남자가 잽싸게 다가왔다. 내 또래, 과장급 정도 돼 보였다.

"우리도 모릅니다."

"전화, 인터넷 다 안 돼요? 전기는 이렇게 잘 들어오는데?"

"통신망은 또 다르니까요."

"여기 줄곧 안전하게 계셨으면 뭔가 들은 게 있지 않⋯⋯."

내 말이 채 끝나기도 전에 남자는 추첨권을 내 주먹에 쥐여줬다.

"제가 뭘 알겠습니까. 우리 모두 가족을 잃었어요. 다음 분!"

"저기요!"

내가 앙칼지게 외쳤지만 별수는 없었다. 우리 다음 '가족'이 날 밀치고 응모권에 이름을 써넣기 바빴다. 나는 일단 물러섰다.

유독 문명이 지켜지고 있는 이곳에 엄청난 음모가 도사리고 있을지도 모른다고 잠깐 믿을 뻔했지만 추첨권을 보고 그 생각은 접게 됐다. 그랬다면 이런 아파트가 추첨권으로 티슈처럼 느물거리는 종이 쪼가리 하나를 나눠주지는 않았을 것이다.

'106'

추첨권에 적힌 번호였다.

퍼 코트의 여자가 우현에게 장황하게 자기소개를 하는 동안 나는 전광판에 넋이 나갔다. 영상 속 여자는 수영을 마치고 소파에 누워 피부 관리를 받기 시작하는 참이다. 옆 탁자에는 와인과 치즈가 놓여 있다. 일요일 오후쯤 되는 것 같다. 저런 삶이 과연 있을까. 사실 이 난리가 나기 전에도 저런 삶은 없었다. 내 일요일 오후는, 밑도 끝도 없는 승진 시험공부와 식어빠진 피자 조각, 다음 날 처리해야 할 업무 걱정뿐이었다. 그런데도 나는 회사에서 정리 대상 1순위였다.

저렇게 여유 있는 일요일만 가질 수 있다면, 이 자리에 있는 천이백 명 남짓의 사람들을 모두 죽이는 것도 가능할 것만 같았다. 그래서 저 집에 입주만 할 수 있다면, 12 대 1의 경쟁률을 뚫고 입주권을 따낼 수만 있다면 못 할 게 있을까? 주최 측은 무려 아메리카노를 준비했다. 깔끔하게 차려입은 여자애들이 카트를 끌고 다니며 커피를 한 잔씩 나눠주었다. 정호는 다섯 잔째 원샷 중이다.

"자, 그럼 첫 번째 추첨에 들어가겠습니다! 오늘 우리 회장님께서 자리하지 못하신 관계로, 제가 대신해서 뽑도록 하겠습니다."

맙소사, 내 운명을 저깟 개그맨이 결정하다니. MC는 커다란 유리 박스에 손을 넣어 휘휘 저었다. 누군가의 침 넘어가는 소리도 들리는 것 같았다.

"첫 번째 당첨자는, 기대하십시오. 83번 고객님!"

팡파르 소리가 울리고, 앞쪽 어딘가에서 환호성이 터져 나왔다. 20대 남자애 하나가 거의 정신을 놓은 듯 사방팔방 뛰기 시작했다.

"으아아아아! 살았다!"

"자, 단상으로 올라오십시오."

남자애가 단상으로 올라가다 말고 우리를 향해 주먹을 불끈 쥐어 보였다. 쟤 좀 비호감인데, 라고 생각하는 순간이었다. 친구인 듯한 여자애 하나가 남자 상체에 올라타더니 격한 키스를 퍼부었다. 방을 잡아라, 아주 그냥. 그런데 갑자기 비명이 들리기 시작했다. 여자애가 풀썩 쓰러지고 남자는 피 칠갑이 된 채 단상 위를 기어오르려 했다.

"누가 철문을 열었다!"

철문 사이로 피 칠갑한 좀비들이 뛰어 들어오고 있었다. 누군가 내 손을 획 잡아챘다. 비명을 지르고 있는 사람들 사이로 나부끼듯 질질 끌려가게 됐다.

탕!

총소리가 연이어 쏟아지고, MC의 목소리가 들렸다.

"여러분, 진정하십시오. 좀비는 모두 소탕됐습니다."

설마. 경비들이 들것을 들고 등장했다. 여섯 구의 시신이 잽싸게 철문

밖으로 옮겨졌다. 침묵을 깬 건 퍼 코트였다.

"멋지네! 총이라니!"

퍼 코트가 휘파람을 획 불며 박수를 쳤다. 이내 축제 분위기로 바뀌었다.

"보셨지요? 정부도 이렇게 하진 않았습니다! 우리와 함께라면, 여러분은 안전합니다."

그제야 내 손을 꼭 잡은 사람이 우현임을 깨달았다.

"내 손 좀 놔줄래?"

"아, 미안. 좀비만 보면 반사적으로 널 잡게 되네."

우현이 씨익 웃었다. MC는 다시 추첨을 하겠다는 듯 유리 상자에 손을 넣었고, 사람들은 일제히 앞으로 쏠렸다. 그 바람에 사람들의 몸이 다닥다닥 밀착됐다. 내 몸이 우현의 품 안에 들어갈 듯 말 듯 닿았다. 귓가로 그의 숨결이 느껴졌다.

"자, 마지막 스물다섯 번째 주인공입니다."

이번엔 내가 우현의 손을 꼭 쥐었다. 어느새 정호와 퍼 코트도 옆으로 다가와 있었다. 제발, 제발. 저깟 개그맨이라고 한 거 취소할게. 제발.

"마지막 주인공은…… 3분 뒤에 돌아올까요?"

저 새끼를 그냥!

MC 혼자 약 1.5초 웃은 뒤 다시 종이를 내려다봤다. 그가 방금 뽑은 종이. 나는 손에 힘을 꼭 줬다.

"106번입니다!"

정호와 퍼 코트가 뛰어올랐다. 나는 턱을 쭉 늘어뜨린 채 아무 소리도 내지 못했다. 다리에 힘이 풀리는 찰나, 뭔가가 내 허리를 감싸 들어 올렸다. 따뜻한 숨결이 훅 끼쳤다. 달콤한 커피 향이 났다. 그리고 뭔가가 내 입술을 강하게 빨아들였다. 우현의 입술이었다.

"자! 어서 단상으로 올라오십시오!"

우현과 내 몸은 자연스럽게 떨어졌다.

"빨리 가자!"

정호가 우리 두 사람을 잡아당겼다.

•

마지막으로 이런 소파에 앉은 게 언제였더라. 내 골반과 허리, 어깨와 목을 포근하게 감싸는 폭신한 느낌. 이제야 이 고급 아파트에 들어선 실감이 난다. 나는 짧게 숨을 내쉬고 눈을 감았다.

뽁, 뽁, 뽁.

갑자기 환청이 들리는 것 같다. 맞다. 내가 마지막으로 이런 소파에 앉은 건, 120평의 집에서였다. 그의 손이 또 내 가슴에 닿는 것 같아 화들짝 눈을 떴다.

"괜찮아? 불도 안 켜고 뭐 해."

우현의 목소리였다. 그의 낮은 목소리는 이렇게 어둡고 조용한 곳에 더 어울렸다.

"방에 있으니까 좀 무서워서."

"그지? 나도 그래서 나왔어. 불 켤까?"

"아니. 곧 사람들 올 텐데, 그때 켜자."

밤에 환하게 불을 켤 수 있다는 데에 다시 적응하기까지는 시간이 좀 걸릴 것 같다. 우현은 내 옆에 앉았다. 소파 가죽이 기분 좋은 소리를 냈다.

"광고랑은 좀 다르지?"

우현이 말했다. 이사한 지 6일째. 한밤중 단둘이 어두운 거실에 나란히 앉아 건넨다는 말이 고작 집에 대한 감상인가?

"광고 그대로 믿는 사람이 바보지."

광고 영상처럼 반짝반짝하지는 않았지만, 내가 평소 살아보고 싶었던 집임에는 틀림없었다. 아니, 인정한다. 그냥 살아보고 싶다 정도가 아니라, 가능만 하다면 영혼이라도 팔고 싶은 수준이다. 80평쯤 되는 공간에는 방이 다섯 개 있었고, 방 두 개를 합친 것보다 넓은 부엌이 있었고, 내 옷장만 한 냉장고가 있었다. 대리석 바닥은 먼지를 닦아내니 상아색을 띠었으며, 거실 전면에 걸린 커다란 TV는 완만하게 휘어 있었다. 이 TV는 물에 빠져 누워 있는 미친 여자 그림이 바탕화면으로 설정돼 있다. 정확하게 기억은 안 나지만 햄릿을 사랑했다가 버림받고 자살한 여자다. 아무리 유명해도 그렇지 생활공간에서 계속 들여다볼 그림은 아닌 것 같다.

두 개의 화장실에 깔린 금빛 타일은 늘 일정한 온도를 유지하고 샤워 후 1분 안에 물이 마르게 돼 있다. 부엌에서의 조리는 금지됐지만, 세탁기, 냉장고, 공기청정기 등의 나머지 풀 옵션은 충분히 즐길 수 있다. 101동 상가 식당에서 3분 카레와 밥을 배불리 먹고, 욕조에 누워 뜨끈한 목욕을 한 것만으로도 나는 이 삶을 위해 모든 것을 다 바칠 각오가 돼 있었다. 더 솔직히 말하면 지난 일주일이 내 전체 인생에서 행복 지수 상위 5퍼센트에 들 것 같다.

　"저기……."

　우현이 입을 여는데 현관문이 벌컥 열렸다가 쿵 닫혔다.

　"내 능력 좀 봐. 이런 룸메이트가 어딨어! 이거, 이거, 이거 내가 아니면 누가 구해?"

　정호가 소주 여섯 병에 오렌지 주스 한 통을 들고 나타났다. 본인은 벌써 취기가 오른 상태다.

　"성혜 누나는? 같이 간 거 아니야?"

　퍼 코트의 이름은 나성혜였다.

　"그 누나 장난 아니야. 벌써 옆집, 윗집, 아랫집, 저쪽 경비까지 다 친해졌어. 진짜 여러분 룸메이트 하나는 환상적이라니까."

　정호가 신발을 채 벗기도 전에 현관문이 열리고 성혜 언니가 등장했다. 역시, 그녀의 품 안에는 각종 과자가 가득했다.

　"불 안 켜고 뭐 해! 파티 해야지!"

넷이 정답게 둘러앉은 건 이번이 처음이었다. 지난 6일간은 넷이 한꺼번에 거실에 나와 있었던 적이 한 번도 없었다. 넷 중 한 명 이상은 꼭 씻고 있거나, 먹을 걸 구하러 갔거나, 자고 있었다. 뭐 때문인지는 모르지만 우리는 내일부터 바빠질 거라고 들었고, 따라서 넷이 친목을 도모하기에는 오늘이 최적기였다.

우리의 미래는 요만큼도 예측할 수 없었으므로, 대화 주제는 당연히 "왕년에 내가 말이야"로 넘어갔다. 하지만 긴 얘기는 필요 없었다. 20분도 안 돼서 우리는 서로의 인생을 꿰뚫어보는 것만 같았다.

정호는 진보 성향의 작은 신문사 사회부 기자였다. 보수 매체에 다니고 있는 동기들이 자신과 똑같은 일을 하면서도 두 배에 가까운 월급을 받는다는 사실을 애써 외면하고 있는 중이다. 그는 프로파간다, 어젠다 세팅 등의 말을 한동안 늘어놨는데, 그렇게라도 해야 쥐꼬리만 한 월급으로 인한 스트레스가 풀리는 모양이었다.

성혜 언니는 꽤 잘나가는 학원 강사라고 했다. 한때 대치동에서 '10분 논술'로 돈을 쓸어 담았단다. 하루에 10분만 공부하면 논술이 만점 나온다나. 요즘은 논술 시험 비중이 크게 줄어 논술 강사의 인기가 많이 사그라졌지만 그래도 한 달에 천만 원은 번다고 했다.

"홍대에는 왜 왔어요?"

"오랜만에 오프였는데, 아침부터 어찌나 깨우던지. 딸 넷 낳고 겨우 얻은 아들자식이 홍대서 시위한다고 집이 발칵 뒤집혔거든. 그놈 잡으러 기껏 왔더니만, 그 인간은 대학교서 술 먹고 자빠져 잔다 그러고. 나만 이렇게 인생 꼬였지, 뭐야."

"짜증 나겠다."

"엄청. 우리 잘생긴 우현은 어쩌다 여기까지 왔어?"

성혜 언니가 글라스에 가득 채운 소주에 오렌지 주스를 섞으며 말했다.

우현은 나한테 그랬던 것처럼, 간략하게 영화 관련 일을 한다고 말했다가 정호와 성혜 언니의 집요한 질문에 맞닥뜨렸다. 우현은 쑥스러워하며 영화감독 입봉을 기다리고 있다고 말했다.

"영화감독?"

내가 되물었다.

"응."

영화 일을 한다기에, 영화사나 배급사에 다니는 줄 알았다. 영화를 보면 맨 앞에 큼지막한 로고가 나오는 기업들 있지 않나. 그런 걸 말하는 줄 알았다. 그런데, 영화감독 지망생이라니.

"나, 꿈이 뭔지 알아?"

우현이 상가 매장에서 새로 구한 초록색 트레이닝복 소매를 잡아당기며 말했다.

"우리 나이에는 꿈이 뭔지가 아니라 꿈이 뭐였는지를 말하는 거 아닌가."

나는 새우깡 봉지를 뜯으며 말했다.

"넌 만사가 부정적이야."

"그래서, 네 꿈이 뭔데?"

성혜 언니가 끼어들었다.

"관객 천만."

입에 뭐가 있었다면 제대로 뿜어줬을 텐데.

"천만?"

"난 대박을 바라진 않아. 한 작품으로 천만이 아니라, 평생 찍어서 총합 천만 정도 되면 정말 성공한 삶이지 싶어. 엄청 성공한 거지. 그렇게 꾸준히 찍을 수 있는 것도 천운이거든."

"찍어둔 건 있고?"

"연출부 5년 하고 입봉하기 직전이었어."

"그래? 빨리 자리 잡은 건가."

"그렇죠. 내 시나리오를 누가 좀 좋게 봐줘서. 영화사에 소개하기 직전 이었거든요."

영화계에 대해 아는 건 전혀 없었지만, 영화사에 소개 좀 한다고 곧바로 데뷔가 되지는 않으리란 건 상식이었다. 하지만 내색은 하지 않았다.

"입봉이 될 때까진, 계속 연출부에 있는 거야?"

"네, 시나리오 쓸 땐 잠깐 쉬기도 하다가."

얼마 전에 읽은 신문 기사가 하나 떠올랐다. 영화 스태프로 일하던 누가 질병에 걸렸는데 저임금로 인해 병원비를 제대로 못 내고 치료 시기를 놓쳐서 사망했다는 내용이었다. 그 사건을 계기로 스태프 처우 개선을 요구하는 보도가 계속됐는데, 그들의 수입은 내가 접한 연봉 중에 제일 낮은 액수여서 기사가 오탈자가 아닌가 의심했었다.

갑자기 총소리가 나서 대화는 중단됐다. 우리 모두 베란다로 뛰어나가 창밖을 바라봤다. 53층에서 보는 저 아래는 그저 평화로워 보였다. 총소리도 마치 장난감 소리 같았다. 소리는 몇 번 더 났다.

"좀비를 쏘는 거겠지?"

"아닐 수도."

아파트에서 뿜고 있는 매캐한 연기는 좀비를 어느 정도 내쫓는 효과가 있었다. 그 연기를 뚫고 진입을 시도하는 건 오히려 사람들이었다. 이 아파트에 추첨되지 못했던 사람들.

"너무하지 않니. 빈집이 이렇게 많은데, 좀 넣어주지."

우리가 입주한 102동만 해도 대부분이 텅 비었다. 성혜 언니는 이 아파트가 너무 비인간적이라고 한참을 징징거렸다.

"저 사람들 다 입주시킬 수는 있겠지. 그러면 물이랑 전기를 지금처럼 못 쓴다던데? 나눠 써야 하니까."

흥미를 잃은 정호가 다시 거실로 돌아가 앉으며 말했다.

"아, 그래? 그럼 안 되지."

성혜 언니의 목소리도 다시 밝아졌다.

"자, 게임이나 할까?"

정호의 리드 아래 대학교 때 이후 한참을 까먹고 있던 추억의 게임들이 모두 소환됐다. 게임 종류가 세 가지쯤 지나자 모두 얼큰하게 취했다. 집중적으로 걸린 우현은 화장실에서 벌써 한 번 토하고 왔다. 그리고 삼육구의 차례가 됐다. 이 게임에 알러지가 있는 나는 소주를 글라스로 세

잔이나 마시고 눈이 완전히 풀렸다. 이렇게 과음을 하는 건 진짜 오랜만이었다. 그래도 기분이 나쁘지 않아서 난 또다시 크게 외쳤다.

"일!"

정호는 스퍼트를 올리자며 손으로 초코파이를 으깨더니 소주 글라스에 투하했다. 보기만 해도 토할 것 같았다. 그 생각을 하는 동안 게임은 두 바퀴를 돌아 내 차례가 됐다. 당황한 나는 크게 외치고 말았다.

"구!"

뭐가 좋은지 정호와 성혜 언니는 바닥을 구르며 웃어댔다. 나는 유리잔을 쥐었다. 한숨이 절로 나왔다. 나는 컵을 입으로 가져가다가 다시 내려놨다. 도저히 못 먹겠다. 그때였다. 우현이 내 컵을 휙 낚아채더니 초코파이가 둥둥 떠 있는 소주를 벌컥벌컥 마셨다. 정호와 성혜 언니는 발광에 가깝게 환호하고 있다. 나는 우현의 옆모습만 물끄러미 볼 뿐이다.

컵을 비운 우현은 아무 말도 없이 바닥만 보고 있고, 정호는 내가 소원을 들어줘야 한다며 "뽀뽀"를 외쳤다. 나는 괜히 어색해져서 화장실로 향했다.

세수를 세 번쯤 하고 나오니 벌써 파장 분위기였다. 정호와 성혜 언니는 각자 방으로 돌아갔고, 우현은 과자 봉지를 쓰레기통에 넣고 있었다. 나는 입주 추첨회 때 내게 했던 키스는 어떤 의미인지 물으려다 입을 닫았다. 이후로 우린 그 일이 없었던 척하고 있다.

"고마워."

대신 나는 짧게 말했다.

"응?"

"아까……."

나는 작게 얼버무렸다. 우현은 씨익 웃었다. 쟤는 알고 있을까? 저 표정이 얼마나 매력적인지. 나는 뒤돌아 내 방으로 향했다.

"저기, 소원 들어줘야지."

술 때문인가? 심장이 쿵쿵대기 시작했다.

"뭔데?"

그가 내 눈을 그윽하게 들여다봤다. 그 눈을 빤히 보자니 눈싸움을 하자는 것 같고 시선을 피하자니 내가 지는 것 같다. 늘 그에게 틱틱대고 화를 내지만, 그가 나를 볼 때만큼은 어쩔 줄 모르는 일곱 살짜리 여자애가 되는 기분이다.

"뭐냐고."

"나, 네 방에서 자도 돼? 바닥에서 잘게! 너랑 자는 게 습관이 됐나 봐. 혼자선 잠이 잘 안 오더라고."

심장이 또 덜컹했다. 계산, 또 계산. 적당한 타이밍을 찾아야 했다. 1초, 2초, 3초. 어떻게 할까 고민하는 듯 끙 소리도 한 번 낸 후에 입을 열었다.

"그래, 오늘만."

"정말?"

우현이 환하게 웃었다. 자칫 손을 뻗어 얼굴을 만질 뻔했다.

"이상한 짓 하면 죽인다."

"나 죽으면, 꼭 네가 먹어줘야 된다."

"콜."

한때는 여기서 쌀국수를 팔았을 것이다. 나도 어렸을 땐 양지가 들어간 쌀국수를 자주 먹었었다. 해장용으로는 그만한 게 없었다. 하지만 어느새 양지나 차돌박이가 빠지고 정체를 알 수 없는 통조림 육수가 들어간 이후로는 잘 먹지 않았다. 나는 쌀국숫집에서 쓰던 움푹한 숟가락을 들고, 먹기 싫으면 안 먹어도 됐던 시절을 잠시나마 기억한다.

"너구리 시키신 분."

그나마, 라면 종류를 정할 수 있다는 데 만족해야 할까. 나는 자리에서 일어나 주방으로 갔다. 아직 술이 안 깨서 하늘이 빙빙 돌았다. 쌀국수 그릇에 라면이 담겨 나왔다. 손을 뻗는 순간, 누군가 라면을 가로챈다.

"저기요."

나보다 조금 어려 보이는 여자가 못마땅한 눈으로 나를 훑었다. 이마에 걸쳐놓은 명품 선글라스가 번쩍이는 위용을 과시 중이다.

"그거, 제가 시킨 건데요. 저보다 늦게 오셨잖아요."

"난, 여기 106동 입주민인데."

이 무슨 생뚱맞은 자기소개 시간인가. 여자가 왼손을 뒤집어 칩을 보여줬다. 현관 열쇠로 쓰이는 칩이다. 그 칩, 내 손등에도 있거든. 배식 담당 아저씨가 다가오더니 여자 팔목을 잡은 내 손을 부드럽게 떼어냈다.

"음식은, 입주민에게 우선적으로 돌아갑니다."

"네?"

여자는 더 이상의 대화를 듣기 싫다는 듯 라면을 들고 유유히 사라졌다.

"뭔 소리죠? 뭐가 다른데요?"

"여기 이미 살고 있던 사람들이 입주민이죠. 집을 소유하고 계신 분들요. 고객님들은 102동 미분양 세대에 잠깐 거주하시는 거고요."

직원은 최대한 친절하려 노력하는 듯했지만 난 이미 기분이 나빠졌다.

"아저씨가 정한 룰이에요? 밥 먹는데 몇 동 사는지가 왜 중요해요? 그러는 그쪽은 어디 사시는데요?"

"김씨 아저씨라고 불러주세요. 저희는 관리 숙소가 있는 101동에 살고 있습니다."

부엌에서 또 하나의 너구리가 나왔다. 나는 논쟁보다 라면이 더 좋았으므로, 일단 물러섰다. 나를 주시하고 있던 우현과 성혜 언니가 빨리 오라고 재촉했다.

"우리도 월세를 내야 되잖아. 저런 관리 같은 일 시키겠지?"

"와, 집도 주고 직업도 주고. 환상적이네요."

내가 비꼬았다.

"라면 불겠다. 일단 빨리 먹어."

우현이 말하는데 정호가 헐레벌떡 뛰어 들어왔다. 손에는 김이 모락모락 나는 만두가 한 접시 들려 있었다.

"냉동 만두가 이렇게 아름답게 생겼었나."

정호가 채 앉기도 전에 성혜 언니가 만두를 하나 집었다.

"나, 신촌에 갈 거야. 세진이가 거기 있을 거 같아!"

세진이라는 이름은 우리에게 매우 친숙했다. 정호는 이 아파트에 들어섬과 동시에, '세진이와 함께였으면 얼마나 좋을까', '이 침대는 세진이가 정말 좋아했을 것 같아', '세진이도 그렇게 웃을 때가 있었는데' 같은 말을 중얼거렸다. 우리는 세진이 노이로제라도 걸릴 지경이었다.

"네 여친이 거기 있는지 어떻게 알아?"

내가 퉁명하게 말했다. 정호는 인터넷도, 통화도 되지 않은 채 예전 문자만 보관되고 있는 휴대폰을 내밀었다.

"이 문자를 봐봐. 나한테 지금 막 지하철을 탔다고 보낸 시간이 오전 9시 56분이야."

"그런데?"

"걔는 잠실나루에서 탔을 거란 말이지. 2호선을 타고 합정역까지 와서 6호선으로 환승해 상수역으로 오거나, 그냥 합정역에서 우리 집까지 걸어올 수 있어. 아마도 그냥 걸어서 오는 걸 택했을 거야. 그런데 밖에 사람들 얘기 들어보니, 지하철 2호선이 멈춘 건 10시 30분쯤이래. 걔가 탄 지하철이 신촌 근처까지 왔다는 뜻이지. 더 운이 좋다면, 홍대입구고."

"무모해."

내가 말했다.

"왜?"

"지하철역에 도착도 안 해놓고 지하철을 탔다고 했을 수도 있어."

"세진이는 안 그래."

"난 그러는데."

"누나랑 달라."

"거기다 나도 그 시간에 지하철역 가봐서 아는데. 질서 정연하게 한 번에 운행이 중단된 것 같진 않았어. 이미 30분 넘게 지하철을 기다리고 있던 사람도 있었는데?"

"그건 홍대입구역이잖아."

"근처잖아."

"그래서, 언제 찾으러 갈 거야?"

우현이 말도 안 되는 소리를 했다.

"가능한 한 빨리. 형, 같이 가줄래?"

가지 말라고 꽥 소리를 지르고 싶지만 자존심이 허락하지 않았다.

"우선 입주 설명회부터 갔다가."

"응, 진짜 고마워."

"당연한 일을 갖고, 뭘."

우현이 만두를 입에 잔뜩 넣고 답했다. 모르겠다. 날 조금이라도 생각한다면, 저런 쓸데없는 일엔 안 나서야 하는 거 아닌가. 나갔다가 죽을 수도 있는데, 적어도 나한테 동의를 구하는 눈빛이라도 한번 보내야 하는 거 아닌가. 우리가 그 정도 사이는 되지 않나.

나는 라면 면발을 신경질적으로 들었다 놨다 했다. 젠장, 이런 유치한 감정은 20대에 졸업한 줄 알았는데.

입주 설명회는 101동 상가 4층에 자리한 소극장에서 열렸다. 여기 상가에는 없는 게 없었는데, 지하 2층에는 대형 마트, 지하 1층부터 지상 2층까지는 쇼핑몰, 수영장과 식당가, 3층에는 극장과 헬스클럽, 병원, 4층에는 고급 레스토랑과 소극장이 있었다. 5층부터 80층까지가 아파트였다. 집을 사서 이미 입주해 있다가 이번 재앙을 만난 입주민이 2백 명가량 됐고, 입주 예정이었지만 난리가 나면서 이사도 오지 못한 채 비어 있는 집이 8백 세대쯤 됐다. 아마도 이 근처에서 떠돌고 있는 좀비 중에는 여기로 피신 오려던 집주인들도 꽤 있을 것이다. 전세로 입주했으나 집주인이 계약을 파기하고 쳐들어온 케이스도 있었는데, 손해를 입은 서른 명가량은 건설회사 직원들과 아파트 관리 일 등을 하면서 101동 상가 근처에 살 수 있게 됐다. 미분양 세대였던 28가구에는 우리가 들어왔다. 그 말은, 우리만이 돈 한 푼 내지 않고 입성했다는 뜻이다.

"우리가 최하층민이네."

성혜 언니가 속삭였다.

"세 가구가 비는데."

정호가 딴소리를 했다.

"우리는 단순한 건설회사가 아닙니다. 우리가 제공하는 건 단순한 홈이 아닙니다. 홈. 나아가 시티이며 네이션입니다. 이 어려운 난국에, 우리 스스로 삶을 디벨롭 해나가야 합니다. 우리가 그 파운데이션이 되겠습니다. 그게 바로 우리의 보케이션입니다. 지난주 입주 추첨 당시 우리가 신원 조회를 했던 것 기억하시죠. 여기 앞줄, 일어서보시겠습니까."

사회를 맡은 직원은 이 건설회사에서 20년 근속한 최 상무라고 자신을 소개했다. 그의 말에 따라 맨 앞줄에 앉아 있던 십여 명이 일어섰다.

"닥터, 셰프, 약사, 영어 선생님들이 여기 계십니다. 모두 우리에게 없어선 안 될 분들입니다. 이분들은 추첨이 되기 전에 총 세 채의 집을 받으셨습니다. 박수로 환영해주십시오."

필요한 사람들은 데리고 들어왔고, 나머지 잉여는 추첨으로 뽑았다는 뜻이다.

"근데 영어 선생님은 왜 필요해? 좀비도 글로벌 상품이다 이건가."

성혜 언니가 빈정거렸다. 영어 선생님은 VIP였지만 논술 강사는 잉여였다. 난 백 명의 잉여들을 둘러보다가 그제야 깨달았다. 대부분 20, 30대였다. 추첨회에는 매우 다양한 연령대가 모였었다. 그런데 이 결과는 과연 우연인가.

화면에서 큰 소리가 터져 나와 잡생각을 떨쳐냈다. 이 기업이 사회 환원에 얼마나 힘을 써왔으며, 이번에 미입주 세대를 오픈한 것도 얼마나 어려운 결단이었는지를 한참 떠들어댔다. 세상이 뒤집혀도 저놈의 파워포인트는 여전히 잘 돌아갔다. 워크숍만 가면 형형색색의 그래프를 보여주며 앓는 소리를 하던 지점장이 떠올랐다.

"나머지 분들은 우리 팰리스에 거주하는 시민이라는 뜻에서, 팰리스민이라고 부르겠습니다. 그럼 여러분은, 뭘 하면 될까요. 이제 월세를 내면 될까요? 월세는, 받지 않겠습니다."

좌중에 환호가 터져 나왔다.

"팰리스민은 혜택받은 사람들입니다. 혜택을 받은 만큼 사회를 위해 데디케이트 하시는 게 우리의 조건이었죠. 탤런트 도네이션, 기억하시죠?"

재능 기부? 나는 골방에 처박혀 돈 세는 일을 하게 되려나? 이 무료한 사람들에겐 영화감독 지망생이 필요할지도 모른다.

"여기 앞줄 분들의 탤런트는 이미 아실 테고, 이제 여러분의 차례입니다. 여러분은 건강한 신체와 젊음을 갖고 계시죠. 여러분은 우리에게 닥친 이 무섭고 끔찍한 질병을 이겨내는 데 힘써주셔야 합니다. 우리 유토피아 건설은 정부와 유관 기관에 적극 협력, 우리가 이 시련을 극복하는 데 최선을 다하고 있습니다."

뭔가 불길했다.

"우선 이 인펙션을 연구하기 위해서는 최대한 많은 샘플이 필요합니다. 저도 과학자가 아니라서 잘은 모르지만 특히 아이볼은 이번 인펙션에 핵심적이라고 합니다. 그런데 여러분도 아시겠지만 파지티브를 접촉하기가 쉽지 않아요. 아, 여러분이 흔히 말하는 좀비를 우리는 파지티브라고 부릅니다. 아마 검사를 하면 양성 반응이 나올 텐데, 무슨 병인지 우리도 모릅니다. 어쨌든 정부가 수거해 가는 것도 한계가 있습니다. 여러분이 나서주셔야 합니다. 기억하십시오. 여러분은 선택받았고, 이 자리에 죽도록 오고 싶어 하는 사람들이 줄을 서고 있습니다. 혜택에는 의무도 따릅니다. 나서주셔야 합니다. 큰 걱정은 안 하셔도 됩니다. 팰리스민에게는 당연히 가드가 배정되니까요. 안전할 겁니다!"

아이볼은 뭐고, 가드는 또 뭔지 짐작하기 어려웠다. 장내가 술렁였다. 영상에서는 깜찍하게 생긴 여자 연구원이 하얀 가운을 입고 뭔가를 들어올렸다. 저게 뭐지? 클로즈업 된다.

"바로 이게, 필요합니다."

아, 아이볼. 하얗게 말라버린, 사람 눈알이었다.

•

"8층 도착했습니다. 앞으로 30분인 거 잊지 마시고요! 자! 13조, 14조 준비하세요!"

엘리베이터 문이 열렸다. 가드가 수류탄 같은 걸 데굴데굴 굴리자 픽하는 소리와 함께 연기가 피어올랐다. 우리가 내릴 차례였다. 내 왼손에 들린 야구 배트가 더 묵직하게 느껴졌다. 갈색 머리 근육질 하나가 성큼 앞섰다. 우리 옆집에 배정받은 사람인데, 어려 보이는 남자 대학생 하나에 기억력이 비상하다는 여대생, 그리고 축구 선수 출신이라는 두 명의 근육질이 한 방 멤버였다. 얼핏 어울리지 않는 조합이었지만 우리 조도 마찬가지였다. 베이비핑크 원피스를 입은 나를 비롯해 퍼 코트를 벗고 블랙 블라우스에 진을 매치한 성혜 언니, 노란 후드 티 차림의 우현, 파란색 셔츠를 목 끝까지 단추를 채워 입은 정호가 뒤따랐다. 엘리베이터는 다음 조인 15, 16조를 태우고 위층으로 올라갔다. 엘리베이터 문이 닫히는 그 순간까지도, 가드는 한 사람당 아이볼 두 개는 확보해야 한다고 말했다.

이 보험회사 건물은 내 예상보다 훨씬 컸다. 엘리베이터에서 사무실까지 가는 거리도 상당했다. 우리 여덟 명은 서로 몸을 밀착한 채 전등이 깜빡이고 있는 사무실까지 엉거주춤 걸어갔다. 그때였다. 뭔가 질펀한 숨소리가 다가오는 듯했고, 여대생이 크게 비명을 질렀다. 우리는 손에 걸리는 걸 무작정 밀어냈고, 그 결과 모두가 뿔뿔이 흩어지고 말았다. 어쩌다 보니 내가 향한 곳은 구석에 위치한 여자 화장실이었다. 사무실 쪽에서는 여대생의 비명이 계속되고 있었으므로, 나는 일단 화장실에 몸을 숨기기로 했다.

끼익, 문을 열고 들어서는데 세면대에 익숙한 유니폼을 입은 아줌마가 엎드려 있었다. 청소 아줌마인 듯했다. 최 상무는 이 건물 파지티브들이 거의 다 죽었다고 했다. 우리는 죽은 파지티브에게서 눈알을 분리해내, 백신 및 치료약 개발에 이바지하면 된다고 했다. 가끔 살아 있는 파지티브가 있긴 하지만, 대부분 걸을 힘도 없을 것이므로 전혀 위험한 작업이 아니라고도 했다.

눈알을 정말 빼낼 수 있는 것인가 하는 문제는 차치하고서라도, 저 아줌마의 몸을 일으켜 세울 용기도 생기지 않았다. 그래도 뭔가는 해야 했으므로, 살금살금 아줌마에게 다가갔다. 손을 뻗으면 아줌마의 어깨를 쥘 수 있을 것 같다. 파란 유니폼에는 별로 묻은 것도 없었다. 좀비가 아닐지도 몰랐다. 시체 썩는 냄새가 어떤지는 모르지만, 아줌마의 몸에서

부패가 진행 중인 것 같지도 않았다. 나는 긴장감에 토할 것 같은 기분을
애써 밀어내며 숨을 참고 고개를 숙였다.

"저기……."

갑자기 눈앞이 캄캄해졌다. 엉덩이를 세차게 바닥에 부딪히며 나가떨
어졌다. 코에 뜨거운 통증이 밀려왔다. 몸을 벌떡 일으킨 아줌마와 부딪
힌 것이다. 아줌마는 이내 몸을 돌려 나를 내려다봤다. 하얀 눈동자와 눈
이 마주쳤다.

나는 필사적으로 바닥을 기어 변기 칸으로 들어갔다. 아줌마의 억센
팔이 몇 번이나 내 코앞을 휘저었다. 문에 손을 찧고도 아줌마의 힘은 줄
지 않았다. 결국 아줌마가 이겼다. 문이 활짝 열렸다. 그 바람에 내 왼손
이 문과 벽 사이에 세게 끼었다. 왼쪽 몸이 전기에 감전된 듯 부르르 떨
렸다. 아줌마가 내 쪽으로 한 발짝 다가섰다. 나는 비명을 내지르며 문을
다시 쿵 닫았다. 아줌마가 나가떨어졌다. 아줌마가 내뱉는 이상한 소리
때문에 온몸에 소름이 돋았다. 저 아줌마는 왜 여기 있었을까. 막내딸의
대학 등록금을 위해서? 남편이 몸이 아파 직장에 나가지 못해서?

아줌마가 잠잠해졌다. 나는 양발을 들어 변기 위에 쭈그리고 앉았다.
내 생사 여부를, 고작 이 녹슨 화장실 문고리 하나가 결정하고 있다는 사
실이 뜨악스러웠다.

"다영아, 괜찮아?"

우현의 목소리였다.

"조심해, 좀비 있어!"

"아줌마 쓰러져 있어. 나와."

나는 변기에서 내려와 떨리는 손으로 문고리를 옆으로 젖혔다. 문이 슬쩍 열렸다. 입구에 서 있던 우현이 내 쪽으로 다가오는 사이, 나는 몸을 일으키는 아줌마를 봤다. 우현의 왼쪽 발목을 잡기 직전이었다. 잽싸게 문을 다시 닫았다.

"우현아! 나가! 아줌마 일어났어!"

이내 아줌마가 내 문을 쿵쿵 두드리기 시작했다. 젠장.

"다영아! 나야! 문 열어!"

우현이었다. 아줌마가 이상한 소리를 내고 있는 걸로 봐서, 아직 완전히 쓰러지지는 않은 것 같았다. 문을, 열어야 하나?

"유다영!"

"여기로 오면 어떡해! 나가야지!"

"빨리 문 열어!"

우현이 아줌마를 힘껏 밀어내고 있는 듯 용을 쓰며 말했다. 나는 문을 열었다. 우현이 잽싸게 들어와 문을 다시 닫았다.

"죽을 뻔했잖아. 어떻게 문을 안 열 수가 있어!"

"아줌만 줄 알았어."

"괜찮아?"

정말 비좁았다. 그런데 문 밑으로 아줌마의 손가락이 들어오는 바람에 나와 우현은 서로 엉키다시피 했다. 우현이 한 번 뒤뚱거리고, 내가 변기 위로 올라갔다가 다시 미끄러졌다.

우현이 몇 번 망설이는 듯하더니 나를 꽉 껴안았다. 우리는 아무 말도 하지 못했다. 두 사람의 숨소리만 좁은 화장실을 가득 메웠다. 그리고 우현의 냄새. 내 코에 맞닿기 직전인 우현의 목덜미 덕분에, 건물을 감싸고 있는 이상한 악취에서 드디어 벗어날 수 있었다. 나는 그의 쇄골에 얼굴을 파묻고 싶다고, 잠깐 생각했다. 그래서 얼른 몸을 떼어냈다.

"밖은 어때? 왜 이쪽으로 왔어?"

내가 퉁명하게 물었다.

"너 찾아왔지."

"왜?"

"……그냥."

아무리 거리를 확보하려 해도, 우리의 무릎은 계속 닿았다. 우현이 손목시계를 보더니, 이제 겨우 12분 남았다고 했다.

"나가자."

내가 문 앞에 서며 말했다. 아줌마의 손을 쿡쿡 눌러봤지만 별 반응이 없었다. 우현의 숨결이 내 왼쪽 귀에 훅 끼쳤다. 그는 내 어깨를 단단히 감쌌다.

"우리, 꼭 살자!"

아줌마 좀비 하나 상대하고 화장실에 갇힌 상태에서 듣기엔 지나치게 비장한 말이었다. 나는 고개를 끄덕이고 조심스럽게 문을 열었다. 아줌마는 그대로 쓰러져 있었다. 나는 야구 배트를 주워 빠르게 화장실 밖으로 나갔다.

사무실의 조명은 깜빡거렸다. 깜빡, 깜깜빡, 까암빡. 기괴한 박자였다. 책상이 서른 개쯤 질서 정연하게 배치돼 있었으며, 벽 쪽에는 유리로 설치된 큰 회의실이 두 개 있었다. 그중 더 큰 회의실에 사람들의 실루엣이 보였는데, 그 앞에는 정장을 빼입은 좀비 일곱 명가량이 광분하며 유리문을 두드리고 있었다. 너무 흥분해서인지 오히려 우리는 보지 못하는 듯했다.

나는 조심스럽게 사무실에서 빠져나와 엘리베이터를 타고 1층으로 내려갈 계획이었다. 가드에게 이 사실을 알려 도움을 청해야 했다. 10분 후면 전기가 끊겨 엘리베이터도 운행 중단될 텐데, 여기에 갇힐 생각은 추호도 없었다. 그러나 우현의 생각은 달랐나 보다. 그는 책상에서 수첩을 하나 집어 유리문으로 던지면서 말했다.

"내가 좀비들 유인할게. 넌 회의실 사람들 구해!"

좀비들이 즉각 우리를 발견하고 뛰기 시작했다. 예전에 본 좀비들보다는 확실히 힘이 떨어져 보였지만, 그래도 무시무시하긴 했다. 우현은 책상을 빙 돌아 사무실 구석으로 뛰었다. 이상한 소리를 질러대면서. 대다수의 좀비가 우현 쪽으로 뛰긴 했지만 전부는 아니었다. 부장급의 중년 남자 하나가 내게 달려들었다. 얼핏, 지점장을 닮았다. 나는 야구 배트로 그의 배를 밀었다. 그대로 고꾸라진다. 머리를 바닥에 세게 부딪혔는데, 눈알 하나가 반쯤 튀어나왔다. 역시, 눈알이 잘 빠지는 상태이기는 한 듯했다. 그래도 여전히 살아 있는 사람이었다. 우현은 책상 위를 마구 뛰어다니며 좀비들을 유인했다. 부장 좀비가 슬슬 몸을 일으켰다. 나는 책상에서 동양난 화분을 하나 집었다. 승진을 축하한다는 메시지가 적혀 있었다. 이 사람 걸까? 부장 좀비가 다시 몸을 일으키는데, 나는 차마 화분을 휘두르지 못했다. 대신 세게 어깨를 내리쳤다.

"다영아! 회의실! 회의실 좀 구해!"

회의실 사람들은 앞에 좀비가 없는데도 나오지 않고 있었다.

"나보고 어쩌라고!"

"가봐!"

나는 부장 좀비 위로 의자를 하나 엎어놓고 회의실로 걸음을 옮겼다. 실루엣이 조금씩 보이긴 하지만 어떤 상황인지까지는 알 수 없었다.

"왜 안 나오는 거예요!"

내가 문을 활짝 열자 웬 좀비가 하나 달려들었다. 긴 생머리를 찰랑거리며 내 상체에 올라타려 했는데, 다행히 이 여자는 40킬로대의 몸무게를 유지하고 있었다. 어깨를 잡고 휙 밀치자 회의실 저 밖으로 내동댕이쳐졌다. 회의실 구석에 쪼르르 서 있던 여섯 명의 남녀가 입을 떡 벌리고 날 바라봤다.

"당할 뻔했잖아요! 문을 열지 말라고 했어야지!"

내가 화가 나서 외쳤다.

"그 여자 장난 아니었어. 갑자기 책상 밑에서 튀어나오더니, 입구를 딱 막고 안 비키잖아. 이리저리 널뛰듯이 뛰는데, 완전 미친년이더라니까."

성혜 언니가 옷에 묻은 먼지를 털어내며 말했다. 하긴, 이 상황에서 팀워크나 의리 같은 걸 따지는 게 바보 같은 짓일지도 모른다. 의리 하니까 갑자기 떠오르는 한 사람, 우현은 어디 있지?

좀비들이 한 책상 앞에서 으르렁거리고 있었으므로, 우현이 책상 밑에 기어 들어갔다는 것을 쉽게 알 수 있었다. 의자로 방어하고 있는 모양인데, 멀리서도 그의 다리가 무방비로 튀어나왔다가 들어갔다 하는 게 보였다. 책상 밑에 숨는 건, 키 182센티의 남자가 시도할 만한 방법은 절대 아니었는데.

축구 선수 출신 두 명이 이제야 자존심을 회복하겠다는 듯 노트북을 던지기 시작했다. 좀비들이 주춤 물러섰다. 여대생이 최루탄을 하나 던졌다. 진작 던질 것이지. 연기가 다시 피어나고 좀비들이 눈에 띄게 느려지기 시작했다. 미처 날뛰던 좀비들이 좀 평안해 보이기까지 했다. 근육질들이 돌아다니며 한 명씩 쓰러뜨렸다. 우현은 연기에 눈물을 쏟으며 책상에서 기어 나왔다.

"아, 허리 부서지는 줄 알았네."

"괜찮아?"

"큰일 날 뻔했지. 내가 허리 빼면 시첸데."

이 와중에 씨익 웃는 여유라니.

"시간 다 됐어! 가야 돼요!"

어디서 주웠는지 커피믹스 봉지 두 개를 손에 쥔 정호가 외쳤다.

"눈알은? 뭐라도 해야 하지 않겠어?"

성혜 언니가 우현을 일으키며 말했다.

"이 사람들, 아직 안 죽었잖아요."

나는 눈알이 반쯤 튀어나온 채 쓰러져 있는 부장 좀비를 물끄러미 봤다. 내가 메고 있는 백팩 안에는 눈알을 끄집어내는 용도로 만들어진 집게와, 눈알을 담는 특수 유리병이 들어 있다. 나는 한 발짝 더 다가갔다. 여기는 원래 그의 자리였을까. 상석에 마련된 이 책상에는 서류가 한가득 있고, 데스크톱과 노트북, 시든 동양난 화분이 다섯 개쯤 있었다. 그리고 옆 가방에는, 골프채가 세 개 꽂혀 있었다. 연기 때문에 잘 안 보였지만, 부장 좀비의 눈은 분명 날 보고 있었다. 누군가의 아빠였고, 남편이었겠지? 이 자리에 오르기 위해 얼마나 더럽고 치사한 걸 많이 견뎌냈을까.

그때, 부장 좀비가 갑자기 입을 쩍 벌렸다. 너무 놀라 소리도 못 지르고 있는데 누군가 날 번쩍 들어 뒤로 옮겼다. 갈색 머리 근육질이었다. 그는 골프채 하나를 뽑더니 내게 건넸다.

"야구 배트는 얻다 흘린 거예요? 조심해요, 용감한 누나."

여대생이 얼른 뛰어나가 엘리베이터 버튼을 눌렀다. 아직 작동 중이었다.

"빨리 타요!"

엘리베이터 거울에 비친 내 모습은 참혹했다. 질끈 묶었던 머리는 반쯤 풀어헤쳐졌고, 베이비핑크색은 피로 뒤덮여 있었다. 좀비로 오해받기 딱 좋았다. 엘리베이터 문이 닫히는데 쿵 소리가 났다. 낯익은 손가락이 엘리베이터 문을 비집고 들어왔다. 여대생이 또 소리를 질러댔다. 다시 문이 열렸고, 청소부 아줌마가 모습을 드러냈다. 내가 뭐라 말할 새도 없이, 근육질이 그녀의 가슴을 뻥 차버렸다. 아줌마가 비참하게 뒤로 넘어졌다. 나는 차마 볼 수 없었다. 문은 닫혔다. 남자 대학생이 울음을 터뜨리는 사이 엘리베이터는 4층, 3층으로 내려왔다.

"됐어! 다 왔어!"

성혜 언니가 위로하듯 말했다. 그런데 엘리베이터 속도가 늦어졌다.

"설마!"

"3층입니다."

엘리베이터는 어처구니없을 만큼 상냥한 말투로 3층에 섰음을 알렸다. 엘리베이터 문이 열리는 동시에 날카로운 비명이 엘리베이터로 번져 들어왔다.

"빨리! 닫힘 버튼! 닫힘 버튼!"

여대생이 버튼을 계속해 눌렀지만 문은 자꾸만 열리고 있었다.

"빨리! 좀!"

연기가 가득해서 볼 수 없었다. 누군가 엘리베이터 버튼을 눌렀겠지만, 보이는 게 없었다. 차라리 다행인지도 모른다. 문이 다시 닫혔다. 우리는 숨을 토해낼 뿐, 그 어떤 말도 하지 않았다.

은은한 조명을 띠는 유토피아팰리스 정문은 운치마저 있어 보였다. 정문을 둘러싸고 넓게 쳐진 철창에는 총 세 개의 출입문이 있었는데, 하나는 차들이 드나들 수 있는 큰 문이었고, 나머지 두 개는 한 사람만 겨우 통과할 만한 작은 문이었다. 이 문을 통과해서 80미터가량을 걸으면 정문에 들어설 수 있다. 우리 아파트에 들어오고 싶어 하는 사람들이 철창에 좀비들을 묶어두고 시위를 하는 통에 아파트는 매일같이 청소에 나섰고, 그래서 오히려 철창은 더 깨끗하게 유지될 수 있었다.

각기 다른 건물을 다녀온 팰리스민들이 A 출입문과 B 출입문 앞에 모여들었다. 회색 수트에 방탄복을 입은 가드들이 각 출입문 앞에 마주 섰다. 우리는 이들이 문을 활짝 열어주지 않아서 조금 당황 중이다.

"혹시 파지티브와 접촉하신 분들 손들어주세요."

눈알을 빼오는 것 자체가 접촉인데, 손을 들었다가는 아파트로 들어가지 못할 것 같은 기운이 감돌았다. 모두가 숨죽였다.

"그럼, 아이볼 두 개를 제시하시면 입장이 가능하겠습니다."

즉각 사람들이 웅성댔다.

"우선 들여보내줘요!"

"우리가 후방을 주시하고 있으니 안전합니다. 아이볼 제시 후 간단한 검역 절차를 거쳐 아파트로 들어오실 수 있습니다."

가드는 마치 보험회사 사무실을 뛰어다니던 좀비들을 보지 못한 양 말했다.

"저 사람들, 안 죽었더라고요. 보셨잖아요. 아직 안 죽었는데 어떻게 눈알을 빼요. 살아 있더라니까요."

내가 항의했다.

"아이볼을 제시하시면 입장하실 수 있습니다."

가드는 표정 하나 변하지 않았다.

사람들은 더 크게 웅성댔다.

"너희 건물도 그랬어? 우린 몇 명이 죽었어. 좀비들이 누워 있기는커녕 뛰고 있던데. 나한테 말도 하는 것 같았어!"

"살아 있더라니까요. 뛰어다니는 거 그쪽도 봤잖아요! 그런데 어떻게 눈알을 빼요! 말이 돼요?"

"더 높은 사람 데려와요!"

"줄 서세요!"

사람들이 출입문 앞에 버티고 섰다.

"아이볼이 없으면 입장도 안 됩니다!"

가드가 뒤로 한 발짝 물러나자, 차르릉 하고 철문이 닫혀버렸다.

"뭐 이런 데가 다 있어?"

"미친 거 아니에요?"

"일단 들어가서 얘기하자고요!"

"잠깐만요!"

젊은 남자의 목소리였다. 까만 후드 티를 뒤집어쓴 남자가 사람들을 헤치고 출입문 앞까지 왔다. 사람들 머리통에 가려서 제대로 보이지 않았지만 남자는 가드와 한참을 얘기하고 있는 듯했다. 다시 철문이 열렸다. 남자가 유리병을 가드에게 건네고 들어갔다.

"말도 안 돼!"

잘은 안 보였지만, 앞사람들 반응으로 봐서는 유리병 속에 눈알이 있는 듯했다.

"진짜 죽이고 갖고 온 거야?"

성혜 언니가 감탄했다.

철문은 다시 닫혔다. 나는 미묘하게 조급해졌다. 모두가 다 같이 길바닥에 나앉는다면 몰라도, 이 중 한 명이 다시 아파트로 돌아갔다면 상황은 달라진 거다. 내가 뒤처지고 있다. 당장, 아파트로 돌아가고 싶다. 루저가 돼서 여기 밖에 남겨지고 싶지 않다.

초소 불빛에 비친 남자의 옆얼굴은 어딘가 낯이 익었다. 분명히 본 얼굴이다. 어디서 봤지? 아무리 기억력이 감퇴하고 있다지만 불과 몇 주 전에 본 얼굴을 까먹을 정도는 아니었다. 남자는, KFC 앞에서 시위를 주도하던 엑스였다. 그 늠름하던 정의의 사도가, 시민의 눈알을 파 들고 와서는 최고급 아파트로 들어서고 있다.

미묘하게 불편해진 건 나만이 아니었다. 아파트의 말도 안 되는 정책을 비판하던 목소리는, 벌써 어두워졌는데 어디 가서 눈알을 구하느냐는 토로로 바뀌었다.

가드들은 엑스와 함께 자리를 비웠다. 굳게 닫힌 철문만 그대로였다. 사방은 컴컴했다. 처음 홍대입구역에 혼자 남겨졌을 때보다 더 막막했다. 바로 코앞에 안전지대가 있는데 나는 그 밖에 서 있어야 하다니. 안전지대가 없다고 알 때보다 더 참을 수 없었다.

사람들은 삼삼오오 대책 마련에 들어갔다. 물론 대책은 없었다.

"그래도 후방을 봐준다잖아요. 설마 이대로 죽게 두겠어? 그때 추첨할 때 설치했던 거 있잖아요. 저기 합정역까지 연결됐던 거. 그 철조망이라도 해주지 않겠어?"

"그거 다 떼서 지금 철문 옆에 덧댔잖아. 몰랐어?"

"그래도 좀 이따 문 열어주겠죠? 애초에 자기들이 잘못 알고 시킨 거잖아."

결론이 나지 않자 대화는 각자의 무용담으로 옮겨갔다. B 출입문 쪽에서 이쪽으로 걸어오는 한 여자애가 좀 이상하다고 느낀 건, 근처 가요 기획사를 다녀온 사람들이 어떤 가수가 좀비로 변했는지 흥미진진하게 읊고 있을 때였다. 처음엔 당연히 여자애가 무슨 할 말을 급하게 전하러 오는 건 줄 알았다. 하지만 그 아이는 내 옆에 서 있던 갈색 머리 근육질의 뒷목을 노리며 달려들었다. 또 한 번 비명이 허공을 갈랐다. 근육질은 불시의 공격에 휘청거리며 여자애를 내던졌다.

나는 근육질의 손을 잡고 일으켜 세우려 했다. 언제 또 다른 좀비가 나올지 몰랐고, 여자애도 몸을 일으키려던 참이었다.

"고마워요."

근육질이 나를 붙잡고 일어섰다. 사람들은 큰 원을 그리며 주춤주춤 뒤로 물러섰다.

"다영아! 조심해!"

우현의 목소리가 들렸지만 어느 방향인지 알 수 없었다. 그때 근육질의 목에서 피가 뿜어져 나왔다. 그리고, 눈이 이상해졌다. 낯익은 눈알이었다. 근육질이 입을 떡 벌렸다. 나는 미처 생각을 하기도 전에 골프채를 풀스윙으로 휘둘렀다. 머리가 깨지며 피가 튀었다. 사람들이 기겁을 하며 소리 질렀다. 여자애가 나를 노리고 다시 뛰었다. 나는 또 한 번 골프채를 휘둘렀다. 여자애가 폭 쓰러지면서 이상한 신음 소리를 냈다. 근육질과 여자애가 내 바로 앞에서 머리가 깨진 채 엎어졌다.

"괜찮아?"

우현이 내게 달려왔다. 큰 원을 그렸던 사람들도 조심조심 다가오기 시작했다. 나는 치솟아 오르는 구토를 한 번 쏟아내고는 입을 닦았다. 그러고는 골프채를 다시 높이 쳐들었다.

"다들 물러서! 이 눈알 내 거야!"

3.

좀비
모기지론

하나의 세상이 끝나는 데에는 오랜 시간이 걸리지 않았다. 그리고 새 세상에 적응하는 데에도 그리 오랜 시간이 걸리지 않았다.

옆으로 고꾸라진 버스 광고판에는 첫 방송을 코앞에 뒀던 드라마 포스터가 붙어 있다. 최유라가 미끈한 몸매를 뽐내며 총을 들고 당장에라도 쏠 것처럼 으르렁거리고 있는 사진이다. 비타민 주사 사건으로 자숙해도 모자랄 판에 드라마 방송이 웬 말이냐고 비판의 목소리가 높았는데, 어차피 그 첫 방송을 본 사람은 아무도 없을 것이다. 휴대폰의 다음 모델도, 인기 그룹의 신곡도, 새 정부의 부동산 정책도 세상에 공개될 일은 없다. 이제는 아무 쓸모 없는 그것들이 가끔은 궁금하다.

걸음걸이로 보아 내 앞에 걸어가는 저 경찰은 파지티브다. 갑자기 화를 내며 사람과 거의 같은 속도로 달리는 게 발병 초기라면, 저렇게 쓱쓱거리며 비틀대는 건 좀비한테 물린 지 좀 됐다는 뜻이다. 물린 지 오래될

수록 힘은 급격히 떨어진다. 그렇다고 방심은 금물이다. 먹을 것 앞에서 괴력을 발휘하는 건 그들도 우리와 크게 다르지 않다. 나는 골프채를 획돌려 고쳐 잡았다. 그리고 10센티 굽이 달린 앵클부츠가 또각거리지 않게 조심했다. 높은 굽은 달리기에 취약했으나, 파지티브를 돌려 차는 데는 효과적이었다. 내가 입고 있는 카키색 민소매 후드 원피스에도 은근히 매치가 됐다.

경찰이 홍대입구역 사거리에서 좌회전했다. 구겨진 화로구이집 간판이 경찰 위로 덜컹거렸다. 골프채를 번쩍 들어 올리는데, 고깃집 안에서 한 아줌마가 쇠파이프를 들고 살금살금 나왔다. 멀리서 보기에도 쇠파이프는 덜덜 떨렸다. 우리 아파트에 들어오기 위해서는 사람 눈알이 필요하다는 소문이 퍼지면서, 이 일대 사람들은 너도나도 눈알 수거에 열심이다. 그러다 운이 좋으면 죽은 팰리스민을 대신해 입주의 기회를 잡기도 했다. 아줌마는 경찰에게 한 발짝 더 다가갔다.

경찰은 예상보다 눈치가 빨랐다. 경찰이 먼저 아줌마에게 달려들었다. 아줌마는 중심을 잃고 넘어져 쇠파이프로 경찰의 얼굴을 겨우 밀어냈다. 나는 아줌마를 구하러 다가가다가 흠칫 멈춰 섰다. 조금 기다리자 이내 피가 튀었다. 나는 아줌마의 두 눈알이 하얗게 변할 때까지 더 지켜보기로 했다.

"뭐 해! 안 돕고!"

누군가 내 오른쪽 어깨에 부딪히고는 그대로 아줌마에게 돌진했다. 보나마나 우현이었다. 그는 경찰을 내려치고는, 아줌마를 일으켜 세웠다.

"물렸어."

내 목소리는 살려달라는 아줌마의 울부짖음에 묻히고 만다.

"그 아줌마 물렸다니까!"

나는 우현을 밀어내고 아줌마의 머리를 갈겼다. 픽 하고 쓰러지는 모습은 차마 볼 수 없었다.

"구할 수 있었어."

"못 구하고 같이 물릴 수도 있었어."

우현이 날 똑바로 봤다.

"구할 생각도 없었잖아."

나는 대답하지 않았다. 우현은 다시 나를 지나쳐 사거리 횡단보도 앞에 섰다. 저 바보 같은 게, 아직도 습관적으로 파란불을 기다린다. 그도 방금 자기 행동이 어이없었는지 고개를 저으며 발걸음을 뗐다. 그의 모습 뒤로, 그와 내가 처음 파지티브에 쫓기며 내달렸던 설렁탕집 앞 거리가 보였다. 한 걸음, 두 걸음, 세 걸음. 나는 그를 물끄러미 봤다. 그가 뒤돌아봤으면 좋겠다 싶은 순간, 그는 정말 나를 뒤돌아봤다. 핏자국으로 얼룩지고 천막 쪼가리가 굴러다니는 이 황폐한 거리에서 홀로 6월의 햇살을 잔뜩 받고 있었다. 눈이 마주쳤다. 나는 얼른 고개를 돌리고 아줌마를 건너 경찰에게 다가갔다. 목에 걸고 있던 집게 병을 잡았다. 압력을 이용해 눈알을 빼서는 자동으로 병에 쏙 들어가게 만들어진 발명품이었다. 아이볼 수거 성적이 좋은 몇몇에게만 지급됐는데, 덕분에 내 성적은 더 좋아졌다. 뚜껑을 딸깍 열어 경찰에게 한 걸음 더 다가섰다. 경찰은 피가 떡이 된 얼굴을 잔뜩 찡그리고 있었다. 그런데 뭔가가 내 몸을 획 들어 올렸다. 간 떨어질 뻔했다. 이 상황을 이해하기도 전에 나는 내 코에 와 닿는 우현의 냄새를 알아챘다. 우현은 날 들어 올린 채 발광 중인 아줌마를 멀찍이 발로 차버렸다. 그래, 맞다. 방금 물린 좀비가 얼마나 위력적인지 까먹고 있었다. 풀썩 고꾸라진 아줌마 위로 화로구이 간판이 떨어졌다.

"아줌마 눈알 터졌겠다. 아까워서 어쩌냐."

우현이 내 허리에 닿은 손가락을 꼼지락거리며 말했다. 내가 아무 답이 없자 그는 나를 조심스럽게 내려놓았다.

"왜 구했어? 나까지 물리게 하면 네가 여섯 개 챙기는 건데."

나는 툴툴댔다. 우현이 내 눈을 깊숙이 들여다봤다. 나는 잠깐이나마 온몸이 경직되는 걸 느꼈다.

"그러게 말이다. 네 눈알 가져가면 좋아할 사람 많을 텐데."

"뭐라고? 야!"

우현은 혀를 낼름 내밀고는 성큼성큼 뛰어서 다시 길을 건넜다. 설렁탕집 쪽이 오늘 우현이 맡은 미션 구역이다. 아침부터 저쪽에 있었을 텐데, 애초에 어떻게 이쪽으로 온 거지? 날 지켜보고 있었던 건가. 어쩌면 방금도 아줌마를 구하기 위해서가 아니라, 내가 열세가 될까 걱정돼서 다가오다가 끼어든 것일지도 몰랐다. 설렁탕집 앞에 도착한 우현은 슬쩍 다시 이쪽을 보는가 싶더니 골목으로 들어갔다. 날 찾은 걸까? 쟤도 무의식적으로 내 안전을 확인하는 건가? 나의 상상 속에서 우현은 실제보다 훨씬 더 로맨틱하고 멋있는 남자가 된다. 내 마음을 흔드는 게 실제 우현인지 상상 속 우현인지 헛갈린다.

사실 아주 잠깐은 내 삶이 더 나아졌다고 믿었다. 내가 살던 집보다 더 좋은 아파트에 입성했고, 내가 만나던 남자보다 더 잘생긴 우현과 함께 할 수 있었다. 그러나 삶은 그렇게 단순하지 않았다. 이 삶을 영위하기 위해서는 또 다른 조건들이 따라붙었고, 그 조건에 임하는 자세는 두 사람이 완전히 일치하지 않았다.

내가 아이볼 수거에 예상보다 빨리 적응하는 동안, 우현과 내 사이는 좀 어색해졌다. 우현은 당장에라도 아파트를 박차고 나가고 싶어 했다. 그런 소리를 할 때마다 나는 화를 내며 철 좀 들라고 했는데, 사실 그에게 여기 있어라, 마라 할 자격은 내게 없다는 점에서 내가 불리했다. 그나마 다행인 건 그가 아직 내 자격까지 운운하지는 않고 있다는 거다. 불평을 하면서도 아직은 아파트에 적응하려 노력하고 있는 중이다. 나는 그런 그가 고마우면서도, 가끔은 그 느려터진 적응 속도에 천불이 났다.

이상한 건 사이가 어색해지고 나니, 아주 뚜렷해졌다는 것이다. 이렇게 세상이 미쳐 돌아가고 있는 와중에도 내가 그를 신경 쓰고 있다는 것 말이다. 나는 늘 무의식적으로 그를 찾았다. 그가 어디 있는지 확인해야 안심할 수 있었고, 그가 내게 먼저 말을 걸어줘야 기분이 좋아졌다. 초등학교 때나 가졌던 연애 감정을 이제 와서 또 느끼는 건가. 부정하기 어려웠다. 누가 우현에 대한 얘기라도 할라치면 내 귀는 두 배로 커졌다. 혹시 나 말고 다른 누군가가 그와 친해질까 봐 덜컥 겁이 났다. 어젯밤엔 혼자 딸 수 있는 주스 병을 들고 굳이 우현의 방에 찾아가기도 했다. 그는 팔굽혀펴기를 하고 있었다. 원래 준비한 대사는 "우현, 뚜껑이 안 따져. 에구"였지만, 결국 난 "힘 남아돌면 이거나 좀 따봐"라고 말하고 말았다. 그리고 바로 그 장면을 밤새 수십 번 리바이벌하며, 좀 더 나은 대사를 치지 못한 나를 원망했다.

이건 진짜 이상한 거다. 잠만 잤다 하면 가위에 눌리고, 하루에도 몇 번씩 이 아파트에서 쫓겨날까 봐 심장이 조여오는데, 이 와중에 무슨 연애 감정이란 말인가. 어쩌면 내 뇌가 용량 초과를 버티다 못해 가장 시답잖은 일에 집중하기로 한 것인지도 모른다. 충격적인 일을 당하면 뇌가 임의로 그 기억을 지우듯, 감당하기 힘든 일에 닥친 현실을 잊기 위해 가장 어처구니없는 일을 만들어내고 있는 것이다. 천하의 이 유다영이, 잘생긴 것 말고는 아무것도 없는 남자에게 어떻게 말을 한 번 더 걸어볼까 고심하는 일 따위 말이다.

사실 머릿속 계산기를 조금만 더 가동하면, 이성은 금방 돌아온다. 나는 절대 저 남자와 진지하게 만날 일이 없다. 좀비 머리통이나 후려치면서 남은 일생을 살고픈 마음, 추호도 없다. 언제 어떻게 아파트 밖으로 쫓겨날지 몰라 전전긍긍하는 삶, 상상도 하기 싫다. 강남 어딘가에는 어느 정도 문명이 돌아가는 구역이 있다고 했다. 우리가 모은 아이볼도 강남으로 넘어간다고 했다. 어떻게든 관리자로 승진해야 했다. 윗선에 잘 보여야 했다. 그래서 강남으로 안전하게 가는 방법을 알아내야 했다. 이

빡센 계획에 우현의 자리는 없었다. 사람 눈알을 빼서 모으는 게 도덕적으로 과연 옳은가를 고민하는 우현은 나와 전혀 어울리지 않는 사람이다. 아파트를 벗어나 바퀴벌레를 튀겨 먹는 삶도 나쁘지 않다고 생각하는 우현은, 반드시 피해야 할 남자다. 날 설득할 여지도 줘서는 안 됐다. 내 삶에 조금도 비집고 들어오게 해서는 안 됐다. 하지만 인정해야 한다. 이렇게 그와 함께할 수 없는 이유를 꼽고 있는 것 역시, 내가 그를 좋아하고 있다는 명백한 증거다.

나는 터벅터벅 걸어서 다시 경찰 앞에 섰다. 집게를 들어 경찰의 눈가를 꾹 눌렀다. 눈알이 깔끔하게 도려내져 병 안으로 쭉 빨려 들어왔다. 무슨 원리인지는 모른다. 강남의 누군가가 만들었다고만 들었다. 이제 병 안에는 눈알 여섯 개가 모였다. 오늘 하루 할당량에는 네 개가 모자랐다. 벌써 오후 5시였다. 6시면 가드들이 데리러 올 텐데, 한 시간 안에 네 개를 더 모을 수 있을지 확신할 수 없다. 이 일대 파지티브의 수는 눈에 띄게 줄고 있다. 비축해둔 아이볼은 어제 다 써버렸다. 그 전날 대학교에 아이볼 수거를 나갔다가 매점에서 초코파이를 하나 주워 먹었는데 단단히 탈이 난 것이다. 하루 종일 변기에 앉아 있어야 했다. 하지만 할당량은 내 건강 상태와는 관계없었다. 열 개를 채우지 못하면 당장 방을 빼야 했다. 나는 모아뒀던 여덟 개에 우현과 성혜 언니가 하나씩 더 가져온 아이볼을 합쳐 할당량을 겨우 맞췄다.

아무리 둘러봐도 개미 새끼 한 마리 보이지 않았다. 저 멀리 롯데시네마 앞에서 가드들 한 무리가 분주하게 움직일 뿐이었다. 그들은 눈알이

빠진 파지티브들을 잔뜩 쌓아두고 불을 붙이고 있었다.

그르릉 하는 소리가 들린다. 나는 골프채를 단단히 쥐고 소리가 나는 방향을 찾았다. 골목 깊숙이 들어갔지만 아직 파지티브는 눈에 띄지 않았다. 거리에는 이불, 천막 등이 어지럽게 널려 있다. 최근까지도 사람들이 노숙을 시도했던 모양이다. 지금은 이상하리만큼 조용하다. 한참을 걸으니 그르릉 소리가 가까워졌다. 저 멀리 파지티브 열댓 명이 정처 없이 걷고 있었다. 참치집을 지나 더 좁은 골목으로 진입하는 중이다. 누군가를 불러오기엔 시간이 촉박했다.

파지티브 수가 많을 때는 당연히 조심해야 한다. 한 녀석을 처리하는 동안 다른 녀석이 달려들 수 있다. 한 가지 다행인 것은 파지티브들이 서로를 보호해주지는 않는다는 점이다. 하나가 당하고 있으면 나머지는 잔뜩 움츠러들기도 했다. 하긴, 좀비가 됐다고 해서 인간 시절에 없던 의리가 생기진 않을 테다. 동료야 당하든 말든, 먹을 수 있으면 먹고 아님 제 갈 길 간다는 점에서는 우리와 똑 닮았다. 더 정확히 말하면, 여기서 '우리'는 나와 엑스를 뜻한다.

엑스는 파지티브 떼 반대편에서 모습을 드러냈다. 나보다 더 오랫동안 이 무리를 추적해온 듯했다. 불청객을 만난 그는 불편한 기색을 감추지 않았다. 그는 우리 펠리스민 중 실적이 부동의 1위였고, 이는 그가 곧 승진 1순위임을 의미했다. 나는 며칠 전 식당가에서 마주친 그에게 "양 볼에 칠했던 엑스 표시는 왜 지웠냐"고 물으며 양심의 가책을 공략했으나 그는 "사람 잘못 봤다"는 말로 더 이상 나와 말을 섞고 싶지 않음을 확실히 했었다.

내가 먼저 치고 나갔다. 트레이닝복 좀비를 먼저 갈기고 눈알을 뽑는 동안 왼발을 번쩍 들어 초등학생의 배를 찼다. 엑스도 움직이기 시작했다. 그는 그에게 달라붙은 세 명의 여자 좀비를 한 방에 제압하는 중이었다. 대머리 좀비가 내 왼팔을 노리고 뛰어들었다. 나는 초등학생의 머리를 후려쳤던 골프채를 휙 들어 대머리의 골반을 가격했다. 그대로 고꾸라지는 대머리의 이마를 한 번 더. 얼굴은 눈알이 상할까 봐 최대한 건드리지 않는 부분이지만, 사태가 급박했다. 퀵서비스 옷을 입은 청년 좀비가 제 발에 걸려 자빠지더니 내 부츠를 물기 시작했다. 엑스는 어느새 내 코앞에 와 있었지만 퀵서비스를 내리쳐주지는 않았다. 그럴 만도 했다. 아직 날 안 물었으니까. 나는 빨리 균형을 잡고 퀵서비스를 박살 낸 다음, 엑스의 뒤통수를 노릴까 하다가 그 옆에 선 할아버지를 쓰러뜨렸다. 어느새 좀비는 둘밖에 남지 않았다. 엑스와 내가 눈이 마주쳤다. 나는 재빨리 할아버지 눈알을 도려냈다. 끔찍했다. 아마도 오늘 밤엔 이 장면이 꿈에 나올 듯하다.

그때였다. 뭔가 바람을 가르는 소리가 귓가를 때렸다. 그와 동시에 2미터 이상 떨어져 있던 내 또래 여자 좀비가 나한테 휙 날아들었다. 여자가 바로 옆에서 이빨을 딱딱거리는데 엑스가 그녀의 머리에 칼등을 내리쳐 기절시켰다. 엑스도 내 오른편에 딱 붙어 있기는 마찬가지다. 우리는 꼼짝 없이 묶였다. 두 마리의 좀비와 함께. 좀비들이 허리가 푹 꺾여 흐물거리는 동안 엑스는 신속하게 이들의 머리통을 가격했다. 그동안 나는 사람들을 발견했다. 그들은 우리 허리를 단단하게 묶은 굵은 밧줄을 양쪽에서 잡아당기고 있었다. 중년의 남녀였다.

"우린 살아 있어요! 좀비 아니라고요!"

내가 외쳤다.

"아가씨, 저들도 살아 있잖아요."

놀랍도록 차분한 목소리였다. 짧은 머리가 희끗희끗한 중년 여성이 한 발짝 다가왔다. 검은 정장 차림에 백지장 같은 피부가 기괴했다.

"뭐라고요? 빨리 줄 좀 풀라니까요!"

"아가씨가 방금 눈알을 파낸 할아버지는 여기 근처서 10년 넘게 고깃 집을 했어요. 손주를 찾으러 길에 나섰다가 그렇게 됐고요."

나는 감을 잡았다. 애초에 이들의 타깃은 파지티브가 아니라 나와 엑스였다.

"저기요, 우리가 무슨 힘이 있어요. 우린 그냥 방침대로……."

사태를 파악한 엑스가 말했다.

"어쩔 수 없이 한 것도, 한 건 한 거예요. 물론 이해는 해요. 그러니 우리도 이해해줘요."

여자가 소매에서 20센티 정도 되는 칼을 꺼내 들었다. 심장이 쿵쾅거리기 시작했다. 저 여자는 진짜 눈 하나 깜짝 않고 날 찌를 수 있을 것 같다. 엑스도 비슷한 걸 느낀 듯했다. 급격히 몸을 비틀었다. 그럴수록 줄은 더 세게 당겨졌다. 갈비뼈에 극심한 통증이 밀려왔다.

"왜 그러는지 말은 해줘야 될 거 아니에요. 이거 좀 놓고요!"

내가 바동거렸다. 어느새 코앞까지 온 여자는 눈빛이 흔들리지도 않았다. 나는 그녀가 들고 있는 칼 때문에 정신이 아득해졌다. 엑스는 자꾸만 고개를 드는 좀비들의 머리를 내려치기 바빴다.

"우린 당신들이 하는 일에 반대해요. 그런데 그냥 반대만 하는 건 당신네들이 전혀 관심을 갖지 않더라고요."

"……그래서요?"

내 목소리가 떨렸다. 좀비들이 힘을 잃자 아저씨 한 명이 다가오더니 나와 엑스의 손목을 단단히 묶기 시작했다.

"우리도 똑같이 당신네들 눈알을 파낸다면 어떨까."

"말이 되는 소릴 하세요!"

엑스가 외쳤다. 지금 저렇게 큰소리를 칠 때는 아닐 텐데.

"지금 이 세상에, 말이 되는 건 또 뭐가 있죠?"

이 여자의 목소리는 너무 차분해서 더 무서웠다.

"무슨 말인지 알겠어요. 우리 아파트에 잘 전달할게요. 이 구역에 다시 안 나타나면 되는 거잖아요."

"말을 전달해서 되는 거였으면 이런 짓 하지도 않았죠."

"잘 모르시는 거 같은데, 진짜 우리는 아무 힘이 없어요. 우리 눈알을 빼놓은들, 윗놈들이 눈 하나 깜짝할 거 같아요? 이건 당신네들 화풀이밖에 안 된다고요. 왜 이러세요, 같은 약자끼리."

엑스가 씩씩거리며 말했다. 엑스의 말은 나에게도 충격이었다. 그래, 맞다. 내 눈알이 빠지든 말든 아파트는 멀쩡할 거다. 우리 눈알 좀 빠져 있다고 해서 다른 팰리스민들이 아이볼 수거를 그만하자고 할 리도 없다. 오히려 경쟁자가 사라졌다고 좋아할 것이다.

"옳은 일을 위해선 희생이 필요한 법이에요. 그건 그쪽이 더 잘 알 텐데."

여자는 물러서지 않았다.

"저 할아버지도 그래서 희생한 거예요? 우리 잡으려고 미끼로 썼잖아요."

"저 할아버지는 방금 아가씨 손에 희생된 거죠."

"아, 진짜! 이런다고 뭐가 달라지는데요? 같은 약자라니까요!"

엑스가 화를 냈다.

"이놈 말도 일리는 있네."

엑스 쪽 줄을 잡고 있던 아저씨가 침을 퉤 뱉으며 말했다. 드디어 말이 좀 통하는 건가.

"그냥 저기 사는 사람 족족 다 죽여버리면 되지 뭘 경고를 한다고 난리여, 수고스럽게."

상황은 더 좋지 않았다. 칼을 든 중년 여성은 나를 빤히 보고만 있다. 얇은 원피스 위로 칼날이 느껴졌다.

"일단 우리가 데려가죠."

내가 숨을 후, 내뱉는데 여자 뒤에서 성난 일자눈썹을 한 아저씨가 입 모양으로 욕지거리를 하는 게 보였다. 여기서 바로 죽이지 않아 불만이 가득한 듯했다. 지금 이 그룹에서 가장 우리 편을 꼽자면, 아이러니하게도 내 코앞에 기다란 칼을 들이민 이 아줌마일 것이다. 사람들은 우악스럽게 우리를 밀기 시작했다. 그 바람에 기절한 파지티브가 다시 깼다.

"얘들이라도 좀 빼주시면 안 돼요?"

엑스의 목소리는 풀이 죽어 있었다.

"저기, 어디로 가는 거예요?"

내가 덧붙이는데, 좀비와 함께 묶였던 긴 줄이 풀렸다. 겨우 숨을 몰아쉬는 사이 검은 봉지가 얼굴에 쓰였다. 불길했다.

나와 엑스의 손목은 함께 묶인 상태다. 의지할 것이라고는 엑스의 손밖에 없었다. 내 손을 잡은 손에 힘이 들어가는 건 엑스도 마찬가지였다. 뭔지도 모를 것을 밟고, 뛰어넘었다. 몇 번이나 넘어졌고, 그때마다 엑스가 나를 일으켜 세웠다. 자빠진 엑스를 붙잡아 세우는 것도 내 몫이었다. 한참을 가고 있는데 '탕!' 총소리가 났다. 엑스가 내 어깨를 눌러 함께 몸을 숙였다. 총소리는 이 사람들을 향한 게 틀림없었다. 나는 재빨리 검은 비닐 봉투를 벗었다. 엑스는 일자눈썹을 상대로 힘겨운 발길질을 하고 있다. 우리 둘 다 손목의 밧줄은 그대로였다. 일자눈썹은 우리를 데려가려 하는 듯했지만, 나머지는 모두 사라졌다. 힘에 부쳐 하던 일자눈썹은 이내 자취를 감췄다. 나는 눈앞이 캄캄해져 그대로 주저앉았다. 속이 메슥거렸다. 가드들이 뛰어오며 엑스에게 사람들의 행방을 묻는 소리가 났다.

"다영이는요! 다영이 어디 있어요?"

너무나 큰 소리로 외치는 우현의 목소리였다.

우리는 가드가 모는 오토바이 뒤에 몸을 싣고 아파트로 돌아왔다. 내 앞에 가던 오토바이 한 대로 구정물이 확 끼얹어졌다. 시위대였다. 인근 생존자들은 우리의 '퇴근' 시간만 되면 달려와 시위를 했다. 이 아파트를 개방하라는 요구였다. 이들은 눈알도 안 뽑아오면서 전면 개방을 주장한다. 누구나 생존권은 대등하게 누려야 한다는 게 이들의 입장이었다. 눈알도 뽑지 않고 이 아파트에 살 수 있다면 얼마나 좋을까. 그렇게 되는 게 바로 상식 아닌가. 나는 그렇게 생각하면서도 행여 아파트가 이들에게 문을 열까 봐 걱정이 된다. 그들의 무혈입성은, 내가 흘린 피(정확하게 말하자면 내가 본 피)를 무의미하게 만드니까. 고작 아파트 입구에서 구정물 몇 번 끼얹은 정도로 들어올 만한 곳은 아닌 것이다. 내가 양심을 팔고 목숨을 위협받고 수많은 악몽을 감수하면서 들어온 이 아파트 말이다.

최 상무는 내가 가져온 집게 병을 유심히 살펴보았다. 눈알은 총 열두 개다.

"김씨 아저씨 어디 가셨어요?"

아이볼 감수는 주로 김씨 아저씨 몫이었다.

"어제는 왜 빠졌나?"

최 상무는 내 말을 무시했다.

"배탈이 나서요. 이제 괜찮습니다."

"할당은?"

"미리 모아뒀던 게 있었어요. 어제 다 채웠어요."

"그래. 김씨가 물러 터졌다고 눈 가리고 아웅 할 생각 마."

"네?"

"이건 무효. 총 열한 개."

"왜요?"

"아이볼이 너무 상했잖아."

"그러는 게 어딨어요."

내 목소리는 점차 작아졌다.

"열 개 쓰고, 한 개 세이브. 다음."

내 뒤에 선 성혜 언니가 옆으로 다가왔다. 언니는 참으라는 듯 내 등을 살며시 토닥였다. 나는 주먹을 꼭 쥐었다. 저 한 개는 분명 저 최 상무 새끼가 빼돌릴 것이다.

"불만 있나?"

"아닙니다. 들어가겠습니다."

나는 물러섰다. 행여 최 상무가 볼까 봐 미소까지 지으며. 영혼 없는 리액션은 여전히 내 전문이다.

나는 소독 가스를 온몸에 덮어쓴 다음 터벅터벅 걸어서 102동 엘리베이터 앞에 섰다. 밤 시간에는 네 명 이하의 사람이 엘리베이터를 타는 것이 금지돼 있었다. 모아둔 태양열을 아끼기 위해서다. 험악하게 생긴 내 또래 가드 한 명이 엘리베이터 앞을 지키며 날 쏘아봤다.

'안 타. 아직 안 탄다고.'

나는 일행들이 오길 기다렸다. 날씨가 참 좋다. 창밖에는 푸르른 나뭇잎들이 가득하다. 사람들은 죄다 병들었는데 아이러니하게도 나무들은 때를 기다렸다는 듯 잘 자란다. 이제 초여름 장마가 오면, 도시는 더 푸르러질 것이다.

드르르륵.

나무들 사이로 한 여자가 새빨간 캐리어를 끌며 또각또각 걸어왔다. 자동문을 손으로 밀고 들어서는 여자의 모습은 한눈에 봐도 어리고 예뻤다. 모공 하나 없는 하얀 피부에 동그란 눈, 오똑한 코, 자그마한 얼굴이 여러 청순 스타들을 떠올리게 한다. 여자는 이 아파트에 익숙하지 않은 듯, 1층에 도착해 있는 엘리베이터를 타지 않는 우리를 보고 이상하다는 눈빛을 보냈다.

"처음 온 겁니까?"

가드가 말을 걸었다.

"네. 이번에 추가 입주."

여자는 옹알이를 하듯 말을 잘라먹더니 허벅지를 두드렸다.

"다리 아파요?"

"좀 걸어서, 힝."

가드는 엘리베이터 열림 버튼을 눌렀다. 내가 놀라는 표정을 지었지만 가드는 눈치채지 못했다.

"타세요. 몇 층 가세요?"

"54층이요. 히힝."

여자와 나는 나란히 엘리베이터에 올라탔다. 가드가 어울리지도 않는 함박 미소를 지었다. 좀 빙구 같아 보이기도 했다. 엘리베이터 문이 서서히 닫혔다. 빙구 뒤로 푸르른 나무가 한번 일렁였다.

새로운 세상이긴 하다. 그런데, 완전히 새롭지는 않다.

●

"다영이는요! 다영이 어디 있어요?"

다급하게 나를 찾던 우현의 목소리를 기억한다. 빗소리가 청량한 아침, 나는 우현이 날 얼마나 신경 쓰는지가 확실히 나타났던 그 순간을 기억해내며 눈을 뜬다. 그와 관련한 꿈을 꾼 건지, 눈을 뜨자마자 그 기억을 떠올린 건지는 정확하지 않다. 내 모든 관심은 나에 대한 그의 감정이 어려운 순간을 함께 겪어온 사람에 대한 동지애인지, 손끝만 닿아도 가슴 떨리는 여자에 대한 사랑인지가 미치도록 궁금하다는 데에 있다.

30대가 되면서 남자들로부터 그런 말을 자주 들었다. 사랑이 밥 먹여주냐, 집 가깝고 편한 여자가 최고다. 내 또래 남자들이 가슴 뛰고 인생을 바치는 사랑의 시대에 종언을 고하고는, 이제 돈 잘 벌어오고 애 잘 키울 부인감이나 찾겠다고 노래하는 걸 볼 때마다 나는 복잡한 심정이 되었다. 나는 남자를 쥐고 흔드는 치명적인 여자이고 싶었다. 나 때문에 남자가 희로애락 모든 감정의 끝을 맛보면서 롤러코스터를 탔으면 좋겠다고 생각했다. 다른 어딘가에 가슴 뛰는 사랑을 품어놓고는 내 옆에서 휴식을 찾는 남자 따위, 거둬주고 싶지 않았다. 누군가의 쉼터가 되느니 가시밭길이 되는 게 나았다. 평생 나를 그리워할 다른 남자 한 명 없는 현실에서는 더더욱 그랬다. 만약 내가 그대로 강남 120평을 택했다면, 나는 평생 그 어떤 남자에게도 '온리 원'이 될 수 없었을 것이다. 나의 '온리 원'도 없었을 것이다. 그 사실이 날 서글프게 만들었다. 더 서글픈 건, 120평을 떠나버린 지금도 딱히 다른 누군가의 '온리 원'이 되지 못했다는 사실이다.

우현이 뒤척이는 소리가 난다. 그는 잠이 안 오면 불쑥 찾아와 내 방 침대 밑에서 잠이 들곤 했다. 몇 번 계속되다 보니 나도 모르게 그가 나타나지 않으면 섭섭해졌고, 그 감정이 짜증 나서 아예 문을 잠가버릴 때도 있었다. 어제는 너무 피곤한 나머지 문을 잠그는 것도 깜빡하고 잠이 들었다. 아침에 눈을 떠서 새근새근하는 그의 숨소리를 듣는 건, 인정하기 싫지만 미치도록 좋다.

우현이 갑자기 몸을 일으켰다. 나는 눈을 질끈 감고 잠든 척했다. 내가 잠들었을 때 그가 어떻게 행동하는지 너무 궁금했다. 나를 내려다보며 고백의 타이밍을 고민할까? 내 볼을 만질까, 말까 고민할까? 아니면 하품을 찌 하고는 자기 방으로 돌아가버릴까? 나는 그에게 신경을 집중한 채 실수로 눈을 뜰까 봐 조마조마해한다.

뭔가가 내 종아리에 닿았다. 손가락이다. 그의 손이 닿은 종아리에 전기가 파박 튀더니 심장까지 전율이 일었다. 손가락은 왼쪽 다리 종아리에서 발목 쪽으로 내려갔다. 그 손길을 따라 심장박동이 움직였다. 아, 나는 신음을 토할 뻔했다. 그의 손가락이 멈춘 곳은 어제 내가 검은 봉지를 쓰고 걷다 자빠져 생긴 상처였다.

잠옷으로 입고 있는 면 반바지와 이불은 허벅지 위로 획 말려 올라간 상태다. 이걸 끌어내리면 내가 잠에서 깬 게 들통 날 텐데, 나는 그의 행동을 더 지켜보고 싶다. 우현은 내 상처 주위를 쓰다듬으며 우두커니 앉아 있다. 그의 가느다란 한숨이 내 허벅지를 간질인다.

지금 내가 눈을 뜨고 일어나지 않는다면, 그가 내게 키스를 할 것 같기도 하다. 20대의 나였다면 당장 그에게 신호를 보냈을 것이다. 아니, 그를 확 끌어안아 먼저 키스했을 것이다. 하지만 지금은 다르다. 30대 여자의 연애는 다르다. 나는 그와 미래를 함께할 생각도 없고, 어설픈 애정 놀음으로 어색한 사이가 될 생각도 없다. 그의 마음을 확인하기엔, 거쳐야 할 계산기가 너무 많다. 그가 내 키스를 거부할까 봐 두렵다. 그런데 아파트에서 나가 바퀴벌레나 튀겨 먹으며 같이 살자고 말할까 봐 더 두렵다. 나는 발로 이불을 걷어차고 우현을 확 밀어냈다.

"뭘 봐, 이 자식아!"

여자는 안다.

저 예쁜 여자, 나한테 악수를 건네면서도 온갖 신경은 우현에게 가 있다. 그럴 만도 하다. 우현의 피부는 오늘따라 더 하얗다. 이 극한의 스트레스 속에서도 뾰루지 하나 안 난다. 나도 한때는 계속되는 굶주림으로 본의 아닌 디톡스를 하고, 화장을 거의 못 하면서 피부가 좋아졌는데 스트레스로 생리 주기가 개판이 되고 변비가 겹치면서 다시 뒤집어졌다. 불공평하다.

여자는 오랜만에 샤워를 했는지 어제보다 훨씬 더 예뻐 보였다. 그러고 보니 나랑 같은 의류 매장에서 옷을 고른 게 분명하다. 아이보리색 후드 원피스를 입었다. 내가 입은 핑크색 후드 원피스와 아이템이 겹치는데, 느낌이 사뭇 다르다. 정말 슬프지만 이로써 내 나이가 꽤 있다는 걸 객관적으로 받아들이게 된 것 같다. 이런 원피스는 이제 그만 입어야겠다고 생각한다. 이것만으로도 저 여자는 내게 매우 큰 해를 끼쳤고, 나는 그녀를 정당하게 미워할 명분을 얻는다.

참치 통조림을 낑낑거리며 뜯던 우현이 힐긋 여자를 보고 다시 참치 통조림을 잡다가 또다시 여자를 보는 게 느껴졌다. 꼼꼼히 뜯어보지 않아도 방금 그 리액션이 뭘 뜻하는지는 잘 안다. 예쁘다, 이거지. 원피스는 내 손을 잡는 둥 마는 둥 하더니 우현에게 손을 쓱 내밀었다. 우현은 이미 손을 내밀고 대기 중이다. 나는 우현 앞에 놓인 참치 통조림을 집어 들고 손가락에 힘을 줬다.

"악!"

오른손 엄지손톱이 참치 통조림 고리에 걸려 반으로 툭 접혔다. 단번에 피가 배어났다. 손톱 끝에서 맥박이 쿵쿵 뛴다.

"괜찮아?"

"아, 몰라!"

나는 참치 통조림을 휙 집어 던졌다.

"지겨워죽겠어!"

이건 사실이었다. 2주가 넘도록 참치만 먹고 있다. 비상식량은 일찍이 떨어졌고, 가드들이 확보한 반찬과 햇반은 입주민들에게 우선적으로 돌아갔다. 정말 운이 좋으면 우리한테까지 과자가 가끔 들어오긴 하는데 기본 식량은 어찌 됐든 참치였다. 이나마도 엑스가 참치 통조림 운반 트럭을 통째로 발견한 덕분이었다.

"성질하고는 정말."

우현은 구시렁거리며 자리에서 일어나 옆 테이블 밑으로 굴러 들어간 참치 통조림을 잡으려 허리를 숙였다. 그 바람에 원피스와 우현의 악수는 그리 길지 않았고, 눈동자에 하트를 그리고 있던 정호가 금세 다음 타자가 될 수 있었다. 사실 저 참치는 우현과 내 앞으로 딱 한 캔 배정된 건데 집어 던졌으니 좀 미안하기도 하다. 하지만 정말 참치 기름 냄새가 역하게 느껴진다.

"거기, 흘린 기름은 직접 닦아야지."

어느새 다가온 가드가 퉁명하게 말했다.

"제가 닦을게요. 제가 떨어뜨렸어요."

내가 나섰다.

"배가 불렀나 봐, 먹을 걸 다 던지고."

캔을 던진 건 나인데 가드의 삐딱한 시선은 우현을 향했다. 나는 주방에서 걸레를 받아 와 바닥에 흘린 기름을 닦았다. 가드는 우현에게 한 번 더 불량스러운 시선을 던지고 돌아갔다.

"왜 저래?"

우현은 어깨만 한 번 으쓱했다.

"오늘 구역은 백화점이니까, 뭔가 먹을 게 생기지 않겠어? 아메리카노도 있겠지?"

정호가 말했다. 예쁜 여자와의 악수는 매사에 불만 많은 정호도 긍정적인 인간으로 바꾸는 모양이다.

"그동안 우리가 간 데는 뭐 먹을 게 없는 데였냐? 뭐가 있어도 가드들이 다 쓸어 가는데 뭘 챙길 수가 있어야지."

역시, 예쁜 여자의 등장에 아무 영향을 받지 않는 성혜 언니가 정곡을 찔렀다.

"아우, 느끼해. 매운 거 좀 먹으면 소원이 없겠다."

내가 평소보다 좀 더 높은 톤으로 덧붙였다.

"먹기 싫음 먹지 마! 나 혼자 다 먹으면 되지."

우현이 참치를 한입에 털어 넣고는 입을 쫙 벌려 씹고 있던 참치를 보여줬다.

"저 진상."

내가 성질을 냈다.

도로는 어느 정도 정리되고 있었다. 가득 들어찼던 차들은 모두 강변북로 입구를 막기 위해 옮겨졌다. 강변북로를 통해 파지티브 떼가 자주 출몰한다고 해서 막기 시작했다는데, 이 일대 차들을 죄다 그쪽으로 옮겨났다. 강변북로를 통해 강남으로 넘어갈 수 있지 않을까 얼쩡거리던 나는 가드가 쏜 총에 맞아 죽을 뻔했다.

남은 차들은 대부분 골목으로 옮겨졌다. 대체로 키가 꽂힌 채 문이 열려 있었으므로, 좌석에 숨어 있는 파지티브만 조심하면 크게 힘든 일이 아니었다. 그래서 그 일은 입주민들의 알바거리가 됐다. 한 시간 동안 자동차 열다섯 대를 옮기면 밥 한 끼가 제공됐다. 무려 흰 쌀밥에 김, 각종 고기맛 통조림 등이 포함된 식단이다.

아파트 측 설명에 따르면 그 일은 산 사람의 눈에서 눈알을 파오는 작업보다 훨씬 더 중요한 것이었다. 중요한 일을 하는 사람은 보다 더 대접받는 게 당연하다고 우리는 배웠다.

"길을 뚫어야 가드들이 당신네들을 미션 구역으로 옮길 거 아닙니까. 길이 안 뚫리면 당신네들, 어디 가서 아이볼을 구할 겁니까? 걸어서 갈 겁니까!"

최 상무는 좀 짜증이 난 듯했고, 우리는 즉각 입을 닫았다. 그리고 백번 양보해 그의 말을 이해하려 했다. 계속 생각하다 보면 그 말이 또 맞는 것도 같았다. 그리하여 이런 말을 들어도 반론이 떠오르지 않게 되었다.

"어쨌든 차를 타고 신촌까지 올 수 있다니, 대단하긴 하다. 비가 이렇게 오는데."

포토그래픽 메모리를 가진 여학생의 말이었다. 첫 수거일엔 그렇게 소리를 질러대더니 요즘엔 제법 의젓해졌다. 포토그래픽 메모리라고, 뭐든 한 번 보면 통째로 외우고 답할 수 있는 기억력을 갖고 있어서 지식인이라는 별명으로 불리고 있다. 그녀는 언젠가 한 번 와봤던 이 백화점의 구조를 완벽하게 외우고 있었다. 그래서 이번 작업에 반드시 필요했다.

우리의 운송 수단은 마을버스였다. 큰 작업인 만큼 열 가구의 팰리스민들이 투입됐다. 생필품 확보 차원에서는 팰리스민 백 명을 모두 투입시켜도 모자랐지만, 아파트는 절반가량의 팰리스민을 다른 마트로 배치했다. 효율적인 배분이라고 명분을 내세웠지만 우리는 모두 알아차렸다. 만에 하나 일이 잘못될 경우를 대비해 올인은 자제하고 있는 것이다. 백화점은 살아남은 사람이라면 모두가 탐낼 만한 곳이었고, 따라서 저 내부에 어떤 일이 벌어지고 있을지 알 수 없는 노릇이었다.

마을버스가 멈춰 섰다. 맨 뒷자리에 앉은 나는 뒤쪽 유리창을 통해 가드들을 잔뜩 태운 마을버스도 뒤따라 서는 걸 볼 수 있었다. 가드들의 정체는 아무도 몰랐다. 군인 같기도 했고, 보디가드들 같기도 했다. 우리 아파트에서 잘 때도 있었지만, 외부를 떠돌다 오기도 했다. 잘 먹고, 잘 씻고, 잘 지낸다는 점은 분명했다. 처음엔 회색 정장을 입었었는데 점차 날씨가 더워지면서 깔끔한 셔츠에 면바지 차림으로 의상이 바뀌고 있는 중이다.

우리도 비스에서 내리기 시작했다. 엑스가 제일 먼저 버스에서 내려 좌우를 살폈다. 뒤이어 사람들이 엑스 옆으로 섰다. 다른 골목을 흘끔거리는 원피스를 잡아당겨 자기 옆에 세우는 우현도 보였다. 원피스가 상큼하게 웃고, 우현도 따라 웃었다. 이미 사람들이 다 내린 상태지만, 나는 자리에서 일어서지 못했다. 정호가 마지막으로 버스에서 내리면서 내 속에 불을 질렀다.

"저 둘이 되게 잘 어울린다, 질투 나게."

절대적으로 내가 불리했다. 아파트에 새로 들어온 직원은 열다섯 명이었는데(그 말은 팰리스민 중 열다섯 명이 최근에 죽었다는 뜻이다), 저 원피스를 비롯해 대부분의 여자들이 우현 옆에 진을 치고 있다. 반면 새로 온 남자들은 나라는 존재를 인식도 못 하고 있다. 새로 온 남자들은 오랜만에 한 면도가 얼마나 감격스러웠는지에 대해 떠들더니 엑스 근처를 기웃거렸다. 실세를 알아보는 능력 하나는 끝내준다.

"그렇지 않아? 저 여자 완전 우현이 형한테 꽂혔는데. 누나 긴장해야겠어."

정호의 수다는 계속됐다.

"참 예뻐. 예쁜 여자는 좀비가 다 잡아간 줄 알았는데 말야."

"다영이도 괜찮지. 왜 그래?"

성혜 언니가 내 편을 들었다.

"에이, 괜찮은 정도로는 젊은 거에 못 당하죠. 젊은 거 자체가 예쁜 거니까. 우현이 형 은근히 빨라. 내가 어떻게 해볼 새도 없이."

나 대신 성혜 언니가 정호의 뒤통수를 한 대 쳤다. 머리에서 빗방울이 후드득 떨어진다.

"여기 신촌이다. 네 여친 안 찾니? '우리 세진이'는 벌써 잊은 거야?"

성혜 언니가 정호 목소리를 따라 하자 근방에 있던 사람들 사이에서 웃음이 터졌다.

"그러게. 내 남친이 나 없는 데서 그딴 소리나 하고 있는 걸 알면, 정말 슬플 거 같아."

내 말은 진심이었다. 다시 한 번, 나는 딴 여자를 힐끔대는 남자가 현실에 안주하면서 '정착'하는 여자가 되고 싶은 마음은 없다는 게 확실해졌다. 사람들의 웃음소리에 우현도 이쪽을 보았다. 난 너한테 뭐였지? 그냥, 무서울 때 옆에 있으면 안정이 되는 여자? 수면제나 자장가 같은?

"우리가 올 수 있다면 다른 누군가도 올 수 있었다는 뜻입니다. 백화점이 얼마나 중요한 곳인지는 다들 알고 있겠죠? 이렇게 비가 오는데도 굳이 온 이유도 그겁니다. 선점! 선점이 중요해요. 그럼 행운을 빕니다!"

가드의 일장연설이 끝났다. 나는 골프채를 쥐고 백화점 입구로 향했다. 입구에 널브러져 있는 파지티브들만 상대해도 우리 마흔 명의 할당량은 충분히 채울 것 같았다. 그들은 우리가 떠드는 소리를 듣고 힘겹게 몸을 일으키는 중이다. 나는 제일 먼저 일어선 여고생의 머리통부터 가격했다.

사람들이 가세했다. 오랫동안 누워 있었던 듯 파지티브들은 아무 힘이 없었다. 이미 할당량을 채운 눈알은 마을버스에 실었다. 가드들이 시체를 치우고, 입구로 향했다. 소파, 박스 등으로 입구가 단단히 막혀 있었다. 이 문이 이렇게 철저하게 봉쇄되는 동안 밖에 있었던 이 사람들은 사람이었을까, 좀비였을까. 가드가 회전문에 끼인 의자를 몇 개 제거하자 문이 열렸다. 내가 앞장섰다. 누군가 얼른 내 뒤에 섰다. 우현이다. 나는 골프채를 휙 돌려 다시 잡았다. 우현이 몸을 아슬아슬하게 피하는 게 느껴졌다. 내가 뒤돌아보자 우현이 씩 웃었다.

"안 맞았어."

나는 관심 없다는 듯 다시 고개를 돌렸다. 가드가 여기저기 연기를 피우는 동안 우리는 잠깐 대기했다. 가드들의 손전등에 비친 백화점 1층의 광경은 너무나 익숙해서 눈물이 핑 돌 지경이다. 지금이라도 직원이 뭘 찾느냐고 물으면서 새로 나온 크림을 손등에 발라줄 것 같다. 우리는 각자 손전등을 켜고 조금씩 앞으로 전진했다. 조용했다. 아무것도 나오지 않았다. 나는 손전등을 끄고 에스티로더 코너로 몸을 숨겼다. 사람들은 큰 동요 없이 계속 나아가고 있는 중이다.

나는 손전등을 다시 켜고 손으로 빛을 조금 가린 뒤 서랍을 열었다. 몇 군데를 뒤지자 새 상품을 쌓아놓은 서랍이 보인다. 나는 집히는 대로 내 가방에 쓸어 담기 시작했다. 가드들이 생필품을 구해 오긴 하지만, 너무나 비쌌다. 여기서 비싸다는 말은, 아이볼을 어마어마하게 구해 와야 한다는 뜻이다. 이 정도 고가의 제품을 가지려면 아이볼 서른 개는 가져와야 할 것이다.

꽤 많은 양이 가방에 쌓였다. 몇 개는 내가 쓰고, 몇 개는 입주민과 거래를 할 계획이다. 그들의 음식과 바꿀 수 있으면 좋을 텐데. 고추장 한 숟가락이면, 이 화이트닝 크림 하나 정도는 통째로 줄 수 있다. 다 쓸어

담고 마지막으로 아이크림을 손에 쥐는데, 누군가 내 손목을 탁 잡았다. 큰 눈이 부리부리한 가드다. 그는 내 가방 속 화장품을 모두 자기 가방으로 옮기고는, 아이크림 하나를 건넸다. 가드의 눈에는 가장 작은 통에 든 아이크림이 제일 싼 것으로 보이는 듯했다. 나는 반항할 의지를 잃고, 아이크림을 받아 들었다. 이거 하나라도 건지는 게 더 효율적이라고 나는 판단했다.

"감사합니다."

기어코 이런 말까지 덧붙였다.

"어차피 아파트에 못 갖고 들어갈 거요. 수색할 거니까 그거 하나라도 잘 숨겨요."

가드는 금세 옆 코너로 넘어갔다. 고개를 들어보니 여기저기서 벌써 파지티브와의 싸움이 진행되고 있었다. 에스컬레이터 쪽으로 걸어가는데 웬 여자 비명과 함께 점원 옷을 입은 파지티브가 내게 떠밀려왔다. 골프채를 휘두를 여유도 없이 너무 가까이 다가왔다. 나는 골프채 손잡이로 점원의 머리를 내리쳤지만 그녀의 딱딱거리는 치아가 내 어깨에 닿았다. 놀라서 다리의 힘이 풀리는데 점원의 머리에서 피가 터졌다. 정호가 야구 배트를 휘두른 것이다. 다시 일어나 손전등을 비추자 원피스가 놀란 눈으로 날 보고 있다.

"네가 내 쪽으로 민 거야?"

나는 점원의 아이볼을 빼며 쏘아붙였다.

"아니에요. 거기 계신지 몰랐어요. 괜찮으세요?"

예쁜 여자는 두 부류로 나뉜다. 그냥 쌍년이거나, 착한 척하는 쌍년. 원피스는 후자였다.

"그게 말이 돼?"

"정말이에요, 너무 놀라서."

내가 한마디 더 하려는데 정호가 내 팔을 잡았다.

"여자분이 그럴 수 있지, 왜 그래. 누나처럼 죄다 때려눕히는 게 이상한 거지, 뭐. 누나가 좀 도와주면 되겠구만."

남자는 여자 하기 나름이라는 말이 맞았다. 머슴처럼 일하면 머슴 취급을 받고, 공주처럼 굴면 공주 대접을 받는다.

"니가 물려도 그딴 소리 나오나 보자."

"물어봐!"

정호는 내 앞으로 팔을 내밀고 흔들었다. 나는 정호의 정강이를 발로 걷어찼다. 그는 과장해서 멀리 날아가는 척을 하더니 에스컬레이터 앞에 섰다. 에스컬레이터는 잡동사니로 가득 찼다. 마치 성벽을 쌓듯이. 이건 아래층에 사람이 있었다는 걸 의미했다. 지금도 살아 있을지는 의문이었지만, 적어도 1층에서 파지티브가 내려가지는 못했을 것 같다. 비상구를 뚫는 게 낫다는 의견이 제기돼 엑스가 다녀왔는데, 에스컬레이터가 더 쉬울 거라는 결론에 다다랐다. 비상구는 그야말로 시체 보관소란다. 엑스는 아이볼이 가득 담긴 플라스틱 병을 정호에게 건넸다. 정호는 우리가 1층에서 수거한 아이볼을 담은 캐리어를 끌고 있는 중이다.

"서른두 개예요."

"와우, 끝내주네."

정호가 캐리어에 병을 담고 지퍼를 잠그는 동안 에스컬레이터를 메웠던 잡동사니들이 많이 치워졌다. 마네킹, 행거, 박스, 의자 등이었다.

"조심해!"

둔탁한 소리가 나더니 우당탕 물건들이 넘어졌다.

"괜찮아? 지식인이 넘어졌어!"

손전등을 비추니 지식인이 코피를 흘리며 누워 있다.

"물린 거야?"

"몰라!"

원피스가 성큼 다가가더니 집게를 꺼내 지식인의 얼굴로 가져갔다. 엑스가 원피스의 오른팔을 잡더니 그대로 주먹을 날렸다. 우리는 모두 너무 놀라서 손전등만 비추고 있었다.

"나 안 물렸어."

지식인이 코를 가리며 일어나 앉았다.

"그냥 넘어지면서 매대에 박은 거야."

원피스는 오른뺨을 정통으로 맞고 나가떨어져 있다. 나는 그게 좀 웃기다고 생각했다. 하지만 우현은 그렇지 않은 모양이다.

"여자를 때리면 어떡해."

우현이 지식인에게 향하는 엑스를 막아섰다.

"물리지도 않은 애를 죽일 뻔했잖아. 비켜."

"잘 몰라서 그럴 수도 있지. 사과해."

"괜찮아요. 제 잘못이잖아요."

원피스는 세상 제일가는 청순한 목소리로 말했다. 정호가 원피스를 부축해 일으켰다. 세게 맞은 것 같진 않다.

"사과하라고."

"못한다면?"

엑스도 물러서지 않았다. 우현의 눈이 커졌다.

"그만해. 유치하게!"

내가 쏘아붙이는데 옆 에스컬레이터에서 가드 한 무리가 내려왔다. 각자 손에는 빵빵해진 가방이 들려 있었다. 지식인의 말에 따르면 2층에는 보석 코너가 있었다. 내가 고작 아이크림을 확보하는 동안 저 인간들은 보석을 차지한 건가. 가드들은 돌연 철수하기 시작했다.

"어디 가시는 거예요?"

엑스가 물었다. 가드는 한 명만 남기고 우선 아파트로 돌아간다고 했다.

"일단 여기서 확보한 거부터 갖다놓고 다시 올 겁니다. 짐이 많으니까."

이들이 아파트로 잘 모셔야 하는 건 당연히 우리가 아니라 저 보석들일 것이다. 불평을 하고 싶지만 딱히 할 말이 떠오르지 않는다.

"비가 이렇게 오는데 돌아올 수 있겠어요?"

지식인이 말했다.

"그 캐리어도 지금 주겠어요?"

가드는 지식인의 말을 못 들은 척하고는 정호 앞에 섰다.

"저, 이건 아직 누가 몇 갠지 안 적어놨는데. 지금 쓸까요?"

"됐습니다. 그럼 갖고 있다 좀 이따 주시죠."

가드는 딱 한 명만 남기고 순식간에 사라졌다. 내게 아이크림을 건넸던 큰 눈 아저씨가 에스컬레이터 앞에 섰다. 아직 아래층에서 인기척은 없었다. 아래에 사람이 있었다면 식료품을 다 먹었을 테고, 그렇다면 굳이 우리가 내려갈 필요는 없지 않느냐고 말하고 싶었지만 너무 조용해서 포기했다. 어른이 돼서 가장 먼저 배운 일은, 내 생각과 달리 세상이 돌아가도 입 다물고 있어야 할 때가 있다는 것이었다. 하물며 오늘 처음 투입된 사람들조차 가드의 말에 단 한 마디 이의를 제기하지 않았다.

지하 1층에 도착했다. 그 어떤 파지티브의 움직임도 감지되지 않았다. 우리는 각자 손전등을 여기저기 비추며 순식간에 달려들지 모를 파지티브에 대비했다. 1층 사람들보다 오래 버티다 죽었다면, 더 힘이 셀 가능성이 있었다.

뭔가가 내 발에 걸려 데굴데굴 굴러갔다. 연두색 감자칩 통이었다. 나는 대열을 이탈해 감자칩을 찾았다. 만두 코너를 지나 감자칩을 주워 드는데 뭔가와 눈이 마주쳤다. 손전등을 비췄다. 유치원생쯤으로 보이는 어린아이, 그리고 그 아이를 다급하게 잡아끄는 한 여자였다.

이상했다. 저렇게 서로 얼싸안고 있는 사람들을 너무 오랜만에 봤다. 이 난리가 나고 제일 먼저 죽은 사람들은 바로 가족 구성원들이었다. 그들은 이미 물려서 변해버린 가족을 쉽게 버리지 못했다. 그래서 다 같이 전멸했다. 때문에 지금껏 살아 있는 사람들은 대부분 싱글들이었다. 싱글들은 무리해서 집에 돌아가려 하지도 않았고, 휴대폰이 터지는 곳을 찾겠다며 거리를 쏘다니지도 않았다. 바로 옆 사람이 물려도 눈 하나 깜짝 않고 머리통을 휘갈길 수 있었다.

백화점에서는 가족들에게 좀 더 운이 따랐던 것 같다. 부모 품에 안긴 아이가 둘, 셋, 다섯쯤 되어 보였다. 생존자는 스무 명쯤 됐다. 사람들끼리 서로를 꼭 끌어안고 있는 모습이 너무 생경해서 잠깐 할 말을 잃었다. 그들의 눈에도 우리가 구조대의 모양새는 아니었던지, 경계심이 두드러졌다. 침묵을 깬 건 정호였다.

"세진? 세진아!"

사람들 사이에서 유독 얼굴이 하얀 여자가 귀신 본 얼굴로 일어섰다. 여자는 너무 놀라서 말도 안 나오는 듯했다. 정호가 달려가 여자를 끌어안았다. 마치 이산가족 상봉하듯 꺼이꺼이 우는데, 괜히 나까지 콧등이 시큰했다. 여자의 볼을 쓰다듬고 가슴에 품는 모습은 그동안 한결같이 까불거리던 정호한테서 본 적 없는 것이었다.

하얀 티셔츠를 입은 남자아이가 내 앞에 섰다. 기껏해야 여섯 살? 아직

미취학 아동인 것 같은데 눈이 꽤 똘망똘망하다.

"우리 구하러 오신 거예요?"

그러게. 우리는 살아 있는 사람은 어떻게 처리해야 할지 알 수가 없었다. 나는 화제를 바꿔야 했다.

"엄마는?"

아이는 위층을 가리켰다.

"아빠 찾으러요."

"……."

"아줌마들이 열 밤만 더 자면 다시 내려올 수 있다고 했어요."

애 부모의 눈알을 뺀 게 나일지도 모른다. 나는 아이로부터 몇 발짝 떨어졌다. 목구멍으로 물컹한 게 올라오는 느낌이다. 어느새 우현이 다가왔다. 나는 한 발짝 더 떨어졌다.

"지식인 못 봤어? 물어볼 거 있는데."

"몰라."

우현은 내 대답을 듣고도 계속 내 옆에 서 있었다.

"아깐 지식인의 안부는 별로 안중에 없는 거 같던데."

"그런 건 아닌데, 새로 온 사람한테 좀 너무하는 거 같아서."

"당연한 반응 아닌가. 우리한테 검색 사이트 역할을 하는 애잖아. 당연히 지식인이 더 소중하지."

"그래서 소중한 거야?"

"응?"

"그냥 어리고 착하니까 소중한 거지. 인터넷 역할을 해서 소중하다는 건 좀 슬프다."

왠지 모르겠는데 부아가 치밀었다.

"그럼 난 안 소중하겠네. 늙고 못돼 처먹어서."

"유다영, 왜 그래?"

나도 모르겠다. 그냥 밉다. 나는 생존자 쪽으로 다가섰다. 마침 정호와 세진의 상봉쇼도 끝나가는 중이다. 생존자 중 한 남자가 우리와 대화를 하려는 듯 내게 다가왔다. 정호 덕분인지 경계심은 많이 사그라들었다.

그때였다. 여자의 비명이 들려 손전등을 돌려보니 또 원피스였다. 시선을 따라가보니 가드가 쓰러져 있다. 옆으로 피가 흘러나온다. 그 뒤로 중년 남자 세 명이 서 있다. 손에는 각자 큰 칼이 들려 있다.

"아이고, 오랜만에 산 사람들 보니까 반갑습니다. 이렇게 만난 것도 인연인데, 어려운 시기엔 콩 한쪽도 나눠 먹어야 않겠습니까. 조금만 챙겨 갈 테니 큰 불만 없지 않겠습니까."

어쩌다 보니 내 손전등이 저 아저씨들의 조명 역할을 하고 있었다. 계속 비춰야 하나 꺼야 하나 헛갈렸다. 피 흘리고 있는 가드를 다시 비추자니, 오히려 공포감만 조성할 것 같았다. 고민하고 있는데 뭔가가 내 왼손에 와 닿았다. 엑스의 손가락이다. 나는 엑스 쪽으로 몸을 기울였다.

"저 아저씨……."

엑스의 귓속말에 나도 흠칫 놀랐다. 제일 뒤에 의기양양하게 서 있는 저 남자는 바로 어제 우리가 본 그 사람이다. 욕을 내뱉으며 우리를 얼른 죽여버리자고 소리치던 남자. 반쯤 벗겨진 이마, 일자눈썹, 회색 트레이닝복. 분명 그 남자였다. 우리 정체가 들통 나면 어떤 일이 벌어질지 알 수 없었다. 나는 손전등을 얼른 껐다.

하지만 그건 판단 미스였다. 조명이 꺼지자, 이번엔 저쪽에서 켠 것이다. 우리를 훑던 손전등은 단번에 나와 엑스한테서 멈췄다. 우리는 마치 오누이처럼 서로의 팔을 붙잡고 섰다. 달리 어떻게 해야 할지 판단이 서질 않았다.

"유토피아 년놈들, 결국 여기까지 왔구만. 어이들, 눈알은 좀 팠어?"

맨 앞에 선 촐싹맞은 아저씨가 낄낄댔다. 이쪽에서는 정적이 흘렀다.

"왜 아직 그러고 있어? 이 사람들 눈도 얼른 파내줘야지."

"우린 안 물린 사람 눈알은 안 빼요."

지식인의 저 솔직한 말은, 결국 우리가 병 걸린 사람의 눈알은 뺀다는 걸 인정하는 셈이 됐다.

"저게 무슨 소리야."

세진이었다. 정호가 슬며시 일어났다. 오른손으로 캐리어를 짚었다.

"이 사람들이 어떤 사람들이냐면, 병 걸린 사람들 눈알을 모조리 뽑아 가지고 그걸 팔아 먹고사는 놈들이거든요. 여기 얼마나 갇혀 있었는지는 모르겠는데. 지금 사람 눈알이 고래 불알 같은 거라 보면 되는 거예요. 존나 비싸고 귀한 거야. 네, 세상이 많이 험악해졌어요! 이전을 생각하면 안 돼. 이 사람들 그 눈알 하나 땜에 수백 명은 죽었어. 안 그래요? 뭔 말인지 모르겠으면 저 가방 열어보든가. 여러분 가족들의 눈알이 저 안에 있을 테니까."

아저씨는 여유까지 부리며 낄낄댔다. 모두의 눈이 정호에게 쏠렸다.

"뭔데, 이게?"

세진이 가방을 열어보려 하자 정호가 거칠게 가방을 다시 빼앗았다. 너무 거칠었다. 의심을 살 만큼. 세진이 자리에서 일어섰다. 성혜 언니가 세진을 다시 앉히려다 푹 고꾸라질 뻔했다. 뒤에서 연두색 감자칩 통을 든 여자가 부들부들 떨고 있었다. 성혜 언니는 머리를 맞았지만 괜찮은 듯했다. 어느새 우리가 공공의 적이 됐다.

"고래 불알이 뭐야. 저 가방 하나면 여기 있는 사람들 다 먹고살 수 있어요. 돈보다 더 귀한 거라고."

앞에 선 아저씨가 계속 낄낄대는 와중에, 나는 뒤에 선 일자눈썹에게서 눈을 떼기 어렵다. 그는 내 눈을 똑바로 보고는 자기 목에 손을 긋는 시늉을 했다. 날, 죽이겠다는 뜻이다. 생존자 중 한 남자가 가방에 다가섰고, 엑스가 그를 말리려다 싸움이 붙었다. 우현은 즉각 아저씨들에게 몸을 날렸다.

"그 아저씨 칼 가지고 있어!"

내가 소리쳤지만 사람들의 비명에 묻혔다. 어딘가 부딪혀서 손전등은 떨어지고 말았다. 내 다리는 어떤 아이 하나가 붙잡고 있다. 아이를 잡고 바닥을 한참 더듬다 겨우 손전등을 찾았다. 우현은 일자눈썹과 몸싸움 중이다. 다행히 일자눈썹은 칼을 놓쳤다. 아저씨 하나는 식품을 챙기고 있고, 다른 하나는 가방을 열려고 시도 중이다. 성혜 언니와 아파트 사람들이 필사적으로 막고 있다. 가드는 어디 있지? 정호는 생존자들 틈에서 세진을 꼭 끌어안고 있다. 엑스는 바닥에 누워 있다. 나는 엑스를 향해 뛰었다.

"괜찮아?"

그는 배를 잡고 신음을 토하며 겨우 몸을 일으켰다. 그때 날카로운 소리와 함께 뭔가가 데굴데굴 구르는 소리가 났다. 가방이 열렸다. 모두가 얼음이 됐다.

"너 미친 거야? 이게 대체 뭐야!"

세진이 자리에서 벌떡 일어나 아저씨들 쪽으로 향했다. 정호가 이름을 부르며 잡으려 했지만 세진이 더 빨랐다. 우현은 일자눈썹을 거의 진압하고 꾹 누르고 있는 중이다. 생존자 남자 하나가 우현을 덮치려 했다. 저들은 아저씨들과 완전히 한편이 됐다. 나는 손전등을 던져 우현의 티셔츠를 움켜쥐는 남자의 머리를 맞혔지만 큰 타격이 되진 않았다. 세 사람은 뒤엉켜 굴렀다. 세진이 뭔가를 주워 들었다. 칼이었다.

"정호야! 저 여자 말려!"

세진의 눈은 우현에게 고정돼 있다. 우현은 두 남자를 상대하느라 정신이 없다. 세진은 우현에게 더 다가섰다.

"세진아! 내가 친한 형이야! 그러면 안 돼!"

세진은 다가오는 정호를 향해 칼을 겨누었다. 정호의 얼굴이 굳어졌다.

"너네 이 사람들 죽이러 온 거야?"

어디선가 철컹하고 뭔가 열리는 소리가 났다. 모두가 소리 나는 방향을 찾는 사이 엑스가 캐리어를 챙기려는 아저씨를 발로 차냈다. 그때, 또다시 원피스가 소리를 질러대기 시작했다. 그녀는 손전등으로 세진 쪽을 비추고 있었는데, 그 뒤로 할머니 하나가 휘적휘적 걸어오고 있다.

"세진아!"

순식간이었다. 할머니는 급하게 세진을 감싸 안은 정호의 목덜미를 물었다. 그러고는 세진도 물었다. 그 뒤로 좀비들이 수없이 밀려 들어왔다.

"다영아! 어디 있어?"

어둠 속에서 우현이 다급하게 외치는 소리가 났다. 나는 골프채를 찾아야 했다. 아까 아이한테 줬었는데 얘가 어디 갔는지 모르겠다. 나는 혼비백산한 생존자들 사이를 한참 헤매다 과자 판매대 앞에서 흰 티셔츠를 입은 꼬마 아이를 찾았다. 내 골프채를 꼭 쥐고 있다.

"골프채, 나 줘!"

내가 골프채를 쥐자, 아이가 갑자기 입을 쩍 벌리고 달려들었다. 등에는 피가 흥건했다. 나는 골프채를 세게 흔들어 아이를 떼어냈다. 하지만 균형을 잃었다. 나는 바닥에 넘어졌다. 아이가 내 위로 뛰어오르려는 순간 피가 공중에 튀었다.

"괜찮아?"

성혜 언니였다.

"응, 괜찮……"

그때 언니 뒤로 뭔가가 다가왔다. 바닥에 떨어져 있는 손전등이 익숙한 실루엣을 비추었다. 정호였다.

"언니, 조심해!"

정호는 언니의 오른쪽 어깨를 노리고 달려들었다. 마침 고개를 돌린 언니가 정호의 멱살을 잡고 옆으로 패대기쳤다. 그러나 정호는 언니의 다리를 잡고 넘어뜨리고는 그 위로 올라탔다. 언니는 두 팔로 정호의 얼굴을 잡고 버텼다.

"언니!"

나는 골프채를 쥐고 일어서서 두 사람에게 다가갔다. 꼬리뼈가 욱신거렸다. 그런데 반대편에서 뭔가가 몸을 날렸다. 시위대 중 한 명이었다. 나는 재빨리 골프채를 휘둘렀지만 아저씨의 머리를 빗맞히고 말았다. 골프채가 과자 진열대에 쿡 박혔다. 다시 뽑아보려 했지만 어디에 걸렸는지 골프채는 꼼짝하지 않았다. 아저씨는 머리를 한 번 털더니 다시 내게 달려들었다. 나는 발로 아저씨의 배를 강하게 차버리고는 골프채를 다시 잡아당겼다. 제대로 박힌 것 같다. 아저씨가 다시 몸을 일으킨다. 나는 두 번, 세 번 골프채를 힘껏 당겼다. 드디어 팅 하는 소리가 나면서 골프채가 뽑혀 나왔다. 나는 그 반동을 이용해 아저씨의 머리를 날려버렸다.

"언니!"

성혜 언니는 정호와 아직 씨름 중이었다. 성혜 언니 실력이면 파지티브를 벌써 박살 냈을 것이다. 하지만 상대가 정호였다.

나는 골프채를 들어 정호의 뒤통수를 조준했다. 그때였다. 정호가 획 뒤돌아보더니 나한테 뛰었다. 나는 골프채를 떨어뜨리고 휘청거리며 진열대에 몸을 처박았다. 정호의 앞니가 내 코앞까지 다가왔다. 죽었다 싶은데 성혜 언니가 벌떡 일어나 정호의 허리를 발로 차서 옆으로 고꾸라뜨렸다. 골프채를 주워 든 언니는 정호의 머리를 치려다 잠깐 멈칫했다. 그때를 놓치지 않고 정호는 내 다리를 잡으려 했다. 결국, 골프채는 공기를 가르며 정호의 머리에 박혔다.

빗방울이 점차 굵어졌다. 그 사이로 저 멀리 점차 작아지는 마을버스 불빛이 보였다.

"가드 저 새끼."

엑스가 배를 움켜쥐고 풀썩 앉았다.

"괜찮아?"

나는 엑스의 팔을 잡아 끌어올렸다. 빗물이 자꾸 눈으로 들어가 눈을 뜨기 어려웠다.

"우리 그냥 가자."

우현이었다.

"아파트고 뭐고, 다 때려치우고 여기서 잘 찾아보면 지낼 만한 데는 있을 거야."

우현은 내게 말하는 중이다.

"내 말 안 들려?"

돌아보니 우현의 뒤로 원피스와 몇몇 신입, 생존자들이 서 있었다. 내가 엑스에게서 몸을 일으키자 지식인이 엑스를 일으켜 세웠다.

"아파트서 나가겠다고?"

"다른 방법이 있어?"

"넌 그렇게 해."

"뭐?"

나는 우현의 뒤에 선 사람들을 한 번 훑어봤다.

"이미 얘기 끝난 거 아니야? 너네끼리?"

"넌 방금 그걸 보고도 아파트로 돌아가고 싶어? 우리가 하는 짓, 그게 정상이냐고."

"그러니까 가, 넌."

"넌 아파트에 남겠다고? 정호가 저렇게 됐는데?"

"얘 다친 거 안 보여?"

나는 엑스의 팔을 다시 잡았다. 우현이 나를 쏘아보았다. 저렇게 서늘한 표정은 처음이다. 나는 눈에서 빗물을 닦아냈다. 우현은 휙 돌아선다. 나는 그 뒤통수를 잠시 보다가 엑스에게로 눈길을 돌렸다.

"일단 비부터 피하자."

우리는 엑스를 부축해 백화점 입구로 돌아갔다. 지식인이 그새 밖으로 나온 좀비 몇을 쓰러뜨리곤 의자로 입구를 막았다. 성혜 언니는 비 웅덩이 한가운데 철퍼덕 앉아버렸다. 비는 그칠 기미가 보이지 않는다. 곧 아예 캄캄한 밤이 될 것 같다. 어쩌면, 다시 백화점으로 들어가야 할지도 모른다.

"아이씨, 얘기 좀 해!"

뒤에서 우현의 목소리가 들리는가 싶더니 뭔가가 내 손목을 확 낚아챘다. 역시나 우현이었다. 나는 손목을 잡힌 채 끌려가기 시작했다. 왠지는 모르겠지만 얘한테 손목을 잡히면 머릿속이 하얘진다. 우리는 백화점 모퉁이를 돌아 골목으로 들어섰다. 그는 내 손에서 골프채를 빼앗아 쥐더니 식당마다 문을 두드리기 시작했다. 흠뻑 젖은 아저씨 파지티브 하나가 우현의 뒤에서 나타났다. 나는 그 장면을 물끄러미 보았다. 이내 아저씨는 우현의 등을 노리고 뛰어들었다. 깜짝 놀란 우현은 아저씨를 땅에 패대기치고는 골프채로 기절시켰다. 우현은 가만히 서 있는 나를 노려봤다.

"너, 저 아저씨 보고도 가만있었던 거야?"

"그럼 어떡해야 하는데?"

"너 진짜!"

아저씨가 다시 고개를 들고 내 다리를 잡으려 했다. 나는 놀라서 왼발로 아저씨의 이마를 가격했다. 그러다 몸의 균형을 잃고 넘어졌다. 꼬리뼈에 더 큰 통증이 몰려왔다. 우현에게 손을 뻗었지만 그는 날 잡지 않았다.

"야!"

나는 일어나서 우현에게 소리를 지른 후 아저씨를 다시 한 번 가격했다.

"나 갈래!"

나는 백화점 방향으로 돌아섰다.

"어딜 가!"

우현이 내 팔을 다시 잡고는 당겼다. 나는 또 힘없이 질질 끌려간다. 그는 옆 건물의 맥도널드 문을 열었다. 매장은 이미 폐허가 된 지 오래인 것 같다. 나는 달려드는 파지티브가 없다는 걸 확인하고 팔을 뿌리쳤다.

"유다영, 너 진짜 괜찮아?"

"뭐? 괜찮지, 그럼!"

"내가 아파트서 혼자 나가도 진짜 괜찮냐고!"

나는 잠깐 멈칫했다.

"네가 원하면 그렇게 해야지."

"야!"

"왜!"

"내가 원하는 게 진짜 뭔지 몰라? 모르는 거야? 아님 모르는 척하는 거야? 내가 그동안 왜 거기서 그렇게 버텼는데! 내가 아파트서 살고 싶어서 그러고 있어? 이 난리가 난 그날부터, 아니 너 처음 만난 그 날부터 난 그냥 네 옆에만 있었다는 거 모르겠어? 모른다고는 말 못하지? 근데, 근데 넌 어떻게 그래? 어떻게 내가 맞고 있는데 딴 남자부터 구해? 내가 나간다는데 딴 남자가 다친 게 그렇게 중요해? 대답해!"

"무슨 소리야! 하나도 모르겠어!"

나도 같이 악을 썼다.

"모르긴 뭘 몰라! 너 진짜 사람 환장하게 만드는 재주가 있다, 정말!"

"네가 맨날 애매하게 구는데 내가 어떻게 알아!"

"내가 언제 애매하게 굴었어? 조심한 거지!"

"나도 조심한 거야!"

"조심 안 해도 돼!"

둘 다 목소리는 점점 높아지는데, 대화는 이상하게 진행됐다. 잠깐 정적이 흘렀다.

"뭔 소리야, 도대체!"

"나도 몰라!"

우현이 두 손으로 내 얼굴을 꽉 감싸고는 입을 맞췄다. 따뜻한 입술이, 입김이, 혀가 차례로 내 입술을 적셨다. 그는 손으로 내 젖은 머리칼을 넘기더니 이내 허리를 세게 감쌌다. 그 상태로 한참을 서로 잡아먹을 듯 격렬하게 키스했다. 아무것도 보이지 않고, 느껴지지 않았다. 내게서 잠시라도 떨어질세라 더, 더, 점점 더 세게 조여오는 그의 입술 말고는.

"너 떨고 있어."

내가 숨을 몰아쉬며 말했다.

"비 맞아서일 거야."

우현이 쑥스러워하며 웃었다. 그러고는 내 허리를 번쩍 들어 테이블 위에 날 눕혔다. 코흘리개들이 햄버거를 먹던 테이블에 이렇게 요염한 표정을 지으며 누울 날이 올 줄은 몰랐다.

"넌 안 떨리는 거야?"

"나도 떨려."

진심이었다.

내 몸에 옥시토신이 폭포수처럼 흐르고 있다. 뇌하수체부터 발가락 사이사이까지 콸콸콸 쏟아져 흐르는 게 느껴진다. 처음이다. 나는 우현에게 밥을 해주고 싶고, 볼을 쓰다듬고 싶고, 그가 평생 느껴보지 못했을 쾌락을 주고 싶다. 내게 이런 일이 벌어질 것이라고는 생각하지 못했지만, 그리 놀랍지는 않다. 난 이미 새로운 나를 발견한 상태다. 내게도, 내 몸에도, 5분 간격으로 서로 다른 종류의 오르가슴이 연이어 일어날 수 있다는 것을 알게 된 것이다. 지난 32년간 절대 일어나지 않았던 일이다.

이 지독한 감기가 고작 항생제 반 알로 거의 다 나아버린 것도, 어쩌면 그 덕분일지 모른다. 불법 비타민 주사나 찾아 해맬 게 아니라, 이 남자와 섹스를 했어야 했다.

그날 뒤늦게 도착한 마을버스로 구조된 이후 우리는 모두 심각한 감기에 걸렸는데, 아파트는 우리를 측은히 여기며 일주일의 휴가와 항생제 한 알을 지급했다. 물론 백화점에서 가져온 걸 모두 내놔야 했지만, 일주일이나 파지티브를 보지 않아도 된다는 사실은 이 아파트를 다시 사랑할 수 있도록 만들었다. 처음 3일은 앓아누워 있었지만 휴가를 이렇게 보낼 수 없다는 내 결심은 금세 체력을 회복시켰다. 오늘 아침은 스쿼트 운동과 함께 힘차게 열었다. 나는 실로 오랜만에 연애를 시작했고, 이 말은 내가 다시 올라붙은 엉덩이를 필요로 한다는 뜻이었다.

"좀 더 벌려봐."

지금은 비키니 왁싱 중이다. 한 달 전쯤 성혜 언니가 화장품 가게에서 이걸 주워 왔을 때만 해도 저 여자가 과연 제정신일까 걱정했지만, 지금은 내게 밥보다 더 필요한 게 바로 이 왁싱 크림이란 걸 인정해야 한다.

"그냥 내가 할게요."

언니는 내 허벅지를 더 세게 움켜쥐었다.

"자기가 하면 아파서 잘 안 돼. 잘 봐둬. 너도 좀 이따 나한테 해줘야 되니까."

언니는 숫자를 세더니, 단번에 왁싱 테이프를 뜯어냈다. 내가 이용하던 샵은 논현동에 있었는데, 거기 직원과 맞먹는 탁월한 솜씨였다. 그 직원의 탁월한 솜씨 덕에 나는 너무 아픈 레이저 제모를 1차 만에 포기하고 샵을 이용했었다. 세상이 멈추고 나니 그게 그렇게 후회될 수가 없다. 뭐든 영구적으로 해놨어야 하는 거다. 지금 내게 영구적으로 남아 있는 거라곤 눈썹과 쌍꺼풀뿐이다. 언니는 냉장고에 넣어뒀던 쇠숟가락으로 여기저기 문질러줬다.

"안 시원해요. 얼음 없어요?"

"사랑의 힘으로 참아. 자, 이제 내 차례."

언니는 내 옆에 벌렁 누웠다. 너무 밝은 표정을 짓고 있는 언니의 얼굴이 뭔가 어색하다. 백화점에 다녀온 후 언니는 3일 꼬박 침대에 누워 있기만 하더니, 갑자기 세상에서 제일 밝은 사람처럼 굴었다. 원래 유머러스하고 재밌는 사람이지만 어딘가 과장돼 있다는 느낌을 지울 수 없다. 나는 언니의 치마 속으로 더듬더듬 손을 집어넣어 왁싱 테이프를 찾았다.

"여자 몸 처음 보니? 부끄러워?"

"아니. 잠깐만요."

나는 짧게 심호흡한 후 딱딱하게 굳어 있는 왁싱 테이프 모서리를 잡았다. 나름 힘을 줘서 당겼는데 테이프는 다 떨어지지 않았다.

"야! 얘가 사람 잡네. 너 사람 눈알은 단번에 잘만 뽑으면서, 왜 맘 약한 년 코스프레야."

"몰라요. 진짜 한다!"

있는 힘을 다해서 잡아당겼다. 피가 날지도 몰라 들여다보고 있는데 느낌이 이상했다.

"다영아, 뭐 해?"

뒤돌아보니 우현이 뜨악한 얼굴을 하고 섰다.

"뭔가 야한 상상을 했다고 하면, 오버인 거지?"

"응. 별거 아냐. 허벅지 안쪽에 뭐가 좀 났다고 해서."

"종기?"

"비슷한 거."

언니는 나와 할 일이 있으니 저녁에 잠깐 따로 보자는 말만 남기곤 낮잠에 빠져들었고, 나는 우현과 함께 산책을 나왔다.

"아침엔 어디 갔다 온 거야?"

"바빴지."

우현은 나를 데리고 지하 1층 식당가에 내려왔다. 한참을 걸어 들어가

꼬불꼬불한 길을 지나니 3평 남짓한 샌드위치 집이 나타났다. 한동안 사람들이 오가지 않은 곳이다. 우현은 유리문을 열고 들어섰다.

"들어가도 돼?"

"널 위해 준비했지."

한동안 방치된 곳치고는 깔끔했다. 흰색 테이블 하나, 의자 두 개만 제외하곤 모두 구석에 쌓여 있다. 우현은 나를 의자에 앉혔다.

"실은 예전부터 너랑 오고 싶었는데. 우리 아지트 하기 좋겠지?"

우현은 테이블 위 양초에 불을 붙였다. 그럴듯했다. 아니, 환상적이었다. 이 잘생긴 남자가, 이 다정한 남자가 이 세상에 마치 나만 존재한다는 듯 나를 보고 있다. 자기 입꼬리가 얼마나 올라가 있는지 자기도 미처 모르는 것 같다. 그를 이렇게 만드는 내가 자랑스럽다. 멋지다. 끝내준다. 내가 평생 이뤄온 그 어떤 것보다 더 뿌듯하다. 만약 내가 홍대에 오지 않았다면, 그 택시에서 내리지 않았다면, 이 세상이 뒤집어지지 않았다면 나는 절대 이런 기분을 느껴보지 못했을 것이다. 내가 꽤 괜찮은 여자인 것 같은 이 기분.

우현은 하늘색 셔츠 주머니에서 볼펜을 꺼내더니 탁자에 글씨를 쓰기 시작했다. 우현은 늘 잘생겼지만 특히 뭔가에 열중하고 있을 때 더 잘생겼다. 펜을 쥔 오른손 손등에 힘줄이 잡혔다. 나는 손을 뻗어 그 힘줄을 쓰다듬는다. 힘줄을 따라 손가락을 움직이다 보니 어느새 팔꿈치 근처까지 갔다. 손끝에 닿을 듯 말 듯 이어지는 힘줄은 정신이 아득해질 정도로 에로틱했다. 몸이 달아올라 우현을 지그시 보는데, 그는 얼른 테이블을 보라고 눈짓했다. 테이블엔 '우현 ♡ 다영'이 삐뚤빼뚤 적혀 있다. 유아기로 돌아가는 건 연인들의 특권이다. 나는 하마터면 혀 짧은 소리를 낼 뻔했다. 우현은 계속해서 글자를 써 내려가기 시작했다.

'화창하고, 행복한 우리 연예 5일째.'

내 눈을 의심했다. 잘못 봤다. 잘못 봤을 것이다. 연예? 연애가 아니고? 아니다, 볼펜 똥 때문에 글자가 뭉개진 거다. 아니다, 분명 연예다. 나는 얼른 시선을 돌리지만 '연예'는 마치 초강력 자석처럼 내 눈알을 잡아당긴다. 나는 이 남자를 계속 사랑하기 위해, 그 단어를 다시는 보지 않으려 발버둥 친다. 하지만 이미 내 망막엔 그 두 글자가 판화처럼 고스란히 새겨졌다. 어딜 봐도 '연예'가 떡하니 보인다. 옥시토신이 빠르게 말라 간다.

어떤 걸로 화제를 바꿔볼까 고심하고 있는데, 우현이 갑자기 내 앞에 왕자처럼 무릎을 꿇었다. 설마. 우현은 주머니를 뒤적이더니 뭔가를 꺼내 들었다. 설마! 영화에서나 보던 장면이 이렇게 눈앞에 펼쳐지는 것이다.

"사랑해."

우현이 손을 내밀었다. 활짝 편 그의 손바닥에 들려 있는 건, 고추참치였다. 난 웃음이 터졌다.

"백화점에서, 고작 그거 하나 건졌네. 그래도 지식인 덕분에 금방 찾았어."

나는 웃음이 그치지 않았다. 이러다 '나도 사랑해'라고 할 타이밍을 놓칠지도 모른다.

"결혼하자."

우현이 한마디 더 덧붙였다. 그의 표정이 진지해졌다. 아직도 한쪽 무릎을 꿇고 있다. 난 더 이상 웃지 못한다.

"결혼을 하자고?"

질문을 되물으면서 생각할 시간을 확보하는 건 오랜 내 습관이었다.

"응. 싫어?"

우현은 금방이라도 눈물을 뚝 떨어뜨릴 것 같다.

"아니, 그게 아니라…… 지금은 웨딩드레스도 없고."

지금 이 마당에 결혼하면 안 되는 이유가 고작 웨딩드레스라니.

"내가 예전 같은 그런 결혼식은 아니어도, 제일 행복한 결혼식으로 만들어줄게."

기똥차게 로맨틱한데, 난 왠지 도망을 가야 할 것 같다.

"어……."

"생각할 시간이 필요한 거지?"

"구청에 가서 신고를 할 것도 아니고, 이 마당에 결혼을 어떻게 정의하기도 어렵……."

"같이 사는 거지."

"지금도 같이 살고 있잖아."

"한 방에! 성혜 누나 없이."

그런 거라면, 뭐. 나는 소리 없이 씩 웃었다.

"신혼부부처럼?"

생각할수록 이거 정말 로맨틱하다. 하룻밤 자고 문자메시지를 씹는 남자는 봤어도 하룻밤 잤다고 청혼하는 남자는 처음이다. 당혹스럽지만, 심장이 뛴다.

"응. 아이도 낳고."

덜커덩, 심장이 멈췄다.

인류 역사상 결혼이 낭만의 영역에 존재한 적이 단 한 번이라도 있었던가. 결혼은 서로의 신분을 섞고 세탁하는 과정이며, 그 과정에서 재화 혹은 권력은 어느 한쪽에서 다른 한쪽으로 흐르게 마련이다. 숨만 쉬어도 갚아야 할 빚이 늘어가는 이 사회에서, 서로 나눌 게 전혀 없는 남녀 간의 결합은 사회·경제적 자살이나 마찬가지다. 세상이 뒤집어지기 훨씬 전부터, 이곳은 그랬다. 남자 잘 만나 팔자 펴겠다는 생각까지는 아니어도(아예 안 해봤다고도 못한다. 강남 120평은 지금 뭐 할까), 적어도 같이 낭떠러지로 구를 생각은 없다. 맙소사, 아이를 낳자니.

"지난번엔 또 너를 죽도록 사랑할 남자가 필요하다며."

성혜 언니가 지하 1층 계단에 조심스럽게 내려서면서 말했다.

"그건 누구나……."

"그러니까 너는, 가슴이 미칠 듯이 뛰는 욕정의 대상인 동시에 경제적으로 갖출 거 다 갖추고 떵떵거리고 사는 안방마님이고 싶다는 거네."

그녀의 말에 내 결혼관이 얼마나 이율배반적인지 깨닫는다.

"언니는 안 그래요?"

"난 그딴 쓸데없는 생각은 안 해."

언니가 손전등을 자기 턱밑에 갖다 대며 무서운 표정을 지었다.

"사는 거 자체가 공포 영환데 결혼까지 할 필은 없지 않겠어."

"하자니까. 그리고 정말 좋긴 하거든요."

"잘하든?"

성혜 언니가 엉큼하게 웃었다.

"뭐, 훌륭했죠."

"오래 못 간다. 결혼해서 3개월쯤 하잖아? 그놈이 그놈이야. 커?"

"네?"

"크기도 상관없어. 3개월쯤 매일 하면 여자 몸이 거기 적응해버리거든.
결국 그놈이 그놈이란 말씀이야."

역시, 결혼을 두 번이나 했다는 언니의 조언은 다르다.

"언니는 매일 했어요? 물론 크기가 다는 아니죠."

"신혼 지나면 노력도 안 해. 두고 봐, 다 똑같아진다니까."

"언니 경험담인 거죠?"

"그래, 이년아. 뭘 그렇게 고민해? 대충 즐겨. 우리가 언제부터 그렇게
한 남자, 한 여자한테 정착했다고. 그거 알아? 조선시대 때만 해도 말야.
윗 놈들이나 위선 떨며 정조가 어쩌고 순결이 어쩌고 했지, 밑에 사람들
있잖아? 남녀가 물지게 이고 가다가 좁은 논두렁에서 눈만 딱 맞아도 따
다다, 하면서 바로 옆으로 나자빠졌다고. 먹고살기 팍팍한 놈들은, 그렇

게 해줘야 돼. 그게 자연의 이치야."

"우현이는, 아이를 갖쟀요."

"개쉐이네. 그 아이를 제 몸 찢어 낳아야 해도 그런 말이 나오겠어? 산부인과 의사도 다 죽은 판에."

"그죠? 결혼까진 모르겠는데 아이는 좀."

"결혼만 하자 그래. 지금 이 판국에 결혼이 대수야? 같이 살면 결혼이고, 좀비한테 밀어버리면 이혼이지. 편하잖아?"

우리는 어느새 지하 4층까지 내려왔다. 한 번도 와본 적 없는 곳이었다. 뭐가 있는지 궁금해본 적도 없었다. 언니는 이곳이 익숙한 듯 문을 살짝 열었다. 어두컴컴한 지하 주차장이었다. 띄엄띄엄 형광등이 들어와 있어 눈앞이 겨우 보이는 정도였다. 근처 도로에서 가져온 고급 차들이 빼곡히 주차돼 있다. 언니는 토끼처럼 깡충깡충 뛰어 106동 쪽으로 향했다.

"여기서부턴 서교동이다."

입주민들이 사는 곳이었다. 내가 제지할 새도 없이 뛰어간 언니는 유리문 앞에 서더니 보안창에 손등을 댔다. 놀랍게도 문이 열렸다. 내가 소리를 치려 하자 언니는 급하게 입술에 검지를 갖다 대더니 잽싸게 커브를 돌아 사라졌다. 뒤따라간 나는 사무실같이 생긴 문 앞에서 또 한 번 손등을 갖다 대는 언니를 겨우 찾아냈다. 언니는 내가 사무실에 들어간 후 사람이 없다는 걸 두 번 확인하고 문을 닫았다.

"놀랐지?"

언니가 불을 켰다. 안 놀랄 수가 없었다. 이 안에는 없는 게 없었다. 박스째 쌓인 햇반과 과자, 음료수가 마치 대형 마트 같았다. 나는 왠지 모르게 화가 났다.

"여긴 어떻게 알았어요? 어떻게 들어온 거예요? 언니, 정체가 뭐예요?"

"리얼리? 이 와중에 그 얘길 하자고?"

"뭔지 몰라도 날 이런 데 끌어들이면 안 되죠. 걸리면 쫓겨날 거 같은데."

이 박스, 저 박스를 두리번거리던 언니가 날 뒤돌아봤다.

"너 어째 좀비보다 아파트를 더 무서워하는 거 같다? 나도 굉장히 체제 순종형인데 너한텐 졌다, 졌어. 넌 지금 우리가 참치 쪼가리 하나 얻어먹고 그 개고생하는 동안 애들이 이렇게 잘 처먹고 있었다는 게 안 보여? 이렇게 먹을 걸 잔뜩 쌓아두고도 우린 톡하면 굶겨 죽일 것처럼 군 게 화나지 않아? 우린 굶어 죽을까 봐 살아 있는 사람 눈알도 죄다 뽑았다고. 근데 넌 지금 네가 아파트 사람들의 심기를 건드릴까 봐 걱정이 되는 거야?"

나는 진심으로 걱정이 되고 있었다.

"입주민이랑 우리 차별하는 거 갖고 가장 먼저 불만을 표했던 건 저라고요. 기억 안 나요? 첨에 라면 뺏긴 것도 저잖아요."

"그 후로 넌 뭘 했는데? 입술 한 번 삐죽 내민 거 말고."

"그래서, 뭐, 여기 폭탄이라도 설치하자고요? 난 왜 데려왔냐고요. 혼자 알고 있어도 위험한 데를 왜 보여주냐고요."

언니는 피식 웃었다.

"왜 이래, 서로 외음부도 본 사이에."

나는 할 말을 잃었다.

"네가 필요해서 그랬어. 자, 나 좀 들어봐."

나는 언니의 말을 이해하지 못한다.

"나 좀 들어보라고. 너도 보다시피 내 키가 좀 작잖니."

언니는 손으로 제일 위에 있는 박스를 가리켰다. 박스에는 악마의 유혹이라는, 커피 음료 카피가 적혀 있었다. 나는 그제야 의중을 알아차리고 언니를 들어 올렸다. 언니는 낑낑대며 박스 안에서 커피 캔 하나를 꺼냈다.

"빨리 가자. 장례식 해야지."

뒤통수를 한 대 세게 맞은 것 같았다. 그런 나를 언니는 한참 본다.

"나, 정호 때려죽이고 나서 무슨 생각 했는지 알아?"

나는 언니 손에 들린 커피만 바라본다. 정호는 저걸, 정말 좋아할 거다.

"이놈 눈알을 빼야 하나? 그 생각 했어. 아파트로 돌아와서 자려고 누웠는데, 그 자식 죽은 거보다 내가 고작 그 생각을 했다는 게 너무 어이가 없는 거야. 정호는 지가 물릴 뻔하는지도 모르고 날 구해주던 놈인데, 난 그 자식이 죽었는데 눈알을 빼야 하나 그걸 고민하고 자빠진 거야. 진짜, 어이가 없어서 눈물도 안 나더라. 이게 다 뭐라고. 걔나 우리나 파리목숨 아니냐. 어차피 개죽음당할 거, 잠시라도 인간답게 살고 싶어지더라. 넌 안 그렇니?"

정호는 우리가 애써 외면해왔지만 절대 잊을 수 없는 존재였다. 우리가 처음 3일간 각자 방에 누워 있기만 했던 건, 어쩌면 정호의 부재를 인정하기 싫었기 때문일 것이다. 문을 열고 나가면 정호가 거실 소파에 앉아 철 지난 액션 영화를 보고 있을 것만 같았다. 늘 쫑알대던 녀석의 수다가 없는 거실은 최대한 피하고 싶은 곳이었다. 지금껏 잘도 살아남은 우리는 모두 남의 죽음 앞에 눈썹 하나 까딱하지 않는 냉혈한이라고 보는 게 맞겠지만, 하루에도 몇 번씩 멍해지는 이상한 순간을 부정할 순 없었다. 어쩌면 처음이었다. 이 일이 일어난 후 내가 겪은 첫 번째 관계의 상실인 셈이다. 우현이 갑작스레 결혼까지 언급한 것도 그 때문일지도 모른다. 더는, 그 누구도 잃고 싶지 않은 심정.

"우리, 인간답게 살려고 눈알 뽑는 거 아니었어요? 먹고, 자고, 입고."

나는 왠지 혼란스러운 속마음을 들키고 싶지 않다.

"그게, 인간다운 거냐고. 난 좀 싫어졌어. 여기 창고도 나 혼자 인, 간, 답, 게 배부르려고 혼자 알았거든? 나, 너네 참치 비린내에 치 떨 때 혼자 여기서 스팸 잘라 먹었다는 거 아니냐. 스팸 말이야, 고기 맛 나는 스팸. 상상이 되냐? 근데 나 혼자 배불러서 뭐해. 배부른 몸으로 친구 눈알이나 뽑고 자빠졌는데. 너도 와서 많이 먹어. 담에 내가 네 눈알 뺄 때 내가 덜 미안하게."

주머니에 초콜릿을 몇 개 챙긴 언니는 내가 아무것도 집지 않고 멀뚱히 서 있자 어깨를 한 번 으쓱했다.

"싫음 말고."

주차장은 여전히 조용했다. 앞서 가던 언니가 급히 상체를 숙였다. 나도 따라 주저앉았다. 비상구 문이 열렸다. 우리는 살금살금 걸어 기둥 뒤로 몸을 숨겼다. 남자인 것 같은 두 사람의 발걸음이 요란하게 주차장에 울려 퍼졌다. 무슨 말을 하는 것 같은데, 들리지는 않았다. 언니가 조심스럽게 기둥 옆으로 고개를 뺐다. 심장이 터질 것 같았다. 언니가 나를 잡아당겨 남자를 보게 했다. 어두워서 확실하지는 않지만…… 아니, 그가 맞았다. 엑스였다. 엑스가 최 상무와 함께 걸어오고 있었다. 언니도 나만큼 놀란 눈치다. 하지만 일단은 몰래 빠져나가야 했다.

두 사람의 목적지는 106동인 듯했다. 이 기둥에 있으면 위험했다. 차 뒤로 숨는다 해도 두 사람의 눈에 띄지 않고 버틸 가능성은 희박했다. 운에 맡기는 수밖에 없었다. 언니와 나는 조금씩 기둥을 돌아 잽싸게 걷기 시작했다. 물론, 우리가 그렇게 운이 좋은 사람들은 아니었다. 포르쉐 뒤에서 아우디 뒤로 넘어갈 때쯤 최 상무가 우리를 향해 소리쳤다.

"거기 누구야!"

엑스가 힘차게 뛰는 소리가 들렸다. 그래도 엑스는 내 편이 아닐까 잠시 생각도 해보지만, 쿵쿵 울리는 엑스의 발소리에는 우리를 반드시 잡아 족치겠다는 의욕이 흘러넘쳤다. 언니와 나도 달리기 시작했다. 저 멀리 또 다른 비상구가 보였다. 최 상무가 우리 얼굴까지 확인하지는 않은 것 같다. 조금만 빨리 뛰면 위기에서 벗어날 수도 있다. 하지만 엑스의 달리기 실력을 과소평가했던 것 같다. 내 옷을 잡아당기는 엑스의 손을 겨우 뿌리쳤다. 엑스는 여의치 않자 우리를 가로질러 비상구 앞에 섰다. 언니가 간발의 차로 늦게 문손잡이를 잡았다. 엑스가 팔을 뻗었고 우리는 다시 옆으로 뛰었다. 이번에는 내가 앞장서 달렸다. 마침 엘리베이터가 움직이는 소리가 났다. 105동 유리문 안으로 엘리베이터가 보였다. 사람이 타고 있을지 모르지만 그걸 가릴 때는 아니었다. 최 상무도 숨을 헐떡이며 이쪽으로 오는 중이다.

"빨리 와!"

하지만 언니는 엑스한테 붙잡히고 몸을 크게 휘청였다. 그러고 보니 나는 105동 유리문을 열 손등 칩도 없다. 망했다. 마침 엘리베이터가 열리고 사람이 내렸다. 운이 좋으면 저 사람을 제압하고 엘리베이터를 탈 수 있지 않을까. 격렬하게 저항하는 언니 주머니에서 캔 커피가 떨어져 유리문 쪽으로 또르르 굴렀다. 내가 손을 뻗어 커피 캔을 주워 드는데, 유리문이 열렸다. 밖으로 나선 남자의 구두가 눈에 들어왔다. 힘껏 밀면 넘어질까? 머리가 잘 돌아가지 않았다. 지체하는 사이 최 상무가 나를 거칠게 쓰러뜨렸다. 그러고는 유리문 앞에 선 남자에게 괜찮으시냐고 백배 사죄했다. 그의 딸랑거림이 최고치에 달하는 것으로 보아 무지 높은 사람인 모양이다. 나는 벌러덩 누운 채 남자를 올려다봤다.

아는 얼굴이다.

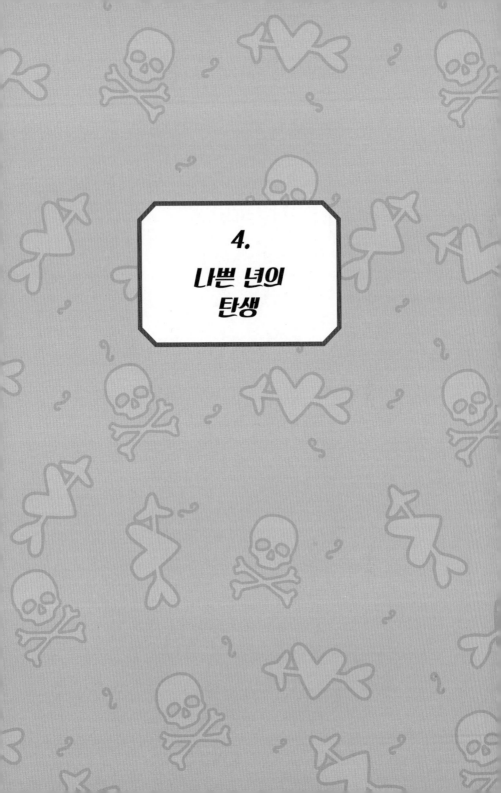

4.

나쁜 년의
탄생

남자의 입이 쩍 벌어진다. 쭉 찢어진
배추김치가 거무튀튀한 혀 위에 똬리를 튼다. 배추 씹히는 소리가 상큼
하다. 남자는 김치를 쥐었던 오른손을 하얀 식탁보 위에 쓱 문질렀다.

나는 젓가락을 뻗어 김치를 집었다. 좀 더 잘라야 할 것 같지만 기다릴
틈은 없다. 허겁지겁 입에 집어넣었다. 켁, 소리와 함께 하마터면 다시 뱉
을 뻔했다. 수개월 만에 먹는 김치는 내 기억보다 훨씬 더 맵고 독했다.
하지만 성의껏 꼭꼭 씹어서 삼킨다. 입안에 침이 흥건하게 고인다. 마치
마리화나를 한 모금 빤 것처럼 금세 날아갈 것 같은 기분이다.

"이제 좀 제대로 먹네. 지난번에 한우 스테이크는 영 시큰둥해서 섭섭
했었지."

남자가 웃었다. 이성욱이다. 다신 볼 일이 없을 줄 알았던 강남 120평
이 느닷없이 다시 나타나 내게 친절을 베푸는 중이다. 이 아파트에 들어
와 살면서 그의 생각을 단 한 번도 안 했다면 거짓말이다. 그가 강남의

같은 브랜드 아파트에 살면서 어떻게 연명하고 있을까, 우리 아파트보다 치안은 더 좋을까, 그런 생각은 했었다. 그가 이 아파트에 나타나 운영을 진두지휘하는 오너 노릇을 할 것이라고는 예상하지 못했다. 최상무의 딸랑 지수로 미뤄보건대, 강남 120평은 우리 아파트 사람들의 '모가지'를 쥐고 있는 게 틀림없었다.

이성욱은 김이 모락모락 나는 흰 쌀밥에 빨간 김치를 척척 얹어 싹싹 비벼 먹었다. 나도 이번만큼은 체면 불고하고 입안 한가득 쌀밥을 넣고 있는 중이다. 얼마 만에 먹는 탄수화물인지.

"그래, 고생 많았지."

나를 보는 그의 눈에는 연민이 가득하다. 식사 시간 15분이 지나도록 우리 사이를 정의할 만한 그 어떤 증거도 내보이지 않았지만, 방금 그 표정과 말투는 이 남자가 아직 내게 호감을 품고 있다는 걸 어느 정도 시사한다. 나는 가슴께가 조금 훈훈해지는 걸 느낀다.

"얼굴이 많이 상했죠."

양 볼을 감싸 쥐며 부끄러운 듯 말했다.

"그러네."

나는 어색하게 손을 내렸다. 뭔가 응수하고 싶지만, 남자는 오히려 더 어려진 것 같다. 그래봤자 40대 초반으로 보이는 거지만, 피부는 많이 촉촉해졌고 몸매도 슬림해졌다. 절대적으로 매력적이라고 하진 못해도 상대적으로 나쁘지 않았다. 그리고 이렇게 생각하는 나에게 잠깐 자괴감이 들었다.

"여기에는 언제 들어왔어? 그동안 몇 번 오갔었는데 못 봤네. 하긴, 헬기 타고 꼭대기에만 있다 가니까."

"저는 처음 여기 입주자 추첨할 때 들어왔어요."

"아, 추첨을 했었지."

"입주자인 줄 알았는데, 직원 같은 개념이더라고요. 월세, 아니 일세라고 해야 하나? 하루 할당량을 맞춰야 해서."

할당량 얘기는 괜히 꺼냈나. 내가 그 숱한 사람들의 눈알을 빼왔다고 알리는 건 오히려 마이너스일지 모른다. 너무 드세 보일 텐데. 하지만 남자는 어떤 할당량이냐고 굳이 묻지 않았다.

"뭐, 다영 씨니까 솔직하게 얘기할게. 빈 아파트 놀려서 뭐 해. 오갈 데 없는 주민들한테 장소 제공하면 좋잖아. 그런데 나라고 땅 파서 장사하겠어? 아파트 유지비가 얼마겠어. 월세라기보다 관리비라고 생각해."

이로써 이 남자가 오너 노릇을 하는 게 아니라 진짜 오너라는 게 확실해졌다.

"물도 나오고, 전기도 들어오고. 신기하긴 해요."

나는 트집 잡기를 당장 멈췄다.

"강남에는 아직 멀쩡한 데가 꽤 있어. 이 병이 뭔진 몰라도 인류를 멸망시킨 건 아니야. 강북이 제일 심하게 초토화됐지."

"그래서 강남으로 돌아가려고 했는데."

나는 놀라지 않은 척 표정을 관리한다.

"헬기 없이는 불가능했을 거야. 맨몸으로 걸어가는 건 말도 안 되지. 모든 다리가 폐쇄됐거든. 아예 폭파시킨 곳도 있고."

역시 예상대로였다. 반사적으로 창밖을 봤다. 79층이니 원래라면 강남의 뭔가가 보여야 했지만, 아직 해가 완전히 진 게 아닌데도 잘 보이지 않았다. 비 오고 나서 반짝 맑아졌던 공기는 다시 뿌옇고 탁해졌다. 군데군데 불타고 있는 건물들이 여전히 검은 연기를 내뿜고 있다. 남자가 마지막 김치 한 조각을 내 밥그릇에 올려주었다. 괜히 황송해 절로 고개가 숙여졌다.

"여기도 주변 정비가 어느 정도 되면 새로운 구역이 될 수 있겠지. 다들 너무 열심히 해줘서 이 근처는 이제 살 만한 것 같지 않나?"

"그래도 아직은 위험해요. 우리를 반대하는 사람들도 많고. ······만약에요."

"응."

"영영 실패하면 어떡해요?"

이성욱이 씩 웃었다. 그가 입을 열기까지 천만년이 걸리는 것만 같다. 나는 긴장돼서 입꼬리에 작은 경련이 일었다.

"여기가 얼마나 열심히 해주고 있는지 내가 잘 알지. 진짜 내 사람은 강남으로 옮기면 돼. 절차 그까이 꺼 까다로워봤자지. 내가 그 정도 힘도 없겠어."

시선이 엇갈렸다. 내 기분을 나도 알 수 없었다. 안도감인 동시에 섭섭함이라고 하면 비슷하려나? 여기서 잘만 버티면 강남으로 돌아갈 수 있다는 희망을 잡았다. 하지만 '넌 무조건 내가 데려가줄게'가 아니라는 점에서 불안했다.

비서로 보이는 한 여자가 테이블로 다가왔다. 아까는 김치 때문에 넋을 놓아서 잘 몰랐는데, 엄청난 미인이었다. 이성욱은 익숙한 듯 아메리카노를 주문했다. 나는 얼떨결에 같은 걸로 달라고 했다. 여자는 카트에 빈 그릇과 수저를 옮기고는 여배우 뺨치는 미소를 자랑하며 사라졌다. 저 여자는 맘만 먹으면 이성욱의 옆자리를 차지할 것이다. 고작 스무 살짜리 원피스한테 질투를 느꼈던 내가 한없이 초라해졌다. 저 엄청난 미소를 마치 돌덩이 보듯 무심하게 대하는 이성욱의 모습은, 인정하기 싫지만 앞으로도 가끔 생각이 날 것 같다.

"이것도 인연인데, 뭐 힘든 거 있음 말하고."

"네."

이것도 인연인데, 라니. 이건 길 가다 우연히 만난 사람한테나 하는 소리 아닌가. 여자가 아메리카노 두 잔을 가져와 테이블에 놓았다. 컵과 컵받침이 부딪히며 달그락 소리를 냈다. 정호가 그렇게 그리워했던 아메리카노다. 카페인이 조금 들어가자 기분이 좋아졌다. 남자는 물끄러미 창밖을 보며 커피를 마실 뿐이었다. 마치, 그동안 단 하루도 빠짐없이 커피를 마셔온 사람 같다.

"저 여기 와서 처음에 오리엔테이션 기간 빼고는요, 처음이긴 해요. 일주일이나 쉬는 거요. 사실 하루만 쉬어도 쫓겨날까 봐 걱정해야 하거든요. 그래도 잘한 편이에요. 제가 뭐든 적응은 잘하는 편이라. 그런데 내일부터 다시 하려니 좀 걱정이 되기도 해요. 왜 그런 거 있잖아요, 매일 하던 것도 오랜만에 하려면 좀 힘들게 느껴지는."

내 말이 엄청나게 빨라지고 있다. 처음엔 이렇게 말하려고 한 게 아닌
데. 나는 내 미래를 바꿔줄지도 모를 남자와의 식사 자리를 사소한 건의
사항을 전달하는 회의 시간처럼 만들어버렸다. 테이블에 머리라도 처박
고 싶은 심정이다. 하지만 이성욱은 심각하게 받아들이는 것 같지 않다.
다행, 인 건가.

"그럼, 내일 하루 더 쉬어."

"정말요?"

내가 활짝 웃었다. 그러고는 금방 후회했다. 먹이 앞에 꼬리를 살랑대
는 똥개 같아 보일 거다, 지금의 나는.

"나도 하루 더 있을 건데, 잘됐네. 내일 나랑 저녁이나 하지. 다영 씨 할
당량은 내가 채워 넣어줄게. 걱정 마, 나한테는 일도 아니니까. 이것도 인
연인데, 그 정도는 해줄 수 있지."

그 정도는 해줄 수 있지. 그럼 그 이상은 꿈도 꾸지 말라는 건가? 이성
욱은 어느새 커피를 다 마신 듯 커피 잔을 쿵 내려놓았다. 나는 남은 커
피를 한 번에 쭉 들이켰다.

"그럼 가는 길은 윤 이사가 안내할 거야. 내일 보자고."

이성욱이 얼른 가라는 듯 손을 휘휘 저었다. 나는 일어나 꾸벅 인사를
하고는 예쁜 여자의 뒤를 따랐다. 나보다 어려 보이는데 '윤 이사'라니.

"참, 다영 씨."

이성욱의 목소리였다. 나는 씩 웃었다가 다시 표정을 다잡고는 뒤돌아

봤다.

"그새 딴 남자랑 결혼한 건 아니지?"

"어후, 설마요."

너무 방정맞았나. 그는 고개를 한 번 끄덕하더니 다시 창 쪽으로 얼굴을 돌렸다. 방금 내 표정과 몸짓은 너무 촌스러웠을 것 같다. 그래서 얼른 덧붙였다.

"남자 친구도 없어요. 호호."

호호는 뭐야. 나는 재빨리 몸을 돌려 엘리베이터로 향했다. 그가 나를 다시 돌아봤는지 어땠는지는 모르겠다. 쥐구멍에라도 숨고 싶었다.

"이 엘리베이터 타고 4층까지 가신 후 엘리베이터를 바꿔 타고 1층으로 내려가시면 돼요. 거기서부터는 잘 찾을 수 있죠? 제 이름 대시면 혼자서도 엘리베이터 탈 수 있을 겁니다."

여자의 말투에서 가시가 돋아났다.

"감사합니다."

나는 얼른 엘리베이터에 타고는 닫힘 버튼을 꾹 눌렀다.

방문을 긁는 소리. 우현이 들어오고 싶다고 신호를 보내는 것이다. 나는 돌아누웠다. 우현과 시시덕거릴 기분이 아니다. 그래, 맞다. 쟤와의 관계는 시시덕으로 그쳐야 한다.

이성욱을 꾀어서 어떻게 해보자는 건 아니다. 하지만 적어도 '내 사람'이 돼서 강남으로 넘어갈 필요는 있다. 미래가 보이지 않을 땐 옆에 있어

줄 사람이 중요하지만, 명확한 목표가 생기면 옆에 있는 사람이 거치적 거리는 법이다. 우현은 한참 동안 방문을 긁어댔지만, 나는 문을 열어주지 않았다.

가슴이 쿵쿵 뛴다. 오랜만에 커피를 마셔서일 것이다. 아까 전엔 김씨 아저씨를 만나서 혹시 심장을 진정시킬 약은 없는지 물어보기까지 했다. 어차피 그가 가진 약은 없을 테지만, 내일 혼자 아이볼 수거에서 빠져도 의심받지 않을 밑밥은 돼줄 것이다. 김씨 아저씨는 진심으로 나를 걱정하며 우리 물품 보관소를 한참 뒤적거렸지만 아무것도 건지지 못했다. 너무 미안해하는 통에 내가 더 미안할 지경이었다. 그 정이 넘치고 쓸데없이 친절한 태도에서, 최 상무와 입사 동기임에도 불구하고 그 밑에서 잡일이나 하고 있는 김씨 아저씨 인생의 패인을 알 것만 같았다. 최상무 같은 사람만 성공하는 것인지, 성공하면 최 상무 같아지는 것인지는 영원한 미스터리다.

어찌 됐든 나는 김씨 아저씨처럼 살고 싶은 마음은 없다는 게 확실하다. 그렇다면 최 상무의 길을 걸어야 한다는 건데, 거기까지는 확신이 서지 않는다. 아니다, 아까 "남자 친구도 없어요" 따위 말을 할 때의 나는 최 상무와 다를 게 없었다. 어떻게 보면 더 별로다. 윤 이사의 말투에 가시가 돋친 것도 이해 못 할 일은 아니다. 나 역시도, 그런 여자는 경멸해 마땅하다고 배우며 자랐다.

하지만 세상은 달랐다. 정도를 걸으면서 성공하는 건 불가능에 가까웠다. 지나친 일반화의 오류라고? 그럼 백번 양보해서, 적어도 나는 그랬다. 나는 정도를 걸었지만 성공하지 못했다. 이제 곧 30대 중반인데 지금 껏 이 모양이면 앞으로도 이렇다고 보는 게 맞다. 아니, 더 나빠질 것이다. 세상은 '아파트서 자는 자'와 '길에서 자는 자', 딱 두 부류로 나뉜다. 하물며 '길에서 자는 자' 수가 점차 늘고만 있다. 그런데 나는 아직 완전한 아파트 주민이 되지 못했다. 자칫 방심하면 아무나 잡아먹겠다고 돌아다니다 눈알을 뽑히는 신세가 될지도 모른다. 생각만 해도 오금이 저리다.

제3의 길은 없는 걸까. 나는 내가 알던 것보다 운동신경이 괜찮았다. 아직 단 한 번도 물리지 않았다. 바퀴벌레 말고는 굶주림이나 못 씻는 상황도 곧잘 견뎠다. 뾰루지나 방광염이 항생제 없이 그냥 낫기도 했다. 나는 의외로 강했다.

만에 하나 이 아파트에서 쫓겨나고 강남으로 넘어가지 못한다 하더라도, 살아남을 가능성이 아예 없진 않을 것이다. 밖에는 아직도 많은 시위대가 있다. 그들도 살아 있다. 길에서 잔다고 해서 행복하지 않을까? 아파트에서 산다고 그들보다 행복할까? 쓴웃음이 나온다. 잠깐이나마 이런 헛생각을 하는 건 모두 베스트셀러의 세뇌 때문이다. 버리고 행복하라, 같은. 정작 저자 본인은 하나도 안 버리면서 쓰는 책들.

못 가질 수는 있다. 안 가질 수도 있다. 하지만 비교 대상이 생기면 얘기는 달라진다. 같이 못 가질 수 있다. 같이 안 가질 수 있다. 하지만 나 혼자 덜 가질 수는 없다. 적어도 남들만큼은 가지고 살아야 했다.

시간이 많이 흘렀다. 무더운 여름이다. 시위대의 난동은 더욱 거세진
다. 일자눈썹이 유토피아팰리스 정문에 폭탄을 터뜨린다. 이를 기점으로
사람들이 진격해 들어온다. 나는 골프채로 가드들을 후려치고 시위대가
들어올 수 있게 해준다. 시위대 대장 아줌마가 손을 들어 고맙다고 인사
한다. 아파트는 순식간에 제압된다. 굶주린 사람들이 참치 통조림을 나
눠 먹고 깨끗한 물에 샤워를 한다. 모두가 내 이름을 연호한다. 저 멀리
서 우현이 달려와 나를 안는다.

"네가 자랑스러워."

나는 우현과 키스한다. 사람들이 휘파람을 불고 박수를 친다. 나는 활
짝 웃으며 주위를 둘러본다. 그 순간 시위대가 갑자기 개들로 변한다.

개꿈이다.

터벅터벅 걸어 거실로 나왔다. 거실에서는 두 사람이 '출근' 준비에 한
창이다. 나는 아프다고 말하고 소파에 앉았다. 우현이 다가와서 내 이마
에 손을 짚었다.

"열은 없는데."

"오랜만에 나가려니 스트레스받았나 봐. 할당량 해놓은 거 있으니까
걱정 마."

"나도 가지 말까?"

우현이 양손으로 내 볼을 감쌌다. 손이 참 따뜻하다.

"조심해서 다녀와. 난 집에 있을게."

"혼자 나돌아다니면 안 돼. 조금만 기다려, 내가 좀비 후딱 잡아서 일찍

올게."

우현이 개구쟁이같이 웃고는 내 입술에 입을 맞추었다. 나도 따라 웃었다. 그러고는 일어서려는 우현의 손을 잡았다.

"왜?"

"아니야. 뽀뽀 한 번만 더 해주라."

우현은 씩 웃더니 다시 내게 입을 맞췄다.

"벌써 다 나을 거 같아. 잘 다녀와."

"이것들이, 아침부터! 우현아, 빨리 가자, 늦었어."

우현은 내 앞머리를 헝클고는 현관으로 나갔다. 성혜 언니도 손을 한 번 흔들고는 밖으로 나갔다. 언니는 이성욱과 내가 어떤 사이인지 묻지 않았다. 출입 금지 구역에서 딱 걸렸건만, 그 높으신 분이 "다영 씨, 조만간 밥 한 끼 하지"라고만 말한 이유를 짐작하기가 쉽지 않았을 텐데 이후로 그 얘기를 전혀 꺼내지 않고 있다. 하긴 나도 언니가 어떻게 거기를 출입할 수 있었는지 자세히 묻지는 않았다. "여기가 내 논두렁"이라는 언니의 멘트로 어렴풋이 추론할 뿐이었다.

창밖을 내다보니 백 명에 가까운 팰리스민이 조별로 줄을 서고 있었다. 보통은 아침 식사(라 해봐야 참치 반 캔)를 마치고 여유 있게 모이는데 오늘은 헐레벌떡 줄을 서는 사람들이 많다. 일주일 만의 컴백이라 아직 적응이 안 된 모양이다. 오늘의 미션 구역을 전달받은 사람들은 나란히 줄지어 마을버스로 몸을 옮겼다. 마을버스 네 대가 곧 시동을 걸고 출발했다. 최 상무와 김씨 아저씨는 건물로 돌아갔다.

아파트는 고요해졌다. 불과 몇 킬로 밖에 좀비들이 점령한 죽음의 땅이 펼쳐져 있다는 걸 믿을 수 없다. 집 안에만 있기엔 너무 아까운 평온함이라 대충 옷을 끼워 입고 정원으로 나섰다. 완전히 푸르러진 나뭇잎이 보이는 곳 벤치에 앉았다. 아무도 보이지 않고, 아무 소리도 나지 않는 넓은 곳. 갑자기 불안해서 호흡이 가빠졌다. 나는 코너를 돌아 커피숍 앞 의자에 앉았다. 이곳에서는 입주민들이 줄을 서는 모습이 보인다. 표정은 하나같이 불만투성이다. 도대체 무슨 권리로 쉬는 날도 없이 일을 시키느냐는 질문이 이어진다. 입주민들이 갖고 있던 고가의 물건들을 모두 써먹은 모양이다. 그래도 우리 업무에 비하면 차량을 옮겨 도로를 확보하는 건 너무 우아한 일 아닌가.

"이거 다 유지하려면 코스트가 얼마일지 상상이나 됩니까. 관리비라고 생각하세요."

과연 최 상무는 이성욱의 앵무새였다.

"그거야 자꾸 아파트가 부랑자들을 받아주니까 그런 거 아닙니까!"

입주민 중 나이 지긋한 중년 남성이 말했다. 그에게 우리는 부랑자로 보였나 보다.

"처음 추첨은 그렇다 치고, 왜 자꾸 받아주는 거예요? 도대체 저 사람들 데려다 뭐 하는 거예요? 눈알 뽑아서 어디 쓰는 거예요? 백신 만든다, 그걸 누가 믿어요!"

중년 여성도 힘을 보탰다. 말하는 자세로 보아 입주민 중에서도 영향력이 꽤 있는 모양이다. 입주민들은 모두 따라서 고개를 끄덕였다.

"눈알이 뭡니까. 아이볼이라고 하세요."

입주민한테서 더 이상 뽑아먹을 게 없다는 사실은, 최 상무의 달라진 말투가 충분히 입증해냈다.

"아이볼이고 나발이고, 눈알을 뺀다니 말이 돼요? 저런 사람들이 자꾸 늘면 여기 분위기는 어떻게 되는 거예요! 우리 애들한테 해코지라도 하면 어쩌려고!"

사람들의 항의는 계속됐다. 나는 부랑자를 지나 어린이들을 해코지하는 폭력배가 되어가고 있는 중이다.

"오늘 구역은 명동입니다. 잘만 풀리면 조만간 충무로까지 갈 수 있고요. 그러면 한남대교도 가까워집니다. 무슨 말인지 모르시겠습니까."

입주민들은 일순 조용해졌다. 하지만 이내 누가 또 손을 들었다.

"눈알 뽑는 사람들은 어디 갔어요? 이번에도 우리가 먼저 길을 뚫는 겁니까. 너무 위험하잖아요! 왜 위험한 걸 우리 시키는 겁니까."

"그럼 눈알 뽑으실래요?"

이번엔 진짜 조용해졌다.

"계속 이런 식으로 나오시면 내일부터 전 나오지 않겠습니다. 각 조장이 의견 개더링 해서 오가나이즈드 해주세요."

최 상무는 뒤돌아 사라져버렸다. 입주민들 머리 위로 낭패감이 내려앉았다.

한국에서 회사 생활을 10년 가까이 했다는 것은 신념이나 가치관을 수시로 바꿀 수 있다는 것을 의미한다. 상사가 바뀔 때마다, 회사 정책이 바뀔 때마다, 부서가 바뀔 때마다 나는 리셋을 반복했다. 실적이 목숨이 다 그러면 고객 뒤통수라도 쳤고, 친절이 1순위다 그러면 그 고객 밑에 기다시피 했다. 모든 직원이 패밀리다 그러면 쉬는 날 열리는 동료 아들 돌잔치에도 진심으로 신나서 참석했으며, 능력 제일주의다 그러면 그 동료의 흠을 찾기 위해 두 귀를 쫑긋 세웠다.

어쩌면 그 이전부터일지도 모른다. 나의 장래 희망은 면접을 볼 때마다 바뀌었다. 회사의 사훈에 따라 내 성격, 경력, 좌우명도 바뀌댔다. 내가 쓴 자소서들에는 스무 개가 훌쩍 넘는 내 자아가 있었다. 어떤 면에서는 모두 유다영이었고, 어떤 면에서는 그 누구도 유다영이 아니었다.

지금은 어떤 유다영을 꺼내야 할지 확신이 서지 않았다. 자아 설정 능력으로는 남부럽지 않았는데 이성욱의 '내 사람'이 되기 위해서는 어떤 설정이 필요한지 쉽게 알기 어려웠다.

나는 우아하고 지적인, 이 팍팍하고 삭막한 현실에 굴복하지 않는 현명한 여자일 필요가 있었다. 그의 주위엔 도와달라고 매달리는 사람 수가 어마어마할 것이다. 나는 그들과 차별화를 이뤄야 했다. 혼자 힘으로도 아파트에 잘 살고 있으며, 앞으로도 그럴 만한 능력이 있다고 보여야 했다.

아니다, 이건 사실이 아닐뿐더러 이성욱과 가까워지기도 어렵다. 어쩌면 이 잘못된 현실에 분노하고 그에게 직언을 퍼붓는 사람이 돼야 할지도 모른다. 그의 주위에는 비위를 맞추려 안달인 사람뿐일 것이다. 나는 유일하게 잔혹한 현실을 꼬집고 사람들의 불만 사항을 용기 있게 전함으로써 내 가치를 높일 수 있다. 뺨을 때려 '날 때린 여자는 네가 처음이야' 따위의 소리를 듣는 것까지는 기대하지 않더라도, 정신 상태가 똑바로 된 여자의 포지션을 획득할 수 있다.

아니다, 이건 너무 부담스럽다. 가끔은 바른 말 잘하는 사람이 필요하지만, 늘 함께하고 싶진 않다. 그는 밥 한 끼 사면서도 생색을 내지 못해 안달이었다. 늘 자기 위세를 과시하고 인정받고 싶어 했다. 그 욕구를 충족시켜주면 앞으로 날 계속 필요로 할지도 모른다. 당신의 엄청난 권력을 한 번만 베풀어달라고 머리 숙여 읍소하는 게 가장 빠를 것이다.

모르겠다. 그 어떤 것도 진짜 유다영은 아니다. 머리가 멍해지면서 아무 생각이 없어진다. 그저 짜증이 난다. 그때 뽁뽁이 소리 듣고 기겁만 하지 않았더라도. 내가 그 페니스 펌프를 소중하게 감싸주기만 했어도 이 모든 고민 따위 남의 일이 됐을 것이다. 나는 이 모든 사달의 원인을 그의 발기부전으로 돌리고는 엘리베이터 문을 쿵 찼다. 직후 문이 열리더니, 뜨악한 표정의 윤 이사가 나타났다.

"아, 뭘 떨어뜨려서. 발로 찬 거 아니에요."

"밖에 계셨군요. 인터폰 안 받으시던데."

"아, 네. 좀 일찍 나왔어요. 타면 되죠?"

"아니요, 여기서 말씀드릴게요. 지금 회장님께서 급한 일이 생기셔서 오늘 저녁 식사는 어렵다고 하십니다. 한 세 시간 후쯤이면 괜찮으실 것 같은데, 그때까지 기다리실래요?"

기다린다고 하면 내가 세상 최고 잉여가 될 것 같은 말투였다.

"아니에요. 담에 뵙죠."

"네, 그럼."

여자는 엘리베이터 문을 닫고 다시 올라가버렸다. 지금이라도 뒤따라가서 기다릴 수 있다고 말하고 싶지만, 내 손등 칩으로는 이 프라이빗 엘리베이터의 버튼을 누르지 못했다. 쓴웃음이 났다. 난 뭐하러 온종일 쓸데없는 고민을 한 건가. 자아 설정은 무슨. 이렇게 얼굴 한번 못 보고 바람 맞는데. 김치 후유증으로 위벽이 쓰라렸는데, 저녁에 맛있는 걸 먹겠다고 온종일 굶어서 통증이 더 심해졌다.

쓰리고 주린 배를 움켜쥐고 집에 돌아오니 우현이 맨발로 뛰쳐나왔다.

"어디 갔었어?"

"그냥······."

"걱정했잖아!"

"어디 다쳤어?"

우현의 흰 셔츠에 피가 잔뜩 묻어 있다. 우현이 날 덥석 끌어안는다.

•

명동이 망가졌다. 한남대교로 넘어가려 모여든 수만 명의 인파가 출발 직전 좀비 떼에 함락됐다고 한다. 우리 조는 명동에 진입도 못 하고 후퇴해야 했고, 입주민은 반 이상이 좀비에 당하고 말았다.

"넌 괜찮아? 다행이다."

나는 우현의 몸을 구석구석 살폈다. 뒤에 선 성혜 언니도 괜찮은 것 같았다.

"근데, 명동으론 진입도 못 했다면서 그쪽 얘기는 어떻게 알았어?"

우현이 뒤돌아 성혜 언니를 봤다. 성혜 언니는 조심스럽게 몸을 옆으로 틀었다. 그녀 옆에는 열 살가량으로 보이는 여자아이가 서 있었다.

"설마……."

"맞아."

"안 돼."

나는 즉각 반대했다.

"얘기도 안 들어보고 왜 그래. 누나 얘기 좀 들어봐."

우현이 날 끌어당겨 소파에 앉혔다. 여자아이는 겁을 먹은 듯 성혜 언니 곁을 떠나지 않았다. 머리칼은 가위로 대충 잘라냈지만 몇 달째 못 감은 듯 떡이 졌으며, 니트와 바지는 여전히 겨울옷이었다. 악취가 코를 찔렀다. 얼굴이 절로 찌푸려졌다.

"일단 좀 씻길게."

성혜 언니가 아이를 데리고 화장실로 갔다.

"다영아."

우현이 내 어깨에 손을 얹었다. 나는 바로 떼어냈다.

"명동서 탈출한 애야?"

"응."

"어쩌자고 여길 데려왔어? 오늘은 정신이 없어서 대충 섞여 들어왔을지 몰라도, 당장 내일은 어쩔 건데? 최 상무한테 뭐라고 할 거야? 이건 김씨 아저씨도 어떻게 해줄 수 없는 일이잖아."

우현이 머뭇거렸다.

"김씨 아저씨도 알아? 다들 미쳤구만."

"상황이 심각해. 저 밖의 사람들, 우리가 안 도우면……."

"밖의 사람들? 뭐, 더 데리고 오기라도 할 거야?"

우현이 고개를 끄덕였다.

"뭐?"

내가 소파에서 벌떡 일어섰다.

"네가 안 가봐서 그래. 거긴 완전 전쟁터야. 여기는 살 만하잖아. 빈집도 많고."

"시위대 논리랑 뭐가 달라?"

"그 논리가 틀렸어?"

우현의 목소리에 힘이 들어갔다. 속이 터질 노릇이다. 그냥 이대로 버티기에도 하루하루가 버거운데, 얘는 또 엉뚱한 길을 가려 하고 있다.

"시위대는 밖에도 충분히 있어. 들어오려고 난리 치는 사람이 어디 한둘이야? 그동안 못 봤어? 그걸 어떻게 다 받아주니?"

"그 정도가 아니라니까. 전쟁터야. 애들도 많다고."

"아파트가 쫓아내면 어쩔 건데? 우리까지 쫓겨날 수도 있어."

"강남으로 가야지. 거긴 아직 안전한 곳이 있대."

우현과 내가 처음으로 의견이 일치되는 순간이었다.

"그래, 우리 강남으로 가야지. 그럼 아파트가 시키는 대로……."

"한남대교를 치면 돼. 거기 사람들 거의 성공했었대."

"뭘 쳐? 결국 실패했잖아. 열 살짜리 말 하나 믿고 그러는 거야?"

"처음엔 여섯 명이었어. 어떤 가족이랑, 쟤 엄마, 아빠랑. 원래는 내가 당했어야 했는데."

우현의 목소리가 작아졌다.

"내가 쟤를 안고 있었거든. 나 대신 엄마, 아빠가 뛰어들어서 시간을 벌어줬어. 난, 쟤 책임져야 돼."

우현은 셔츠에 묻은 피를 쓸어내렸다.

"정신 차려! 네가 무슨 수로 쟤를 책임진다고 그래!"

내가 소리를 꽥 질렀다.

인터폰이 울린 건 새벽이었다. 내가 제일 덜 피곤했으므로, 가장 먼저 잠에서 깨 인터폰을 집었다. 여자아이는 성혜 언니 방에서 잠들었다. 나는 저 아이가 그렇잖아도 매우 불투명한 내 미래에 더한 암흑을 몰고 올 것을 직감했다.

"잠깐 오지."

이성욱이었다. 나는 이성욱이 아이의 '아' 자만 꺼내도 곧바로 우현과 성혜 언니의 이름을 불어버릴 요량이었다. 아니, 생각은 그런데 진짜 내가 그렇게 할 수 있을지 자신은 없었다. 그렇게 자신이 없는 나 자신도 싫었다.

이성욱은 펠리스민들 사이에 이상한 분위기가 감지되고 있다는 걸 알고 있었다. 뒤에 서 있는 엑스의 역할이 뭔지 뻔했다. 저 인간은 언제부터 스파이 노릇을 하고 있었던 거지? 백신을 빼돌린 정부를 규탄하며 홍대 체 게바라로 군림하던 그의 모습이 오버랩 된다.

어쩌면 그때나 지금이나 그는 한결같은 거다. 자신의 안위를 위해 싸우는 거다. 그때는 사회정의가 필요했다면, 지금은 고위층의 신뢰가 필요한 거지. 그는 자신의 안위를 보장받을 가장 효율적인 방법을 동원할 뿐이다. 그런데 이 와중에 부랑자들 사이로 도로 뛰어들려는 우현은 대체 어떤 프로토콜로 이해해야 할지 알 수가 없다.

이성욱은 명동 일 때문에 바빠서 저녁 약속을 지키지 못했노라고 친절하게 말했다. 엑스의 눈이 번뜩였다. 그가 노리던 자리는 바로 내가 앉은 이 자리일 테다. 이성욱은 아메리카노를 들이켜더니 입을 열었다.

"리더가 누구라고 했지?"

나는 어떤 말을 해야 할지 몰라 멈칫했다.

"나성혜입니다. 저분 룸메이트예요."

엑스가 끼어들었다.

"다영 씨랑 친하지 않나? 그때 같이 봤던 여자 같은데."

"그냥 룸메이트예요."

나는 눈을 내리깔았다.

"그 여자한테 동참하고 있는 사람은 어느 정도나 되지?"

"열 명 정도 됩니다. 저분 룸메이트인 강우현을 포함해서요."

나는 움찔했다.

"강우현, 얼마 전에 가드 총을 빼앗아 난동 부렸던 남자 아닌가?"

나는 모르는 얘기였다.

"아, 그건……."

"문제가 많은 친구구만."

"저랑 저분이 시위대에 잡혔었습니다. 그때 그분이 가드들에게 서두르라고 재촉하는 과정에서 일어났던 일입니다."

새까맣게 몰랐다. 왜 그동안 가드들이 우현에게 삐딱했는지 이제야 알겠다.

"너희 두 사람을 위해서?"

"더 엄밀히 말하면 저분을 위해서입니다. 전 별로 친하지 않습니다."

이성욱의 고개가 3도가량 옆으로 기울었다. 나는 표정 관리에 온 힘을 다했다. 가슴에 뻐근한 통증이 밀려왔다.

"저도 그냥 룸메이트입니다."

엑스가 나를 강하게 쏘아봤다. 이성욱은 흥미를 잃은 듯 무릎을 탁쳤다.

"어쨌든 내일 현장은 좀 힘들 거야. 다영 씨가 나성혜랑 좀 얘기를 많이 나눠보고 동향 좀 보고해줘. 난 이 아파트가 위험해지는 걸 절대 원치않는데, 다영 씨도 마찬가지 아닌가?"

"당, 당연하죠."

이성욱이 희미하게 웃었다. 나는 이 남자에게 더 잘 보이고 싶다. 하지만 엑스 앞에서 비굴한 모습을 보여주고 싶지는 않다.

"그럼, 다들 가보지."

그러고 보니 이성욱은 정말 회장 같은 말투를 쓰고 있다. 나와 둘이 있을 때의 생색 대마왕스러운 말투는 거의 사라졌다. 나는 자리에서 일어섰다.

"아니, 다영 씨는 남고."

이번에는 윤 이사의 눈도 번뜩였다.

"아니다, 피곤할 테니 일어나지. 내일은 빅 데이가 될 테니까. 그리고 윤 이사는 두 사람에게 엘리베이터 칩과 비밀번호를 주도록 해. 이 멤버 그대로 자주 모여야 될 것 같네."

우리에게 주어진 구역은 연남동이었다. 벌써 다섯 번은 더 간 곳이다. 근처에 얌전히 있으라는 뜻일 테지. 마을버스는 익숙한 듯 홍대입구역을 지나고 코너를 돌아 골목으로 진입하려 하고 있다. 뒤에는 평소처럼 가드들이 잔뜩 탄 버스가 따라오고 있다. 크게 다를 것 없는 일상이지만 단 하나, 다른 게 있었다. 운전석에 앉은 김씨 아저씨다. 푸근한 인상을 놀리느라 김씨 아저씨라고 부르지, 사실 그는 최 상무 바로 밑 사람이다. 저런 사람이 직접 운전석에 앉는 건 절대 있을 수 없는 일이었다. 오늘따라 운전을 하고 싶다는 말에 그 누구 하나 의아해하지 않는 것도 이상하다. 엑스는 다른 차에 탔다. 나는 성혜 언니와 우현을 유심히 관찰할 뿐이다.

역시, 버스는 코너를 도는 듯하더니 그대로 속력을 내 내달렸다. 옆에 앉은 우현은 예상이라도 한 듯, 한 손으로 앞좌석을 단단히 쥐고 다른 한 손으로 내 허리를 감쌌다. 맨 뒷자리에 앉은 나는 앞으로 고꾸라질 뻔하다가 우현의 팔을 잡고 겨우 버텼다. 뒤따라오던 마을버스가 뒤늦게 속력을 올리며 따라오는 게 보였다.

"결국, 거기로 가자는 거야?"

"상황이 어떤지는 봐야 할 것 같아서. 한 명이라도 더 구할 수 있으면 좋잖아."

우현이 앞만 보며 말했다.

"내가 반대하는 건 정말 요만큼도 신경 안 쓰는구나."

그제야 우현이 나를 돌아봤다. 섭섭했다. 내가 얘한테 서운해할 자격이 있는지는 모르겠지만, 어쨌든 뒤통수를 심하게 맞은 것처럼 화도 났다.

"네가 그 현장을 보면 날 이해할 거야. 분명 너도 그 사람들을 구하고 싶을 거야."

그렇게도 날 모르겠니? 나는 입을 앙다물었다. 뒤에서 마을버스가 경적을 울리며 위협적으로 따라붙었다. 하지만 정작 우리는 속도를 늦추고 있다. 거리로 쏟아져 나온 사람들 수가 많이 늘었다. 사람인지, 좀비인지도 쉽게 분간되지 않는다. 몇몇이 버스에 닿았다가 튕겨 나갔고, 버스 안에는 비명이 잇따랐다.

"저 사람들은 다 어디 있었던 거야?"

"근처에 수용소가 많았대. 며칠 전에 와해된 거 같고. 그래서 저 사람들이……."

"국가도 못 구한 걸 우리가 구하자는 거네."

내가 우현의 말을 잘랐다. 더 듣다가는 설득이라도 당할 것 같아 겁이 났다. 가드들은 포기하지 않고 우리의 뒤를 따라붙었다. 운전대를 잡은 김씨 아저씨가 이를 꽉 문다. 저 아저씨는 왜 저러고 있지? 정의감인가? 최 상무한테 승진에서 밀려버린 그가 선택할 것이라곤 아파트 전복밖에 없었는지도 모른다.

"여기로 좀 더 가면 한남대교로 넘어갈 수 있어. 남산 쪽을 넘어야 하는데 제1호 터널을 거의 다 접수했다고 했어. 일단 사람들은 그 근처 건물에 머무르고 있대. 좀비 떼들이 둘러싸고 있어서 이러지도 저러지도 못할 거야. 그 사람들만 꺼내주면 터널도 다시 접수할 수 있어."

하지만 도로 상황을 봐서는 그 근처까지 못 갈 게 뻔했다.

"어제는 어디 갔었어?"

"시청."

"시청 쪽은 지난 것 같은데."

"거긴 이미 아수라장이야."

아수라장은 눈앞에도 펼쳐지고 있었다. 버스를 보고 달려오던 한 여자는 우리 바로 눈앞에서 좀비에게 목덜미를 뜯겼다. 지난 몇 달간 무기력해진 좀비만 보면서 잊고 있었던 참상이었다. 여자는 금세 눈빛이 변하더니 비명을 지르고 있는 남자에게 달려들었다. 남편일까? 버스를 향해 도와달라고 외치던 여자의 얼굴이 쉽게 지워지지 않을 것 같다.

버스는 계속해서 달렸다. 좀비인 게 분명한 몇몇 사람들이 버스에 부딪혀 튕겼다. 경적을 많이 울려서인가? 뒤따라오는 마을버스에는 앞 유리창에도 서너 명이 달라붙었다. 버스는 눈에 띄게 비틀거리고 있다.

명동으로 접어들었다. 남산이 코앞에 나타났다. 하얏트호텔 식당서 소개팅이나 하러 어슬렁거리던 게 어제 같은데, 곤경에 처한 생면부지의 사람들을 돕겠다고 이곳을 찾을 날이 올 줄은 꿈에도 몰랐다.

"잠깐, 저게 다 사람이야?"

문제는 남산이 아니었다. 저 멀리 명동 세종호텔 앞 거리에 까맣게 바글대는 건 분명 사람들이었다. 수를 가늠하기 힘들었다. 록 페스티벌에서나 봤던 까만 머리의 군집. 남산 제1호 터널 입구라고 쓰인 표지판이 까만 머리통 위에 비현실적으로 떠 있었다. 마을버스는 멈춰 섰다. 우현도, 성혜 언니도, 지식인도, 이 버스에 탄 십여 명 중 그 누구도 이런 광경까지는 예상하지 못한 듯했다.

성혜 언니가 자리에서 일어섰다.

"아저씨, 차 돌려야 될 거 같은데."

성혜 언니의 말이 끝나기도 전에 뭔가가 버스 뒤쪽에 쿵 부딪혔다. 가드들이 탄 버스였다. 버스는 우리 옆 차선에 서는 듯하더니 조금 더 전진해 멈췄다. 우리 두 버스를 둘러싸고는 여덟아홉 명의 좀비가 그르렁대고 있다.

우현의 시선은 코앞에 보이는 남산 제1호 터널 표지판에 꽂혀 있다. 저 터널 근처에 수백 명이 흩어져 있었던 모양이다. 하지만 언덕과 도로를 가득 메운 좀비들의 수를 봐서는, 저들이 살아남았을 가능성은 타협할 여지도 없는 제로였다. 정말 한남대교를 넘어갈 수 있었다면 모를까. 그런데 그게 과연 가능이나 할까?

김씨 아저씨는 저 좀비 떼에 압도돼 넋을 놓고 있다. 나는 벌떡 일어나 앞자리로 나아간다.

"빨리 안 돌아가고 뭐 해요!"

자세히 보니 아저씨의 시선은 옆 버스에 고정돼 있다. 왜인지 알 것 같다. 버스는 미세하게 흔들리고 있었다. 누군가가 버스를 밀고 있는 것이다.

"빨리! 빨리 후진!"

하지만 버스 시동은 꺼져버렸다. 그제야 사람들이 자리에서 일어나 소리를 쳐댄다. 저 좀비 떼가 우리 버스를 발견한다면, 우리는 이 자리에서 가루가 될 것이다.

그때였다.

쾅쾅쾅. 누군가 뒤쪽 출입문 유리창을 두드렸다. 대여섯 명은 돼 보였다. 우현이 문을 열어주려 하고 있다. 하지만 바로 옆 유리창엔 좀비들이 매달려 있다. 덤벼드는 건 시간문제다. 절대 제때 문을 닫지 못할 것이다. 나는 뒤로 뛰어가 우현 앞을 가로막았다.

"미쳤어?"

바로 뒤에서 살려달라는 남자의 목소리가 들렸다. 앞 버스 쪽에 몰려 있던 좀비들도 잽싸게 뛰어오는 게 보였다.

"비켜봐!"

"살려주세요! 제 아이라도 제발!"

젠장. 남자 옆에서 10대 여학생도 같이 유리창을 두드리는 중이다. 남자는 긴 막대기를 휘저어 좀비들을 밀어내고 있지만 역부족이다. 어느새 달려온 사람들이 늘었다. 바로 옆 쇼핑몰에서 사람들이 수십 명 뛰쳐나오고 있다.

"제발요!"

바로 옆에 좀비가 있는데도 여기까지 뛰어와서 버스를 두드리는 심경이 얼마나 절박할까.

"제발요!"

버스를 두드리는 소리에 절로 울음이 터졌다. 하지만 문을 열 순 없다. 다 같이 당하는 거다. 밖에서는 벌써 사람들 비명이 찢어질 듯했다.

"비키라고! 구할 수 있잖아!"

"너나 비켜!"

나는 출입문에 등을 대고 섰다. 나머지 사람들은 내 편도, 우현의 편도 들지 않았다.

"거봐! 다른 사람들도 문을 여는 건 반대……."

우현이 갑자기 내 머리를 세게 눌렀다. 이어 둔탁한 소리가 몇 번 나더니 버스 창이 깨졌다. 날 감싸 안은 우현의 등 위로 유리 조각들이 떨어졌다. 얼른 우현을 앉히고 뒷좌석으로 돌아가려는데 뭔가가 내 머리카락을 쥐었다. 나는 그대로 딸려갔다.

"문 열어! 열라고!"

바깥 사람들은 나를 잡고 안으로 들어오려 하지만 창은 좁았다. 오히려 내가 밖으로 당겨지고 있다. 소리를 질러야 되는데 너무 놀라서 아무 소리도 나오지 않았다. 내 얼굴은 벌써 반쯤 창밖으로 꺼내졌다. 누군가 내 머리카락을 단단히 틀어쥐었다. 버스에 시동을 거는 소리가 들리는가 싶더니, 눈 위로 뜨거운 액체가 쏟아졌다. 피다. 나는 그제야 비명을 질렀다.

"괜찮아! 괜찮아!"

나를 확 당겨서 끌어안은 건 우현이었다. 그의 손에서 칼이 떨어졌다. 성혜 언니가 티셔츠를 벗어 내 얼굴을 닦았다. 버스 사람들이 창에 달라붙어 골프채와 야구 배트 등으로 밖의 사람들을 찔러대고 있다. 불쌍한 사람들을 돕자고 왔던 인간들이, 그들을 오히려 막대기로 찌르고 자빠졌다. 버스가 조금씩 움직이기 시작했다.

"좀비 피 아니었지?"

"응. 아저씨 손 찌른 거야. 네 머리칼도 조금 잘렸어. 미안."

우현의 얼굴은 창백했다. 나는 그의 품에서 정신이 가마득해졌다. 하지만 이내 눈이 번쩍 떠졌다. 앞에 있던 버스가 우리 버스 쪽으로 넘어오고 있었다.

"아저씨! 후진!"

내가 소리쳤다.

"뭔가 바퀴에 끼었어!"

좀비들이 저쪽 버스를 미친 듯이 밀고 있다. 가드들이 제정신을 잃은 게 틀림없다. 경적까지 울려댄다. 이대로라면, 우리도 저 버스와 함께 옆으로 자빠질 것이다.

"미치겠네!"

바퀴는 자꾸만 공회전했다.

"제발요!"

지식인이 앞쪽 유리로 뛰어가 붙었다.

"저기 봐봐!"

저 멀리 군집을 이루던 좀비 떼가 점점 가까워지고 있었다. 우리를 발견했다. 어디서 탄 냄새가 확 올라오더니, 버스가 후진에 성공했다. 차를 돌릴 새도 없이 우리는 무작정 뒤로 달렸다. 간발의 차로 가드들의 버스가 옆으로 넘어졌다.

"무조건 밟아요! 무조건!"

문을 덜컥 열었다가 간 떨어질 뻔했다. 여자애가 현관에 웅크리고 앉아 있었다. 무의식적으로 소리는 질렀지만, 애가 너무 주눅 들어 있어 더화를 내기도 미안했다. 나는 저녁 급식으로 받은 참치 통조림을 툭 던져주고는 화장실로 갔다. 내가 아직 사람들을 물어뜯으려 발광하지 않는걸 보면, 내 얼굴에 뒤집어쓴 게 좀비 피는 아니었나 보다. 좀비 피였으면, 저 덜떨어진 우현이 목덜미부터 쥐어뜯는 건데.

기가 막히는 노릇이다. 세상도 그대로고 나도 그대로인데, 그 매력적이던 남자는 아무것도 모르는 바보 천치가 된다. 원래 이런 놈인데 내가몰랐던 건가, 내가 잘해주니 바보가 된 건가. 그래도 반성은 좀 하고 있는지 아파트까지 오는 내내 내 눈치만 살피는데, 내가 고작 저 남자를 가져보고 싶어서 속앓이씩이나 했다는 사실이 믿기지 않았다.

씻고 나왔더니 우현이 마치 비 맞은 강아지처럼 문 앞에 앉아 있었다. 칼을 쥐었던 손에서는 피가 꽤 배어났다. 나는 눈길을 주지 않고 지나쳐 내 방으로 들어왔다. 침대에 앉아 머리를 말리고 있는데 문고리를 잡았다 놓는 소리가 났다.

"들어오지 마!"

나는 소리쳤다. 이내 문이 열렸다. 우현이 세상 제일 어색하게 서 있다.

"미안해."

"뭐가 미안한데?"

"전부."

"전부 뭐!"

그는 잽싸게 무릎을 꿇고 앉아 두 팔을 번쩍 들었다. 웃으면 안 된다. 나는 방금 쟤 때문에 죽을 뻔했다. 웃으면 안 된다.

"역시 유다영의 말은 무조건 옳았습니다!"

나는 결국 웃고 만다. 우현도 활짝 웃었다. 그가 무릎을 펴고 일어섰다.

"누가 손 내리래?"

우현은 다시 무릎을 꿇고 두 팔을 더 높이 올렸다.

"용서해주세요. 진짜 미안합니다. 진심으로."

"말 좀 잘 들어, 정말."

우현이 배시시 웃었다.

"뽀뽀해주면. 그럼 정말 잘 들을게요."

뒤에서는 씻으러 들어가던 성혜 언니가 뜨악한 표정을 하고 있다.

"알았으니 문 닫아."

우현은 벌떡 일어나 문을 닫고는 침대로 뛰어들었다.

구르릉 소리를 내며 엘리베이터가 섰다. 회장 전용 엘리베이터는 소리도 다르다고 생각할 뻔했다. 문이 열린다. 괜히 발을 한번 굴려서 먼지를 털어낸 후 엘리베이터에 오른다. 80층. 안 눌러진다. 다시 손등의 칩을 대고 누르니 불이 들어온다. 자판이 하나 툭 튀어나오더니 비밀번호를 입력하라고 한다. 나는 비밀번호 일곱 자리를 입력한다. 엘리베이터는 다시 구르릉 소리를 내며 올라간다. 한 평 남짓한 이 엘리베이터 안에서 나는 미간을 찌푸렸다, 삐쭉 웃었다, 손톱을 깨물었다, 머리를 헝클었다, 다시 빗는다.

이성욱은 헬기가 막 다시 뜨는 소리를 듣고 있었다. 굳이 묻지 않아도, 남산 근처에 쓰러진 버스를 찾기 위한 것임을 알 수 있었다. 버스 그 자체보다는 그 안에 있던 전기봉과 총기류 등이 아쉬워서일 것이다. 현관에서 쭈뼛대고 있는데, 이성욱이 성큼성큼 다가온다. 그리고 와락 끌어안는다, 나를. 나는 뭔가 말을 하기도 전에 고스란히 그의 품 안에 쏙 들어간다.

"걱정했다."

나는 아무 말도 못 한다. 대신 서래마을 아파트와 거의 똑같이 꾸며진

방 안을 둘러본다. TV에는 드라마가 나오고 있다. 최유라가 총 두 개를 양손에 쥐고 현란한 액션을 선보이고 있다. 어디서 본 거 같긴 한데. 내 시선을 느낀 이성욱은 TV를 끄고 소파에 앉았다.

"내일부턴 다 안 해도 돼. 다영 씨는 다 빼줄게. 정리되는 대로 집도 따로 마련해줄 테니, 이상한 사람들이랑 안 어울려도 돼. 내가 진작 힘써줘야 됐는데. 일도 아닌데 말이지."

감사하다고 말할 타이밍이다. 하지만 입이 떨어지지 않았다. 이성욱은 나의 답변을 기다리는 듯했다.

"가드들은 다 살았어요?"

"몇 바퀴 돌아봤는데 버스를 찾기도 힘들어. 왜 그런 거야, 김씨가 하는 말에 그렇게 쉽게 넘어가나?"

김씨 아저씨는 상수역까지 운전한 후 버스에서 내렸다. 아파트로 돌아와봐야 잘리는 건 시간문제였기 때문이다. 그는 이제 맘껏 소신대로 살겠다며 함박웃음까지 짓고는 사라졌다. 두어 명이 따라 내렸다. 덕분에 오늘의 쇼는 모두 그들만의 작품으로 결론 날 수 있었다.

"미안하네. 내가 좀 더 일찍 신경 써줬어야 했는데."

이성욱의 얼굴이 아주 조금 다가오는 것 같다.

"아니에요. 전 괜찮습니다."

나는 반사적으로 몸을 뺐다. 이성욱의 표정이 살짝 굳더니 조금 더 다가온다. 이건, 뭔가 더 빠져나가기 힘든 상황이다.

"내가 딴 건 몰라도, 내 사람은 절대 고생 안 시켜. 그런 보람도 없이 내가 그 많은 돈 왜 벌었겠어."

이성욱의 오른손이 떡하니 내 왼쪽 가슴에 올라왔다. 눈을 감아야 할 타이밍이다. 어떡하지, 어떡하지, 이건 아니야. 아니야, 아니긴 뭐가 아니야. 넌 땡 잡은 거야. 나는 이성욱의 셔츠를 벗겼다. 내 후드 원피스는 이미 소파 밑으로 떨어졌다. 그래도 이건 아니야. 어떡하지. 이성욱이 바지를 벗었다. 머리가 터질 것 같다. 뽁뽁, 한동안 잊고 있었던 그 소리. 눈을 감으면 우현이 떠오를 것 같다. 나는 이성욱의 머리를 감싸 쥔다. 이래도 되는 걸까. 하지만 이 상황에서 나와 다른 선택을 할 사람이 있을까. 머릿속이 복잡해서 한동안 내 몸에서 일어나는 일을 의식하지 못한다. 번쩍 정신이 들었을 땐, 한 가지 생각뿐이었다. 사후 피임약이 필요했다. 지금, 당장.

●

우현이 아이를 갖자고 했을 때 내 생각은 '뭐야' 정도였다. 그런데 이 남자의 아이를 갖게 될지도 모른다고 생각하니 잠이 오지 않았다. 이 남자의 '사람'이 되고 싶고, 강남에 따라가고 싶지만 아이씩이나 함께 갖고 싶은 것인지는 아직 확신이 서지 않았다. 이런 내가 나도 미치고 팔짝 뛸 만큼 싫다.

아무리 계산하고 또 해봐도 나는 지금 분명 배란기다. 사후 피임약은 24시간 안에 먹어야 효과가 좋다. 그런데 나는 벌써 일곱 시간을 허비하고 있다. 일방적으로 볼일을 끝낸 이성욱은 선심 쓰듯 자기 팔 위에 내 머리를 올려놓더니 그대로 곯아떨어졌다.

더 솔직히 말하자면, 나는 막대한 후회에 시달렸다. 이성욱이 날 야밤에 불러냈을 때 이 같은 상황을 예상했어야 했다. 그래서 적당히 둘러대고 피했어야 했다. 이건 우현에게 할 짓이 못 된다.

쿠션을 베고 싶었지만 그러면 그의 호의를 거절하는 것 같아 그냥 목에 힘을 잔뜩 준 채 미동도 없이 누워 있기로 한다. 창밖이 환해지고 있다. 그래도 아직 새벽 이른 시간이다. 이 남자는 단 한 번도 깨지 않고 코를 골며 잘 자고 있다. 사타구니를 벅벅 긁고 입을 쩝쩝 다시는 거로 보아, 옆에 내가 누워 있다는 것도 잊은 건 아닌가 싶다. 현재 강북에서 가장 막강한 권력자가 내 옆에서 무방비 상태로 누워 있다. 나는 다시 복잡한 마음이 될 뻔했지만, 이내 침대에서 빠져나왔다. 이 정도 시간이면, 남자를 버려두고 도망쳤다는 느낌을 주지는 않을 것이다.

"잘 자더라."

잠에서 깬 이성욱이 꽉 잠긴 목소리로 말했다.

"아, 네. 깨셨어요?"

"더 자지, 왜. 씻으려고?"

"아, 네."

나는 엉거주춤 화장실로 향했다.

화장실에서 발견한 건 무려 보디 클렌저. 삐쩍 말라비틀어진 초록색 비누가 아니라, 거품이 퐁퐁 나는 보디 클렌저로 샤워를 하는 건 지난

밤의 우울함을 대체로 잊게 해줬다. 이 보디 클렌저 펌프를 누르면서 출근 준비를 하는 게 얼마나 행복한 일인지 왜 미처 몰랐을까. 온갖 욕설을 뱉어가며 채 떠지지 않던 눈꺼풀과 전쟁을 치르던 그때가 사무치게 그리웠다.

화장실에서 나서자마자 나는 현실로 다시 빨려 들어갔다. 이성욱은 실오라기 하나 걸치지 않고 침대에 걸터앉아 서류를 보고 있다. 나 스스로를 아무리 속이려 해봐도, 저 몸을, 저 사람을 사랑한다고 말할 수 없다. 나는 아침밥을 사양하고 로비로 내려왔다.

엑스가 버스에 오르다 말고, 나를 본다. 버스와 거리를 두고 멀뚱히 서서, 아픈 척도 어떤 사정이 있는 척도 하지 않고 있는 나를 유심히 봤다. 나는 엑스의 시선을 피하지 않았다. 엑스의 뒤를 이어 성혜 언니와 우현이 버스에 올랐다. 우현에게는 잠이 오지 않아서 새벽부터 산책을 좀 했다고 말했다. 그리고 오늘도 많이 아프다고 했다. 믿는 눈치다. 괜찮다고 하는데도 내 할당량까지 해오겠다고 다짐까지 했다. 너무 미안해서 괜히 성질을 냈다.

그런데 왜 저들이 한 조가 됐지? 내가 빠져서 변화가 있나? 모두 버스에 오르더니 이내 지식인이 버스에서 내렸다. 내리기 싫어하는데 엑스가 밖으로 내몰고 있는 듯했다. 지식인은 엑스에게 짜증을 부리더니 옆 마을버스에 올라탔다. 사람들은 유독 우왕좌왕 이 버스, 저 버스를 오가고 있었다. 이상하다 싶은데, 최 상무가 나타났다.

"내가 안내하지. 레이디를 혼자 보낼 수는 없으니까."

그는 이성욱이 없을 땐 이성욱과 같은 말투를 썼다. 갑자기 내게 친절해진 걸 보면, 역시 눈치는 백 단이다. 나는 내가 희대의 잡년이 되어가고 있다는 사실보다, 이 인간과 같은 카테고리에 들어가고 있다는 사실이 더 끔찍했다.

우리는 106동 지하 4층으로 내려갔다. 지난번에 갔던 사무실 바로 옆 창고가 약을 보관하는 장소였다. 최 상무는 무슨 약을 찾느냐고 끈질기게 캐묻다가 내 표정이 어두워지자 몇 걸음 물러서서 기다렸다. 근처 약국을 다 쓸어 온 듯, 쌓여 있는 약의 양은 방대했다. 감기약, 두통약, 소독약 등은 한자리에 모여 있지만, 나머지 약은 상표 알파벳순으로 쌓여 있다. 여기서 피임약을 어떻게 찾지? 최 상무한테 묻기도 애매하다. 내 평생 사후 피임약을 먹어본 적이 없다고는 말 못 하지만, 상표명을 금방 델 만큼 친숙하다고 하기도 어렵다. 로라보, 보라노, 노보라? 비슷비슷한 단어가 머릿속을 어지럽혔다.

"아직 못 찾았나?"

최 상무가 또 얼굴을 들이밀었다. 나는 상자들 사이에 코를 박고 알파벳을 읽고 있다.

"잠깐만요."

"거 뭔데……."

마침 최 상무의 무전기에서 지직 소리가 났다. 최 상무는 굉장히 중요한 일이라는 듯 급하게 창고 문을 열고 나갔다.

노? 로? 보? 아무리 찾아도 피임약은 없다. 약을 골라서 쓸어 오진 않았을 텐데, 혹시 그새 입주민들이 다 먹어버렸나? 하는 일도 없이 집 안에 처박혀 있으니 피임약을 쓸 일이 더 많아졌는지도 모른다. 여기 있는 약이 전부인지 혹시 여성용 약은 따로 보관 중인지 물어봐야 했다. 사무실 문을 여는데, 모퉁이에서 쩌렁쩌렁 말하고 있는 최 상무가 보였다.

"걱정 마. 그 까만 티 입은 애가 잘 버리고 올 거야. 뭐 하러 그렇게까지 해. 가드가 뭐 필요해. 못 빠져나오면 그것도 지 복이지. 지금껏 끈덕지게 잘만 살아남은 놈이니까 걱정 마. 괜히 찾으러 가고 그러지 말라고. 일단 그 나머지 놈들을 갖다 버리는 게 첫 번째 목적이니까. 까만 티 살리는 건 그다음이고."

최 상무와 내가 눈이 마주쳤다. 최 상무는 당혹스러운 표정을 감추지 못했다. 나는 계단을 뛰어 올라왔다. 최 상무는 뒤에서 소리를 좀 치는가 싶더니 이내 포기했다. 나는 총알같이 지상으로 뛰쳐나와 버스를 찾았다. 저 멀리 버스가 출발하려 하고 있다. 소리를 치며 따라붙는다.

"잠깐만!"

버스는 속력을 줄이지 않는다. 나는 시위대가 던져놓은 돌멩이를 집어 들었다. 던진다. 실패. 하나 더 집어 든다. 던진다. 버스 뒤창이 와장창 깨지며 멈춰 섰다. 나는 뛰어서 버스에 올랐다. 역시, 운전석에는 까만 옷을 입은 엑스가 앉아 있다.

"너야?"

"뭐가요?"

"너 맞지? 진짜 이 사람들 버릴 거야?"

"내릴 거면 지금 내려요. 지금 안 내리면 같이 가는 거다."

내가 머뭇거리자 엑스는 다시 속력을 내기 시작했다. 나 혼자 내려달라고 하기도 우습게 됐다. 엑스를 말리고는 싶었지만, 이들과 함께 버려질 생각은 추호도 없다. 아니나 다를까, 버스 안에는 지난번에 남산 앞을 돌진했던 사람들이 그대로 탔다. 지식인만 없어졌다. 그 와중에 맘에 둔 여자는 살리고 싶었나 보다. 우현과 성혜 언니는 영문도 모른 채 나란히 앉아 있다.

"무슨 말이야?"

성혜 언니가 물었다.

"다들 내려야 돼요! 뒤에 왜 가드가 안 따라오는지 모르겠어요?"

나는 손잡이를 잡고 버스 한가운데 섰다.

"수가 모자라서 그런 거 아니야?"

우현이 물었다. 나는 더 자세히 얘기하고 싶었지만 그랬다가는 나와 이성욱의 관계가 들통 날지도 몰라 입을 닫았다. 우현에게만큼은 아무것도 들키고 싶지 않다.

"유다영, 알고 있는 게 뭐야? 다 말해. 그래야 우리도 널 믿지 않겠어?"

성혜 언니의 눈에 의심이 가득하다.

"날 못 믿어요?"

"너, 특혜받고 있잖아."

버스는 더 속력을 내 달리기 시작했다. 마음이 급해진다.

"106동에 맘껏 드나든 사람이 할 소린 아니지 않아요?"

"같이 하기 싫으면 내려. 우린 뭐라도 좀 해야겠으니까."

짜증이 치밀었다.

"그러면 정호가 살아 돌아와요? 그동안 우리가 저지른 일들, 죄책감이 덜어져요? 언니 진짜 왜 그래요? 전략이 뭔데? 계획은 있어요? 그 사람들 다 데리고 어떡할 건데? 가드들 다 죽이고 아파트로 들이게요? 데려간다 쳐요, 아파트는 어떻게 설득할 건데? 우릴 버리고 그냥 가버리면 어쩔 건데? 우리가 뭘 알아요? 아파트에 전기는 어떻게 들어오는지, 왜 아직도 뜨거운 물이 나오는 건지 알아요? 먹을 거는? 햇반은 어디서 구해요? 총도 없는데 좀비는 무슨 수로 막아요?"

"일단 안 되면……."

"안 되면 강남을 치자고? 강남으로 넘어가면 어쩔 건데요? 한남대교를 어떻게 지나가요. 어제 못 봤어요? 폭탄이라도 터뜨려? 다른 데로 유인이라도 해? 한다 쳐, 누가 할 건데? 폭탄 터뜨리고 유인하는 건 누가 할 건데!"

"지금 하나부터 열까지 완벽하게 계획 세우고 움직일 때가 아니야. 한 사람이라도 더 구하자, 그러면 됐어. 뒷일은 나도 몰라! 어차피 아무도 모르잖아! 그냥, 가만있으면 미칠 거 같으니까 하는 거야. 저 사람들 그냥 저렇게 둘 거야? 적어도 우리랑 똑같은 기회는 가져야 되잖아. 그게 인간다운 일이고 사회정의 아니야?"

나는 코웃음을 쳤다.

"월 천만 원 벌던 논술 강사가 할 소리는 아니지 않나."

성혜 언니 눈에 핏줄이 섰다.

"넌 안 지겹냐?"

"뭐가요?"

"쿨한 척 불의에 눈 감는 거, 안 지겨워?"

"그래서요? 좌파 놀이라도 하겠다는 거예요? 왜 그래, 갑자기?"

"네 남친 말이야, 벌써 명동 다 쓸어버릴 계획 짜고 있어. 아직 살아 있는 사람이 태산인데. 일단 쓸어버리고 눈알이나 뽑겠다 이거지. 그 눈알, 결국 우리보고 뽑으라고 하겠지. 내 한평생, 나 혼자 잘 먹고 잘살 궁리했어도, 더는 못 참겠다."

"남친이라니요."

"아니야?"

우현과 내가 눈이 마주쳤다.

"남친은 난데?"

나는 우현의 시선을 못 본 척하고 승객들을 둘러봤다.

"쟤, 여러분 버릴 거라고요. 쟤, 여러분 버리러 가는 거라고요!"

"상관없어."

성혜 언니는 주머니에서 뭘 꺼내더니 나에게 툭 던졌다. 신문이었다. 얇은 호외인 듯했는데, 날짜는 불과 일주일 전이었다.

강북 지역 등 특별 재난 관리 구역에 생화학 무기 사용을 합법화하는 법안이 서초동에 마련된 임시 국회의사당에서 통과됐다는 소식이었다.

찬성표를 던진 국회의원 명단에는, 마포구 3선 의원도 포함돼 있었다. 밑에는 예능 프로그램을 다시 정상 방송하자는 시위가 강남 곳곳에서 벌어지고 있다는 뉴스가 자리했다.

"우린 어차피 버림받았어. 처음에는 인권 단체들이 들고일어났겠지. 근데 지금 몇 달이 지났어. 여기에 방사능을 쏜다 해도 아무 관심 없을 걸. 아파트 말만 듣고 앉아 있다가는 어차피 죽는다고. 눈알이나 파서 바치다가 죽고 싶어?"

"아파트는 우리 편일 수도 있어요! 우리가 협조만 잘하면, 방법이 있을 거라고요."

"뭐 들은 게 있나 본데. 너, 그 남자랑 무슨 사이야? 진짜 남친이라도 돼?"

"누나 대체 뭔 소릴 하는 거야?"

우현이 끼어들었다. 나는 호외를 구겨 쥐고 앞좌석에 앉았다.

"무슨 소리냐고! 유다영, 뭐야?"

"너도 언니랑 같은 의견인 거지?"

나는 화제를 돌렸다. 우현은 아무 말 하지 않았다. 화가 치밀었다. 찔리고 미안하고 당혹스러운데, 화가 나는 게 가장 먼저다. 나는 포기했다. 우리가 갈 길은 너무나 다르다. 호외를 펼쳤다. 뒷장에는 강북 지역에서 끝까지 양심을 실천하는 건설회사 회장 기사가 실려 있었다. 이성욱이 합동 분향소 앞에서 묵념을 하고 있는 모습이 담긴 사진도 실렸다. 아직 희망이 있다며 강북의 바이러스탄 살포에 반대한다는 내용의 인터뷰도 실렸다. 눈알 때문이겠지. 그나저나 합동 분향소라니, 대체 이건 어디 있는 거지?

엑스가 차를 세웠다. 멀리 남산타워가 보였다.

"쟤, 차 키부터 뺏어. 쟤가 너네들 다 죽일 거라고."

내 말에 성혜 언니가 엑스 옆에 섰다. 엑스는 항복한다는 듯 양팔을 들더니 키를 뽑아 나에게 던졌다.

"저 여자 말을 믿는 건 아니죠? 난 결백해요."

엑스는 썩소를 날리더니 문을 열고 버스 밖으로 사라졌다. 황량한 명동 거리다. 엑스를 따라갈지, 버스에 남아야 할지 결정해야 했다. 일단 엑스를 따라 눈길을 주는데 골목 모퉁이 건물 1층에 약국이 보였다. 지금 이 답답한 심정이라면, 차라리 이성욱의 아이라도 가져서 이 사람들 꼴을 안 보는 게 나을 것 같다. 나는 뒷좌석으로 가서 전날 세워뒀던 골프채와 손전등을 손에 쥔 다음 버스 밖으로 나왔다. 엑스를 따라나설 것인지, 약국에 갈 것인지는 아직 정하지 못했다. 우현이 따라 내렸다.

"유다영! 나랑 얘기 좀 해."

"나중에."

"너 어젯밤에 누구랑 있었어?"

나는 걸음을 멈췄다.

"진짜 아니래도!"

긴 머리를 휘날리는 여자 좀비 하나가 내 왼편을 노리고 달려들었다. 나는 가뿐히 몸을 피하고 여자를 획 밀었다. 여자는 우현 쪽으로 몸을 틀었다. 우현이 여자의 공격을 받았다.

"미안!"

"야! 유다영!"

나는 휘청이는 우현을 두고 뛰었다. 약국은 텅 비어 있었다. 반창고 하나 남아 있지 않았다. 돌아서려니 입구에 좀비 세 놈이 버티고 있다. 제법 쌩쌩했다. 차례로 머리를 갈겨버린 후 습관적으로 눈알을 뽑으려다 멈췄다. 나는 이제 미션에서 해방이다. 건물 밖으로 나오니 좀비 수가 늘었다. 우현은 보이지 않았다. 닥치는 대로 골프채를 휘두르며 버스로 향했다. 그런데 맞은편 고층빌딩에서 약국 간판이 또 보였다. 지하 1층에 있는 듯했다. 잽싸게 뛰어 1층 정문을 열었다. 참기 힘든 악취가 진동했다. 천천히 발을 떼서 비상구를 찾았다. 하지만 그럴 필요는 없었다. 지하로 내려가는 에스컬레이터가 설치돼 있다. 꽤 큰 건물이다. 1층엔 각종 식당들이 즐비해 있다. 에스컬레이터를 따라 지하로 내려가니 커피숍과 미용실 그리고 약국이 보였다. 나는 손전등을 켜고 좀비를 다섯쯤 해치웠다. 오랫동안 쓰러져 있었던 듯 아무 힘도 없었다. 조심스럽게 문을 열고 약국으로 들어섰다. 누군가 헤집은 것 같기는 하지만 약들이 군데군데 남아 있다.

"아, 제발!"

당최 효능을 알 수 없는 약 상자들뿐이었다. 보통 피임약은 계산대 근처에서 찾아 건네주던 게 기억났다. 카드 단말기 뒤쪽 선반을 뒤지다 눈에 띄는 상자를 발견했다. 머시론이었다. 나는 닥치는 대로 원피스 주머

니에 넣은 뒤 계속해서 상자를 뒤졌다. 찾았다! 노려보였다. 아직 24시간
이 안 지났으니까 효과가 있을 거다. 나는 침을 잔뜩 모아 약을 꿀꺽 삼
키려다 다시 뱉었다. 손바닥에 축축해진 알약이 떨어졌다. 나는 약을 한
참 노려보다가 다시 입에 넣고 삼켰다.

건물 밖에는 좀비가 쫙 깔렸다. 골프채를 몇 번 휘둘렀더니 오른팔이
욱신거렸다. 며칠 쉬었다고 근육이 굳은 모양이다. 팔을 잠깐 주무르는
사이 왼쪽으로 아줌마 좀비가 하나 달려들었다. 귓가에서 딱딱딱 이 부
딪치는 소리가 들렸다. 소름이 쫙 끼치는데 아줌마가 경련을 일으키며
쓰러졌다. 엑스가 전기봉을 거둬들이며 폼을 잡고 서 있었다.
"땡큐."
엑스는 전기봉을 몇 번 더 휘둘러 공간을 확보했다. 속으로는 나도 전
기봉만 있으면 남산이라도 뛰어들 수 있다고 생각했지만, 일단 엑스한테
바짝 달라붙어 살 길을 도모했다.
"전기봉, 그쪽한테는 왜 안 줬지? 나보다 빽이 좋은 거 아니었나?"
엑스가 커피숍 유니폼을 입은 여자 입에 전기봉을 꽂았다 뽑으며 말했
다. 나는 얼른 엑스 뒤로 몸을 숨겼다.
"헛소리 말고, 저기 버스까지만 좀 가자."
"나도 거기 가려고 했거든."
버스는 텅 비어 있었다. 기어이 사람들을 구하겠다, 이건가. 나는 혀를
차며 엑스 뒤에 바짝 붙어 뛰었다. 좀비들은 전기봉의 위력을 보더니 주

춤주춤 뒤로 물러났다.

엑스는 마을버스 출입문을 발로 탁 차더니 나를 들어 올리고는 자기도 몸을 날렸다. 바로 닫힌 출입문에 파란 니트를 입은 남자 좀비가 머리를 찧었다. 생전엔 참 잘생겼을 것 같은데.

"어디 갔다 온 거야?"

"그냥 둘러봤어."

그가 카키색 반바지 주머니에서 립밤, 껌, 집게 핀 등을 꺼냈다. 그러고는 껌 상자에서 껌을 하나 꺼내 내 입 앞에 내밀었다. 나는 입을 벌려 껌을 받았다. 엑스가 씩 웃었다.

"넌 아파트 사람들을 믿어?"

"동아줄이 하나일 때에는 이리저리 재는 게 아니야. 일단 잡고 봐야지."

"제대로 잡긴 했고?"

엑스는 전기봉을 〈스타워즈〉의 한 장면처럼 휘휘 돌리더니 나를 쳐다봤다.

"처음엔 반신반의했는데, 그쪽이랑 친해지면 나까지 어떻게 좀 안 되겠어?"

"뭐 오해하고 있나 본데 난 이성욱이랑 아무……."

"이성욱? 하, 친하네."

"안 친해."

"겸손할 거 없어요. 부러워서 그러는데."

"버스 키는 왜 날 준 거야? 너 버리고 가면 어쩌려고."

"그쪽, 아니 누나라고 할게. 누나가 저들한테 갈 거라고 생각하진 않았지. 내가 누나를 모르나? 그래도 뭐, 사람 일은 모르는 거니까."

엑스는 다른 주머니에서 차 키를 꺼냈다. 난 내 주머니에서 키를 꺼냈다. 그리고 보니 이건 일반 차 키다. 절로 웃음이 났다.

"잠깐만!"

나는 버스 유리창에 얼굴을 갖다 댔다. 쇼핑몰 입구로 우현과 성혜 언니 등이 모습을 드러냈다. 살금살금 건물을 삥 둘러 나오는데, 아직 진입할 방법을 못 찾은 듯했다. 무슨 틈 같은 걸 찾는지 고개를 푹 숙이고 한참을 얘기했다. 그 뒤로 파란 니트 좀비가 어기적거리며 걸어갔다.

"구해야 돼."

"저길 간다고?"

나는 마을버스 창을 두들겼지만, 괜한 좀비들만 더 달라붙었다. 특히 노란 조끼를 입은 좀비가 꽤 저돌적이었다. 나는 엑스의 전기봉을 빼앗아 문을 탁 열었다. 엑스가 악담을 퍼붓는 게 들렸다. 나는 짐짓 못 들은 척하고 노란 조끼의 이마에 전기봉을 눌러주고는 마구잡이로 휘두르며 우현에게 다가갔다. 파란 조끼가 우현의 상체에 올라타기 직전, 내 전기봉에 경련을 일으키며 쓰러졌다. 마침 쇼핑몰 문이 열렸다. 내가 전기봉으로 좀비들을 제압하는 동안 사람들이 일제히 건물 안으로 진입했다. 나는 다시 버스로 돌아갈 것인지, 건물에 함께 갈 것인지 잠시 고민했다. 엑스는 버스 시동을 걸었다.

"문 닫아!"

성혜 언니가 소리치는 바람에 문을 닫고 말았다. 아마도, 난 이 순간을 평생 후회할 것이다. 버스가 떠났다. 좀비들이 닫힌 문에 더럽게 엉겨 붙어 버스가 잘 보이지도 않았다.

1층은 한산했다. 사람들이 구하러 왔는데 마중 정도는 나오는 게 예의 아닌가. 건물은 전기도 들어오고, 청소도 예상보다는 깔끔하게 된 상태였다. 꽤 많은 사람이 살았던 것 같다.

"넌 왜 왔어?"

우현이 엘리베이터 버튼을 누르며 말했다.

"몰라, 나도!"

깔끔한 1층은 사기였다. 극장이 있는 7층은 불구덩이 속 같았다. 상상을 초월하는 악취가 진동하는 가운데, 한 달 넘게 물도 못 묻혀본 듯한 사람들이 서너 명씩 옹기종기 앉아 있었다. 성혜 언니는 이들에게 비교적 안전한 곳이 있다며 함께 가자고 설득했다. 그렇다, 놀랍게도 설득을 해야 했다. 사람들은 우리를 경계했다. 언니는 씻을 수 있고 먹을 수 있는 곳이 있다며 재차 설명했다. 옆 사람 눈알을 빼야 할지도 모른다는 설명은 생략 중이다.

사람들은 주춤주춤 자리에서 일어섰다. 이제 보니, 우리를 경계했다기보다는 반길 힘도 없었다는 게 더 정확한 표현인 듯했다. 우현은 사람들을 재빨리 줄을 세워 엘리베이터 앞에 집합시켰다. 50명쯤 되나? 엘리베이터를 네 번째 내려 보내려는데 여자아이가 히스테리컬하게 울었다. 우현은 아이의 어깨를 토닥였다. 엘리베이터를 타야 되는데 우현을 잡고 놓지 않았다.

"먼저 가."

내가 말했다. 우현은 내게 눈짓을 한번 보내더니 엘리베이터를 먼저 탔다. 열 명가량이 남았다. 청소년 몇, 그나마 힘이 좀 남아 있는 성인 몇이다. 나는 딱히 할 말을 찾지 못하고 한쪽 다리만 덜덜 떨었다. 옆 엘리베이터가 먼저 7층에 도착했다.

"이거 타자."

엘리베이터 문이 서서히 열렸다. 문 사이로 피가 흥건한 사람 손이 불쑥 튀어나왔다. 아이들은 비명을 지르며 구석으로 뛰었다. 좀비들은 다 튀어나와 내게 달려들었다. 나는 전기봉을 열심히 휘둘렀지만, 여덟아홉 명의 좀비를 혼자 감당하기는 버거웠다.

"얘들아! 빨리 타!"

좀비가 내게 달려드는 사이 아이들이 발 빠르게 엘리베이터로 뛰었다. 나는 내 다리를 공략하는 좀비에게 전기봉을 한 번 쏴주고는 엘리베이터에 올라탔다. 좀비는, 방금 두 번째로 엘리베이터를 탔던 생존자였다. 1층이 당했나 보다. 이대로 내려가도 되나? 닫힘 버튼을 누르는데 삑 소리가 났다. 정원 초과. 다시 버튼을 눌렀지만 엘리베이터는 고집스럽게 정원 초과 불을 깜빡였다.

가장 덩치가 큰 아저씨 좀비가 내 전기봉 끄트머리를 잡으려 손을 뻗고 있었다. 문은 자꾸만 열렸다. 누군가는 내려야 했다. 재빨리 엘리베이터 안을 둘러봤다. 청소년 통과. 힘이 좀 있어 보이는 남자는 1층이 좀비에게 함락됐을 가능성을 대비해 통과. 나머지는, 젠장. 내 나이가 제일 많은 듯했다. 임산부라고 우겨보기엔, 방금 내 활약은 너무 여전사스러웠을 것이다.

"먼저 내려가!"

나는 전기봉을 또 한 번 크게 휘두르며 엘리베이터에서 내렸다. 사람들이 뭐라 뭐라 말했지만 따라 내리는 사람은 없었다. 엘리베이터는 스르륵 문을 닫더니 아래로 내려갔다. 내 인생에 가장 큰 희생을 한 건데, 뿌듯하기는커녕 외로워죽을 것 같다.

초등학생으로 보이는 좀비 하나가 내 허벅지를 노리고 달려들었다. 나는 그를 발로 차버리면서 전기봉으로 아저씨 머리를 박살 냈다. 엘리베이터 버튼을 누르려 손을 뻗는데, 아줌마 하나가 이를 딱딱거리며 내 팔을 잡았다. 제발, 1층에서 다시 올라와줘야 할 텐데. 나는 엘리베이터에서 멀어졌다.

여자애 좀비가 내 전기봉을 휙 낚아채더니 멀리 던져버렸다. 전기봉은 팝콘 계산대 뒤로 굴러갔다. 역시, 이 쇼핑몰에 들어선 걸 뼈저리게 후회한다. 그래도 중간은 가던 내 인생이 우현이 때문에 다 망했다. 넘어진 좀비들이 다시 몸을 일으켜 세웠다. 하나같이 깡말라서 조금만 밀어도 종이처럼 접힌다는 게 위안이라면 위안이었다.

계산대로 향하던 나는 여자애한테 가로막혀 방향을 틀었다. 난 욕지거리를 내뱉으며 몸을 숙였다가 두 좀비의 다리를 잡아당겨 여자애 쪽으로 밀어버렸다. 하지만 예상보다는 힘이 셌다. 나도 같이 넘어지고 말았다. 바닥에 오른쪽 이마를 처박았다. 목이 너무 뻐근했다. 바로 앞에서 아줌마 좀비가 나보다 먼저 몸을 일으켰다. 나는 온 힘을 다해 몸을 굴렸지만 뭔가에 툭 부딪혔다. 이미 몸을 일으킨 여자애다. 창백한 눈알이 나를 쏘아봤다.

"다영아!"

우현의 목소리다. 그럴 리가 없다.

"유다영!"

여자애 머리가 공중에서 박살 났다. 진짜 우현이 야구 배트를 휘두르며 나타났다. 내게는 그 장면이 슬로모션 영상같이 느껴졌다. 나는 몸을 일으키다가 다시 풀썩 쓰러졌다. 우현은 나머지 좀비들을 하나씩 후려치고는 나를 번쩍 들어 일으켰다. 그리고 두 손으로 내 양 볼을 감싸 쥐었다.

"바보야! 네가 왜 내려!"

심장이 너무 빨리 뛰어서 눈앞이 하얘졌다. 그는 나를 부축해 엘리베이터 쪽으로 향했다.

"너, 여기서 죽었으면 내가 용서 안 했을 거야."

"사랑해."

모르겠다. 불쑥 그런 말이 나왔다. 우현은 내 어깨를 더 단단히 쥐었다. 엘리베이터 문이 열렸다. 데구루루 뭔가 굴러 나왔다. 핑크색 연기가 피어올랐다. 그대로 눈이 감겼다.

"저기요! 저기요! 정신 차려봐요! 혈액형이 뭐예요?"

남자 목소리였다.

"혹시 AB형이에요?"

나는 정신이 없는 척하며 답을 피했다. 뿌옇던 시야가 맑아진 건 내 뺨을 때리던 안경 쓴 남자가 이미 일어선 후였다. 피가 잔뜩 묻어 있는 베이지색 면바지가 눈에 들어왔다. 허름한 침대 위에는 오렌지색 반소매 티가 올려져 있다. 우현이 입던 거다.

나는 몸을 일으키려 했지만 고개만 겨우 들었다. 목이 타는 듯 마르고, 하늘이 빙빙 돌았다. 머리에 손을 짚으려는데 왼손이 오른손을 따라 움직였다. 두 손은 묶여 있고 팔다리는 상처투성이다. 여기저기 밴드가 붙어 있다. 안경 쓴 남자는 옆에 누운 여자의 뺨을 때리는 중이다. 성혜 언니다. 언니의 대답은 'O형'이다. 퀴퀴한 냄새가 진동하는 좁은 방 안에는 나와 언니를 포함한 우리 아파트 주민 여섯 명이 뺨을 만지며 의식을 되찾고 있다.

"여러분, 수혈을 해야 해요."

정신이 번쩍 들었다.

"우현이가 다친 거예요?"

"거기 머리 긴 여자분, 혈액형이 뭐라고 했죠? A형이나 B형이라도 괜찮으니 일단 합시다."

나는 남자의 말을 쉽게 이해하지 못했다.

"우현이 괜찮냐고요!"

"이 남자가 우현인가 보죠? 직접 보세요."

남자가 침대 위를 가리켰다. 나는 온몸의 뼈가 부스러질 듯한 고통을 느끼며 일어나 앉았다. 침대 위를 본 나는 그대로 벌떡 일어섰다. 두 손이 묶여 잠깐 휘청했지만 이내 균형을 잡았다. 침대 위에는 상의를 벗은 우현이 가슴에 붕대를 감고 누워 있었다. 붕대는 피로 시뻘겋게 물들어 있었다.

"어떻게 된 거예요! 누가 이랬어요! 우현아!"

성혜 언니도 일어나 내 옆으로 다가왔다.

"우현아! 우현아!"

얼굴이 새파래진 우현은 아무것도 듣지 못하는 듯했다.

"통증이 심해서 진정제를 쳤어요. 깨우지 마세요."

"누가 이랬냐고요!"

"여기로 옮기다 사고가 좀 있었대요. 일단 혈액형부터 좀……."

"이게 사고가 좀 있는 상황이에요?"

내가 눈알을 부라리자 남자가 조금 주눅 든 듯했다.

"그런데 누구세요?"

성혜 언니가 남자에게 물었다. 어쩌면 제일 처음 나왔어야 할 질문은 이거여야 했다.

"일단 살리고 보죠. 피를 얼마나 흘렸는지 나도 잘 몰라요. 수혈을 하는 게 좋을 거예요. 여기 있던 사람들은 지금 누구한테 수혈해줄 상태가 못 돼요. 여러분 중에 누가 해줘야 할 거 같아요."

남자는 내 또래였다. 말투나 행동으로 봐서는 국내 제일가는 병원의 수련의 같지는 않았다. 물론 못 미덥다고 말할 처지는 아니었다. 증상이 어떻든 스트레스받지 말라는 말만 반복하던 유토피아팰리스 의사보다 는 나아 보였다.

"저, AB형이에요."

나는 왼쪽 팔을 내밀었다.

"아깐 아니라면서요."

"빨리 해요!"

"거참."

남자가 능숙하게 바늘을 찔러 넣었다. 그럴듯하긴 했다. 바늘에 연결 된 튜브가 포카칩 봉투로 들어가고 있다는 것만 빼면. 내 시선을 의식했 는지 남자가 어깨를 들썩였다.

"제 인생 자체가 하드코어긴 한데 과자 봉지 수혈은 상상도 못 했네요. 그래도 운이 좋은 거예요. 병원이 제일 먼저 마비됐거든요. 이것들도 겨 우 챙겨 나왔다는 거 아닙니까. 바늘도 이거 하나가 전부예요. 좀 이따 소독해서 다시 써야 돼요."

그 말은, 이 바늘이 이전에도 다른 사람 몸에 들어갔다 나왔을 수도 있 다는 뜻이었다. 나는 차마 확인하고 싶지 않았다.

"여긴 어디예요?"

어지러워하며 다시 누운 성혜 언니가 물었다. 가구가 거의 다 옮겨진 듯했지만 누가 봐도 모텔 방이었다.

"주먹 쥐었다 폈다 하세요."

의사 역할에 푹 빠진 남자가 동문서답했다.

"더 빨리 못 뽑아요? 이렇게 수혈만 하면 괜찮은 거예요? 소독 같은 건 잘됐어요? 붕대 바꿔줘야 할 거 같지 않아요?"

내 관심도 다른 데 있긴 마찬가지였다.

"잠깐!"

문이 열리고 낯익은 여자가 성큼성큼 걸어 들어왔다. 차갑고 낮은 목소리. 시위대를 이끌고 있는 리더였다. 여자는 나를 알아보는 듯 길게 시선을 줬다. 쇼트 커트의 머리는 더 짧아져 이제는 거의 삭발에 가까웠다. 그래서 나이를 가늠하기가 더 어려웠다.

"오랜만이죠. 그땐 인사도 미처 못 했는데. 심지은이에요. 내가 하는 일은 이미 알고 있을 테니 생략할게요. 악수할 상황은 아닌 것 같고."

"아직도 우리 눈알이 필요해요?"

나는 자세를 고치지 않고 말했다.

"그것도 있으면 좋고. 일단은, 수혈보다 급한 게 있어요."

포카칩 봉투를 신줏단지 모시듯 들고 있던 남자가 당황했다.

"그럼 환자가 위험할……."

"위험하라고 하는 거예요."

우현이 정신이 드는 듯 신음을 토해냈다.

"도대체 쟤한테 무슨 짓을 한 거예요!"

"옮기는 와중에 건물 유리창이 깨졌어요. 사고였고요. 제일 큰 조각이 하필이면 저 친구를 덮쳤어요. 누가 막을 수 있는 상황도 아니었고요. 그런데 저 친구가 죽는 건 막을 수 있지 않겠어요? 협조만 잘해주면."

나는 아무 말도 하지 않았다.

"비밀번호."

"네?"

"유토피아펠리스 80층으로 갈 수 있는 비밀번호. 아가씨가 알고 있죠?"

"무슨 말이에요."

"우린 아가씨가 예상하는 것보다 더 많은 걸 알고 있어요."

여자가 내 피가 출렁이는 포카칩 봉지를 빼앗아 들었다.

"내려놔요!"

"이 피가 저 친구에게 무사히 넘어가길 바란다면, 협조하는 게 좋을 거예요."

당장 일어나서 한 대 치고 싶지만, 난 두 손이 묶인 채 침대 앞에 쭈그리고 앉아 튜브를 끼고 있어서 한 발짝도 움직이기 어려웠다.

"비밀번호."

"비밀번호만 안다고 되는 게 아니에요."

"알아요."

나는 이제야 내 왼쪽 손등에 붙어 있는 밴드를 발견했다. 이것들이 무식하게 칼로 째서 뽑아갔다. 여자가 더 가까이 다가왔다. 특유의 차가운 기운이 엄습했다. 비밀번호를 알려준 다음엔 어떤 일이 벌어질까. 아파트 내부에 첩자까지 심어놓은 거 같은데, 대체 뭘 원하는 걸까. 나는 함부로 이들에게 협조할 수 없었다. 그곳은, 어찌 됐든 내가 돌아가야 할 곳이었다. 여자는 나를 한참 노려보더니, 포카칩 봉투를 거꾸로 쏟았다.

"미쳤어?"

내가 발악했다.

"하 선생님. 치료는 여기까지입니다. 나가시죠."

남자는 튜브만 들고 선 채 이러지도 저러지도 못했다.

"제 말 안 들립니까."

남자는 풀이 죽어서 나갔다. 바늘을 뽑아서 심지은의 목이라도 찌르고 싶었지만 어느새 그 뒤로 아저씨 네 명이 둘러서 있다. 나는 내 피가 흥건한 바닥에 고꾸라지듯 다시 앉는다.

우현은 수혈을 안 하면 위험할 수도 있는 상황이다. 그 말은 죽을 확률이 매우 높지는 않다는 뜻일지도 모른다. 비밀번호를 분다고 해서 우현을 살려줄 것인지도 의문이다. 어차피 저들의 목표는 아파트 사람들의 몰락이다. 심지은이 웃음을 지었다.

"역시 이 정도로는 꼼짝도 않는군요. 그럼 동료가 어떻게 죽어가는지 잘 보세요."

심지은은 문을 쿵 닫고 나갔다. 쇠사슬을 감고 자물쇠를 채우는 소리가 들렸다. 뼈밖에 남지 않은 아저씨 하나가 우리를 감시하고자 남았다.

그는 침대 끄트머리에 앉아서 우리를 심드렁하게 내려다봤다. 세탁소에서, 식당에서 흔히 봐왔던 얼굴이다.

나는 포카칩 봉지를 주워서 피를 다시 모으기 시작했다. 다행히 바늘은 여전히 내 핏줄에 꽂혀 있었다. 하지만 피를 모으고 나서는 어떻게 해야 할지 알 길이 없었다. 과자 봉투를 높이 매달고 밑에 구멍을 뚫고 튜브를 연결하면 될까? 내 몸에 꽂았던 바늘을 곧바로 우현에게 꽂아도 될까? 여기서 제대로 된 소독을 할 방법은 없을까?

"AB형이라서 그래?"

성혜 언니가 말했다.

"네?"

내가 돌아보지 않고 답했다.

"AB형이라서 그래? 아님 사수자리라서 그래? 많이 배워서 그래? 아님 곱게 자라서 그래?"

"무슨 말이에요?"

"우현이도 AB형이라니까 그건 아닌 거 같고. 사수자리가 다 그런 것도 아니지. 많이 배운 거로 치면 내가 더하고. 곱게 자랐나? 그래서 그런가? 아니면 찢어지게 가난했던 건가?"

나는 그제야 언니를 돌아보았다.

"본론만 말해요."

"하나만 하라고. 우현이랑 같이 알콩달콩 살든지, 회장이랑 같이 으리으리하게 살든지, 하나만 하라고. 넌 지금 사랑하는 남자도 갖고 싶고, 잘 먹고 잘살게 해줄 남자도 갖고 싶은 거잖아."

"그런 거 아니에요."

"회장 꼬셨으면 됐잖아. 우린 왜 따라나섰어? 애초에 버스에 왜 탔어?
아니, 엑스랑 같이 돌아갈 수도 있었잖아. 쇼핑몰에는 왜 들어왔어? 우
현이가 걱정은 돼? 우리가 하는 일에 동참은 하고 싶어? 그렇게라도 해
서 네 양심의 가책은 덜어야겠어? 그럼 확실하게 우리 편에 서든가. 비
밀번호는 왜 말 안 하는데? 아파트가 망가지는 건 싫어? 이 사람들이 아
파트를 차지하는 건 싫어? 우리 다 동등하게 사는 건 싫은 거지? 넌 기어
이 혼자 그 고급 아파트로 돌아가서 긴 머리 찰랑거리며 참치를 얻어먹
고 싶은 거지? 그렇게 특권을 누려야 '아, 내가 잘 살고 있구나' 싶은 거
지? 똥물 튀기는 시위대랑 동급이 되기 싫잖아. 그게 우현이보다 중요한
거 아니야. 그럼 그렇다고 인정을 해. 나쁜 년이라고 커밍아웃하라고. 이
제 와서 입술 시퍼레지도록 피 뽑고 있는 건 또 뭐야. 쟤를 살리고 싶으
면 비밀번호를 불고, 치료받게 해. 그럴 거 아니면 그렇게 기를 쓰고 살
리고 싶다는 듯 굴지 마. 보고 있는 사람 토 쏠리니까."

나는 입술을 꾹 깨물었다.

"내 말, 틀린 거 있으면 말해봐."

방 안에 무거운 침묵이 흘렀다.

"내가, 그렇게 대단한 거 바라는 거예요? 그냥, 때 되면 밥 먹기 바라는
거잖아요. 누가 덮칠까 봐 걱정 안 하면서 잠드는 거, 머리 가려우면 감
을 수 있는 거, 그거 좀 하겠다는데 사랑하는 사람까지 버려야 해요?"

"얘가 언제 적 호시절 얘길 하는 거야. 시대가 바뀌었다고."

"저도요, 저들이 똥물 속에서 사는 게 맘 아파요. 진짜 죽은 건지 뭔지도 모르는데 병 걸렸다고 눈알 뽑히는 사람들, 네! 말도 안 되는 거 알아요. 그런데 언니 말대로 시대가 바뀌었잖아요. 모두가 똑같이 나눠 가지면 뭐가 남아요? 굶어 죽을 때 손잡아주는 온정이요? 언니가 바라는 게 진짜 그거예요? 그걸 바라는 게 언니가 말하는 사회정의예요?"

"왜 다 같이 굶어 죽는다고 생각해?"

"강북에 바이러스탄 살포한다는 거, 이성욱이 반대해서 겨우 막고 있다면서요. 이성욱은 맘만 먹으면 이 일대 쓸어버릴 수 있다면서요. 대체 어떻게 막을 건데요. 이 막대기 하나로요?"

나는 아저씨가 들고 있던 야구 배트를 가리켰다.

"막고 나서는요? 전기는 어떻게 들어오는지, 식량은 어디서 구하는지, 물은 계속 쓸 수 있을 건지 알아요? 우리가 대체 뭘 아는데요? 그런 상황에서도 우리가 동등하게 살 수 있겠어요? 없는 사람끼리 합심할 수 있겠어요? 아니, 대체 우리나라가 합심이란 걸 해본 적은 있어요? 냉소주의는 지겨울 수 있어요. 윗사람들 좋은 일 다 시켜주고 '원래 다 그렇지, 뭐' 자기 위안 삼는 삶, 나도 지겨워요. 그렇다고 영웅 놀이에 나서면 뭐가 달라지죠? 네! 전 그 아파트가 망가지는 걸 돕지 않을 거예요. 전 이 빌어먹을 모텔 방을 나가서 거기로 갈 거예요. 그렇다고 우현이도 포기하기 싫어요. 얘가 끝까지 잘살았으면 좋겠고, 엉뚱하게 딴 사람 돕겠다고 설치다가 개죽음당하지 않았으면 좋겠어요! 이왕이면 내 옆에도 있어줬으면 좋겠어요."

나는 눈물을 닦았다.

"나도 둘 중 하나만 하고 싶어요! 그럼 저도 속 편할 거 같아요. 그런데 안 되는데 어떡해요. 천하의 나쁜 년이고 희대의 잡년이라 해도 어쩔 수 없어요. 토 쏠리게 해서 정말 미안한데요, 저도 방법이 없다고요."

한동안 침묵이 흘렀다. 우현이 끄응 하는 소리를 내서 침묵이 깨졌다.

"너 피 괜히 뽑았다."

우현이 꽉 잠긴 목소리로 말했다.

"괜찮아?"

일어서려는데 아저씨가 내 어깨를 거칠게 눌러 앉혔다. 하마터면 과자 봉투가 넘칠 뻔했다.

"수혈 안 해도 되겠어?"

안도감인가, 죄책감인가. 눈물이 끝없이 흘렀다.

"네 피 받으면 나 죽어. 난 분명히 B형이라고 했는데."

그야말로 피가 거꾸로 솟았다. 나는 바늘을 뽑고 우현에게 다가갔다. 아저씨는 바닥에 피를 뿜고 있는 과자 봉투를 수습 중이다.

"죽으면 안 돼."

"안 죽어. 울지 마."

나는 우현의 뺨을 어루만졌다. 눈물이 계속 흘렀다. 그때였다. 우현의 눈알이 뒤로 넘어가는 듯하더니 온몸을 사정없이 떨기 시작했다.

"우현아! 우현아!"

"발작이야. 빨리 사람 불러!"

어느새 옆에 와 있던 성혜 언니가 외쳤다. 아저씨가 급하게 어디론가 갔다. 우현의 발작은 점차 더 심해졌다. 붕대에서 피가 다시 배어났다.

"빨리 좀!"

우현의 어깨를 잡은 내 몸도 같이 떨렸다. 문이 벌컥 열리고 하 선생이 돌아왔다. 우현의 발작은 한층 잦아들었던 참이다. 하 선생은 우현의 얼굴 구석구석을 살피더니 과장되게 안도의 한숨을 쉬었다.

"괜찮을 겁니다."

"확실해요? 확실하냐고!"

이 인간을 어떻게 믿지? 맞다, 제대로 된 의사였으면 진작 유토피아펠리스에 입주했을 거다. 여기 남았다는 거 자체가 돌팔이라는 증거다.

"항생제를 한 번 맞아야 할 것 같은데."

"이거?"

어느새 심지은도 와 있었다. 그녀의 손엔 작은 약병이 들려 있다.

"네, 그거예요."

"지금 이거 한 병이 거의 집 한 채 값인 거 알죠? 쓸모 있는 사람한테 쓰기에도 턱없이 모자라요."

우현은 다시 정신을 잃었다. 피부가 백지장처럼 하얬다.

"3116."

내가 말했다. 심지은이 처음으로 웃었다.

"총 일곱 자리일 텐데."

"나머지 세 개는 우현이 정신을 차리고 일어설 수 있을 때, 말할게요."

심지은은 하 선생에게 약병을 건넸다.

"그리고 B형 혈액 당장 수혈해줘요."

하 선생이 당황했다.

"AB형 아니에요?"

"B형이래요. 내 피로 애 죽일 뻔했다고, 너."

"이상하다, 난 AB형으로 들었는데. 귀가 안 좋나?"

이 남자는 대수롭지 않은 듯 말했다. 머리통을 날려버리고 싶지만 참
는다.

"내가 B형이야."

심지은이 내 옆에 와서 앉았다. 하 선생은 어수선하게 돌아다니더니
이내 주머니에서 뭔가를 꺼냈다. 새 바늘이었다. 나와 눈이 마주친 그는
멋쩍은 듯 웃었다. 저 누런 이를 왕창 뽑아버리고 싶다.

"그럼 이건 어떡할까요?"

아저씨가 헐렁한 과자 봉지를 들고 섰다.

"버려요."

내가 말하며 일어섰다. 다시 하늘이 핑 돌았다. 그리고, 눈앞이 아득해
졌다.

온통 캄캄했다. 눈을 깜빡여봐도 보이는 건 없었다. 내가 맹인이 됐나 싶을 만큼. 오른손에 축축한 느낌이 들어 꼼지락거리니 누군가 내 손을 꽉 잡고 있다. 나는 이 부드럽고 큰 손이 우현의 손임을 알아차린다. 눈을 몇 번 더 깜빡거리니 어렴풋이 보이기 시작한다. 우현은 내 손을 잡고 고개를 푹 숙인 채 꼼짝도 하지 않았다. 넓었던 어깨가 잔뜩 움츠러져 금세 쏟아져 내릴 것 같다.

"우현아."

그가 번쩍 고개를 들었다. 잠깐이지만 그의 눈이 물을 머금어 반짝이는 게 보인다.

"괜찮아?"

그의 목소리는 꽉 잠겼다.

"응."

나는 말을 더 잇지 못할 것 같다. 내 손을 이렇게 꼭 잡고 함께 있어줬던 사람이 내 인생에 과연 있었을까. 손에 땀이 다 배도록 한자리를 지키며 나를 걱정해줬던 사람이 과연 있었을까. 이 먹고살기 힘든 땅에서 그런 관계는 일찍이 멸종했다고 배워왔다.

"고마워, 괜찮아서."

가슴께에 강한 통증이 밀려왔다. 시계를 돌릴 수만 있다면, 내가 이성욱의 셔츠를 벗기던 그 순간을 없앨 수만 있다면 나는 내 목숨도 내놓을 수 있을 것 같다.

"나도 고마워."

나는 어렵게 덧붙였다. 우현은 아무 말 없었다. 그저 꼭 잡은 내 손을 내려다보고 있다. 한쪽으로는 너무나 위안이 되는 동시에, 다른 한쪽으로는 참을 수 없이 어색하다. 나는 어디서 어디까지 털어놔야 할지 결정하지 못했다.

"그럼 더 쉬어."

우현은 조심스럽게 몸을 일으켰다. 어둡지만 통증 때문에 그의 얼굴이 일그러지는 게 느껴졌다. 우현은 바닥에 몸을 뉘었다.

"우현아, 올라와. 침대 넓은데."

"아니야, 괜찮아. 편히 더 자."

"우현아."

"자. 내일 얘기하자."

나는 더 이상 말을 붙이지 못했다.

"573."

"확실해요?"

심지은이 그리 기쁘지 않은 말투로 되물었다.

"네. 3116573."

"일단 우리가 작전에 성공할 때까지 여러분이 필요해요. 그런데 그 이후는, 모르겠어요. 계속 여기 남을 건가요?"

나는 지금 성혜 언니와 함께 심지은의 방에 와 있다. 그녀가 매우 수평적인 리더십을 갖고 있다는 건 알겠는데, 아무리 그래도 그렇지 그녀의 방은 우리가 있는 곳보다 더 더러운 듯했다. 하긴, 더러움의 경중을 따지기도 애매하다. 이 방이나 저 방이나 이미 한계를 넘어버렸긴 마찬가지다. 꿉꿉한 모텔 방에는 전기도 들어오지 않았고 물도 나오지 않았다. 나는 3일째 이를 닦지 못했다. 아니, 애초에 씹을 만한 음식을 먹지도 않았다. 어쩌면 다행일지도 모른다. 똥이 마려우면 양동이에 싸야 한다.

"우린 정말 그 눈알로 백신을 만드는 줄 알았어요. 우리도 피해자라고요."

성혜 언니가 말했다. 내가 이상하게 쳐다보자 언니는 조만간 다 얘기해주겠다는 듯 눈치를 줬다.

"이성욱을 죽일 거예요?"

"이성욱의 최측근한테 내가 그걸 말할 거 같아요?"

"최측근 아니에요. 얘도 어쩌다 알게 된 사이지. 우리랑 같은 팰리스민이었다고요. 그렇지, 다영아? 말 좀 해봐."

"거긴 지금 다시 입주민들을 받고 있어요. 시청에서 살아남은 사람들, 남산에서 헬기로 구조된 사람들, 그 외 제 발로 찾아온 사람들 모두 아파트로 입성하고 싶어 난리가 났어요. 덕분에 이 근처 감염자들 눈알은 동이 났고요. 이성욱은 다른 아파트까지 확보해 사업을 확장하려고 해요. 강남 사람들한테 바칠 눈알이 더 필요하단 뜻이겠죠. 바이러스탄은 연막이에요. 실은 모두가 강북을 이 상태 그대로 방치하길 원해요. 눈알이 필요하니까. 막아야 하지만 쉽지 않아요. 여러분처럼 목숨 걸고 그를 돕는 사람들이 계속 나타나니까요."

눈알을 뭐 어쨌다고? 나는 볼펜 끝으로 두피에 붙은 때를 밀어내다 말고 심지은을 향해 돌아앉았다. 볼펜을 떼어내자마자 다시 미친 듯이 가려웠다.

"방금 그게 무슨……."

그때 문이 벌컥 열리더니, 앞니 두 개가 모두 부러진 여자애 하나가 뛰어 들어왔다. 어디서 많이 본 얼굴인데, 언뜻 기억이 나지 않는다.

"큰일 났어요! 강변북로가 무너지고 있어요!"

심지은은 곧바로 방에서 뛰쳐나갔다. 우리도 나가보려 했지만 여자애는 체인을 감아 문을 잠가버렸다.

"강변북로?"

이 모텔은 어떻게 된 게 그 흔한 유리창 하나가 없었다.

"이성욱 죽이고 나면, 우리도 죽이겠죠?"

"그럴 거 같진 않은데. 넌 최측근이라 다를 수도 있겠지만."

성혜 언니가 피식 웃었다.

"꼴 좋지? 사람들 구하자고 그 난리 치다가 이런 데 인질이나 되고. 민망하구만."

언니 딴에는 최선을 다한 화해의 제스처일 것이다. 나도 같이 웃었다.

"우리를 구하려는 사람이 없지 않나? 그럼 아무 쓸모 없는 인질이네."

"이성욱이 너는 구하려 하지 않겠어?"

우리는 동시에 웃음을 터뜨렸다.

"언니는 왜 웃어요?"

"몰라. 넌 왜 웃었는데?"

"몰라요."

"그냥 너랑 그 아저씨가 무슨 사인지 상상하고 싶지가 않네. 넌 우현이가 어울리는데."

"아야!"

볼펜 끝에 피가 묻어났다. 머리가 욱신거린다.

"여기 살려면 그 긴 생머리도 포기해야겠다. 이상해, 우리만 긴 머리 찰랑거리고 있으니까, 무슨 바다 생물이 된 거 같아."

"106동엔 어떻게 드나든 거예요? 솔직히 말해봐요."

언니는 누가 쓰다 버려뒀는지 모를 치실을 주워서 어금니 사이에 끼울까 말까 고민하던 중이다. 언니는 치실을 통 튕겨냈다.

"너도 나쁜 년이지만, 나도 덜하지 않거든. 입주민 중에 적당히 외로워 보이는 놈이 있길래 좀 친하게 지냈어. 덕분에 너네 몰래 스팸도 먹고."

"근데 왜 갑자기 인권운동가가 된 거예요? 맞춰볼까요? 그 입주민이, 부인한테 돌아갔구나?"

"얘가 어디서 삼류 드라마를 써. 내가 이래 봬도 이 아파트에서 가방끈이 꽤 길거든? 지 아들 과외를 부탁하더라고. 강남 넘어가면 수능 봐야 된다고."

내가 또 웃었다.

"나도 웃었지. 아들 사랑이 과하시다고."

성혜 언니 표정이 굳어졌다.

"진짜, 수능이 있어요?"

나는 이성욱이 급하게 TV를 끄던 순간을 기억해냈다. 어쩌면, 그건 재방송이 아니었을지도 모른다.

"식료품이 넘어오는 트럭에 호외가 자주 섞여 들어왔었어. 너한테 보여줬던 그런 거. 처음엔 어떻게 나만 살짝 넘어갈 수 있을까 했었지. 근데 그게 안 되더라고. 정호 그렇게 죽이고 정신이 어떻게 됐는지."

"입주민은 처음부터 다 알고 있었던 거예요?"

"아니. 회사 측 관계자만."

"언니가 만난 게 설마 최 상무?"

"나도 취향은 있다."

우리는 다시 웃었다. 사실 웃을 때는 아니었다. 여의도서 넘어온 좀비들이 시위대를 싹 쓸어버리고 옆방에 쳐들어가 우현을 물어뜯고 있을지도 모를 일이었다. 불길한 기운에 닭살이 팍 돋는 찰나, 사슬 소리가 들리더니 문이 열렸다. 아까 그 여자애였다.

"와서 좀 도우래요."

진짜 손이 모자란 건지, 자연스럽게 우릴 처단할 계획인지 헷갈렸지만 선택의 여지는 없었다. 정말 일촉즉발이긴 했다. 강변북로에서 합정역으로 들어오는 길목을 차들로 막아놓고 그 틈을 흙 주머니 같은 거로 때워 놨는데, 군데군데 흙 주머니가 대열을 이탈하려는 조짐이 보였다. 반대편에서 꽤 세게 밀고 있는 모양이었다. 과연 여의도에서 일이 제대로 벌어지긴 했나 보다. 그러고 보니 모텔은 유토피아팰리스 근처였다.

우리는 심지은 옆에 가서 섰다. 그녀는 지프 위에 올라가 흐트러진 흙 주머니를 다시 쌓는 중이다. 나와 성혜 언니는 흙 주머니 한 개를 들려다가 너무 무거워서 포기하고 삐져나온 주머니들을 도로 밀어 넣는 데에 열중했다. 심지은은 흙 주머니를 두 개씩 들어 척척 올렸다.

"조심해!"

머리 위에서 둔탁한 소리가 나서 보니 바로 옆으로 흙 주머니 하나가 떨어졌다. 내 머리 위로 떨어지는 걸 심지은이 손바닥으로 탁 쳐낸 것이다. 그녀는 손목을 접질린 듯 인상을 찌푸렸다. 나는 괜찮으냐며 반사적으로 그녀의 손목을 잡으려다 주춤했다. 그리고 아주 어렴풋이, 내가 이 여자의 손목을 스스럼없이 만져도 되는 관계가 되면 좋겠다는 생각이 들기도 했다.

흐트러졌던 방어벽은 어느 정도 제자리를 찾았다. 건너편에서 들려오는 그르렁 소리도 어느 정도 잠잠해졌다. 사람들은 자주 있었던 일인 듯 자연스럽게 흩어지기 시작했다. 백 명은 훌쩍 넘어 보인다. 나와 성혜 언니는 너무나 깨끗해서 유독 튀었다. 아까 그 여자애가 또 심지은에게 다가온다. 통신병쯤 되나 보다.

"당인리서 교대 좀 해달라는데요."

주위 분위기가 즉각 이상해졌다.

"야! 이 사람들 앞에서 말하면 어떡해."

어떤 아저씨가 여자애를 나무랐다. 여자애도 아차 싶은지 머리를 긁적였다. 민머리에서 흰 버짐 같은 게 후두둑 떨어졌다.

"어때. 어차피 비밀번호도 불었는데 빼도 박도 못하는 우리 편 된 거 아니야?"

다른 아저씨가 여자애 편을 들어줬다. 심지은에게서는 표정 변화가 없었다.

"교대 시켜요. 그리고 우현 씨 방에 있는 사람들도 데리고 나와요. 식사합시다."

이들의 진짜 주거지는 모텔 옆 건물 세 개였다. 5층짜리 건물 세 개가 있었는데 그걸 개조해 쓰고 있는 듯했다. 멀리 유토피아팰리스가 보였다. 걸어서 15분 거리쯤 될 것 같다. 홍대 인근만 뒤지고 다녔지 위험천만한 강변북로에 시위대가 있을 거라곤 생각하지 못했나 보다.

"아파트서 여기 순찰 자주 오지 않아요?"

그 누구도 대답하지 않았지만 정답은 쉽게 유추할 수 있었다. 벌써 아파트에 스파이를 꽤 심어놓은 것이다. 순찰 일정은 알지만 이성욱의 비밀번호까진 모르는 사람. 가드, 경비원, 관리 직원 등등. 후보는 무수히 많다.

식사는 생전 처음 보는 풀떼기였다. 초록색인 것 같기도 하고 황갈색인 것 같기도 한 죽이었다. 곡식은, 2백 인분의 죽에 밀가루 다섯 컵쯤 들어간 게 아닌가 싶다. 꽤 많은 일을 하고 있을 청장년부터 주구장창 누워 있을 게 뻔한 노인까지 모든 사람은 동등하게 한 그릇씩 식사를 배정

받았다. 최 상무가 봤으면 공산주의 아니냐며 기겁했을 장면이다.

나는 코를 막고 먹기 시작하다, 이내 후루룩 마셔버렸다. 썩은 미나리 냄새에 머리가 띵했다. 그래도 계속 울렁대던 속은 안정되는 듯했다. 심각한 숙취에서 살짝 깨어나는 느낌이다. 그런 나를 성혜 언니가 뜨악하며 보고 있다. 그녀는 반 그릇도 채 못 먹은 상태다.

"넌 의외로 생활력이 강하단 말이지."

언니가 남은 걸 내게 부어줬다. 나는 마다치 않고 후루룩 마신다. 멀리 우현이 다른 펠리스민의 부축을 받고 나온다. 여자 하나, 남자 둘인데 나는 별로 친하게 지내던 사람들이 아니다. 하긴, 나는 우리 룸메이트들 빼고는 모두를 경쟁자로 생각했다.

심지은은 우리에게 할 말이 더 남은 듯 방으로 가 있으라고 했다. 나는 우현과 더 있고 싶었지만, 우리의 미래를 쥐고 있는 심지은과의 면담이 더 중요했다. 불을 피우던 남녀 꼬맹이들이 깔깔거렸다. 나는 그 모습에 시선을 던지며 자리에서 일어섰다. 내가 저렇게 머리를 박박 밀고 누런 이로 해맑게 웃어도, 우현은 내 곁에 있을까? 비누 냄새가 나지 않는 우현은 여전히 매력적일까?

"우리, 바짝 엎드리고 받아달라고 해야겠지?"

성혜 언니가 소곤거렸다. 나는 아무 대답 하지 않았다.

밖에 있다 들어오니 모텔 방은 더 참을 수가 없었다. 퀴퀴한 냄새가 코를 찔렀다. 적응할 수 있을까? 적응해야겠지? 저 사람들도 하는데 나라고 못하진 않을 거다. 나는 최대한 숨을 참고 코가 이 냄새에 다시 적응할 때까지 기다렸다. 이건 성혜 언니도 마찬가지인 듯했다. 묘한 침묵이 흘렀다.

문이 딸각 하고 열렸다. 나는 처음으로 웃으며 심지은을 맞아볼까 생각했다. 하지만 이내 표정은 굳었다. 문을 열고 들어선 건, 일자눈썹이었다.

"아이씨, 교대를 이렇게 늦게까지 안 해주……."

일자눈썹이 나를 알아봤다.

"이게 누구야."

그는 문을 소리 낮춰 잠갔다. 불길했다.

"안녕하세요."

일자눈썹을 못 알아본 성혜 언니가 나긋하게 인사했다. 하지만 그의 관심은 나한테 쏠려 있다.

"뭐야. 끝내 받아주기로 한 거야? 모가지를 잘라서 길거리에 달아놔도 모자랄 판에, 우리 안방까지 내준 거야?"

일자눈썹의 목소리는 기이하게 이탈음을 냈다.

"너네 둘만 있나 보지?"

이제 진짜 불길했다.

"곧 여기서 미팅이 있을 거예요. 사람들이 올 거예요."

내 목소리가 떨렸다.

"미팅?"

일자눈썹이 코앞까지 다가왔다. 땀 냄새가 코를 찔렀다.

"우린 지금 이쪽 편에서 협조하고 있어요."

일자눈썹이 내 뺨에 침을 퉤 뱉었다. 모멸감에 손까지 떨렸다. 그는 이미 칼을 꺼내 들었다.

"다시 말해봐."

"……."

"말해보라고!"

"우린 이쪽 편……."

"내 마누라 눈알 팔 때는 누구 편이었는데?"

공격할 만한 도구를 찾던 성혜 언니가 멈칫했다.

"내……."

일자눈썹이 숨을 몰아쉬었다.

"내 토끼 같은 딸내미 눈알을 파 갈 때는 누구 편이었냐고."

온몸이 얼어붙는 것 같았다.

"인제 와서 협조하면, 우리 편이 되나? 이 괴물 같은 년들아!"

칼이 아슬아슬하게 내 왼팔을 비켜갔다. 성혜 언니가 일자눈썹의 어깨를 잡고 늘어졌다.

"다영아! 사람 불러와!"

일자눈썹이 성혜 언니를 거칠게 밀어냈다. 그녀가 바닥에 뒹굴었다. 나는 일자눈썹의 등을 노리고 의자를 던졌다. 하지만 이미 그의 칼이 성혜 언니의 가슴을 찌른 후다. 바닥에 빨간 피가 스며들기 시작했다. 그는 성혜 언니의 배를 한 번 더 찔렀다. 그리고 고개를 쳐들고 나를 돌아봤다. 나는 조금씩 뒷걸음질 쳤다.

내가 할 수 있는 건 비명을 지르며 뛰는 것뿐이었다. 사람들이 모여 있는 곳으로 가서 도움을 요청하는 것뿐이었다. 그 사람들이 과연 도와줄지는 나도 모르겠다. 사실 어떻게 모텔을 빠져나와 강변북로 근처까지 달렸는지도 모르겠다. 나는 어느새 사람들에게 달려와 있었다.

셔츠에 피를 뒤집어쓰고 뒤따라오던 일자눈썹은 주춤 물러섰다. 멀리 앉아 있는 우현을 보자 왈칵 눈물이 쏟아졌다.

"성혜 언니가……."

우현이 얼굴이 하얘져서 일어섰다. 심지은이 날 방어하듯 내 앞에 섰다. 일자눈썹이 즉각 소리를 질렀다.

"살인자는 쟤들이잖아! 우리 먹고살기도 빠듯해 죽겠는데 쟤들을 왜 아직 살려두고 있는 건데! 심지은, 이번만큼은 너도 용서 못 한다!"

"그만하세요."

심지은도 이번만큼은 당황스러워했다. 나는 풀썩 주저앉았다. 우현이 내 쪽으로 다가왔다. 그때 사람들 사이에서 비명이 또 한 번 터져 나왔다.

"저들이 넘어왔다!"

흙 주머니가 몇 개 떨어지더니 그 위로 좀비들이 넘어오기 시작했다. 하지만 일자눈썹은 칼을 그대로 든 채 나를 보고 있다. 나는 사람들을 따라 뛰지 못했다. 내 뒤에서는 이미 양복 차림의 좀비가 입을 쩍 벌리고 있었다. 우현이 그를 발로 찼다. 휘청이는 우현을 잡고 보니 그의 오렌지색 셔츠에서 피가 배어났다. 사람들은 금세 막대기 같은 무기들을 갖고 달려 나왔다. 하나씩 무찌르는 솜씨가 꽤 능숙했다. 담을 타 넘고 들어온 좀비 다섯 명은 금방 진압됐다. 흙 주머니도 다시 보강됐다. 그러는 동안 나는 일자눈썹의 희번덕이는 눈빛을 견뎌야 했다.

"일단 건물로 들어가죠."

심지은이 일자눈썹에게 경고하듯 낮은 목소리로 말했다.

"칼 이리 내요."

건물로 들어선 심지은은 보다 더 화가 난 듯 보였다. 일자눈썹보다 덩치가 큰 아저씨들이 일자눈썹을 둘러쌌다. 그는 더럽고 치사하다는 듯 눈알을 굴리더니 칼을 바닥에 던졌다. 나와 우현은 한숨 돌렸다. 그래도 저 아저씨가 있는 한 우리는 여기 안전하게 있기 힘들 듯했다. 솔직히, 여기서 안전하게 있고 싶다고 하는 게 얼마나 뻔뻔한 일인지도 알겠다. 나 역시 성혜 언니를 찌른 저 남자와는 잠시도 같이 있고 싶지 않다. 앞이 캄캄하다. 이대로 도망쳐야 할까? 성혜 언니를 이대로 두고 어디를 갈수 있을까?

"우선 성혜 언니한테 같이 좀 가보면 안 돼요?"

나는 돌팔이 의대생한테 애원했다. 그는 일자눈썹의 눈치를 살피고 있었다.

"제발요."

의대생이 희미하게 고개를 끄덕였다. 심지은도 우리를 말리지 않음으로써 동의를 표했다.

"감사합니다. 빨리 지금……."

조심스럽게 건물 정문을 다시 여는데, 남자 좀비 하나가 우악스럽게 덤벼들었다. 문을 다시 닫으려는데 좀비는 벌써 두 발 다 건물 안으로 들어온 상태다. 사람들이 혼비백산하며 흩어지는 사이, 나는 어떻게든 남자를 쓰러뜨리려 해보았다. 하지만 힘이 너무 셌다. 일자눈썹이 다시 칼을 주워 들더니 나를 도우려는 우현을 멀리 밀어버렸다. 일자눈썹은 내가 물리길 기다리는 듯했다.

"뭐 해요!"

심지은이 소리쳤다. 일자눈썹은 결국 남자의 뒷목을 찔렀다. 피가 사방에 튀었다. 내 왼팔에도 피가 흥건하게 젖었다. 나는 오른손으로 왼팔을 쓸어내렸다. 순간 눈앞이 번쩍이는 통증이 온몸을 훑었다. 물렸다. 손목 부근에 이빨 자국이 선명했다. 반사적으로 왼팔을 몸 뒤로 숨겼지만, 이미 사람들의 시선이 내게 집중된 뒤였다.

이게 끝인가. 고작 이게 끝인가. 고작 이렇게 죽으려고 32년을 이 악물고 살았나. 나는 차마 우현을 보지 못했다. 그 누구도 볼 수 없었다. 일자눈썹이 비릿하게 웃으며 다가오는 것만 보였다. 그의 기분 나쁜 웃음소리가 공간을 가득 메웠다.

"네 눈알은, 반드시 내가 빼줄게."

손가락 하나 까딱할 수 없었다. 눈 뜬 채로 가위에 눌리는 것만 같았다. 말을 해보려 해도 입도 벌어지지 않았다.

"안 돼요! 잠깐만요!"

우현이 절규했다. 하지만 다른 사람들이 우현을 꽉 잡고 있었다. 우현과 마지막으로 눈이 마주쳤다. 그의 눈에서 눈물이 떨어졌다.

일자눈썹이 칼을 휙 돌리더니 옆 사람이 들고 있던 야구 배트를 빼앗아 들었다. 그리고 이내 배트를 들어 올렸다. 한 방에 보내겠다는 뜻이다. 이윽고 달려온 우현이 내 손을 잡아채고 당겼다.

"이것들이! 같이 보내줄까?"

"잠깐만!"

내가 외쳤다. 일자눈썹이 멈칫하는 사이 우현이 날 감싸 안았다.

"잠깐은 개뿔!"

야구 배트가 다시 허공에 치솟았다.

"잠깐만요! 백신!"

건물 안이 술렁였다.

"나 감염 안 돼요."

효과가 있을지는 알 수 없었다. 하지만 아직 내 눈이 뒤집어지지 않은 건 확실했다. 배트는 내 어깨 옆으로 떨어졌다. 우현은 날 꽉 안았던 두 팔을 풀었다.

"뭐라는 거야, 이 여자."

"백신이 진짜 있다고요?"

심지은이 다가섰다.

"......"

우현이 내 손을 슬며시 놓았다. 차마 그의 눈을 볼 수가 없었다.

"그러니까, 당신이 백신을 맞았다고요?"

심지은이 나를 붙잡기 직전이다.

"미안해."

나는 들릴 듯 말 듯 속삭였다. 우현은 내게 다가오지 않았다. 나는 뒤돌아 정문을 열고 뛰기 시작했다.

"잡아라!"

일자눈썹을 비롯해 몇몇이 나를 추격했다. 우현은 보이지 않았다.

5.
그 후로
오랫동안

등줄기를 타고 미지근한 땀방울이 주르르 흘러내렸다. 내가 어떻게 손 쓸 새도 없이 땀방울은 지저분한 원피스를 끌어당겨 내 등짝에 또 한 번 철썩 달라붙게 만들었다. 나는 마치 오물을 뒤집어쓰고 해수욕장 모래 위에 뒹군 것처럼 찝찝해 미칠 지경이 됐다. 그러나 내가 할 수 있는 일은 많지 않다. 손을 뒤로 뻗어 또 한 번 원피스를 등에서 떨어뜨려놓는 게 전부다.

최대한 신경을 다른 데로 돌리려 했다. 한 번, 두 번, 또 한 번 손이 허벅지로 갔다. 땅에 닿은 허벅지에 미묘하게 섬뜩한 기분이 들었다. 뭔가가 기어오르는 듯 간지러웠다. 다시 허리를 펴고 쭈그리고 앉았다. 그러다 쿵, 책상에 머리를 박았다. 부동산의 널찍한 책상 밑에 웅크리고 앉아, 원피스 안으로 손을 넣어 안쪽 허벅지를 만져보았다. 아주 작은, 하지만 분명 뭔가가 허벅지에 다닥다닥 붙어 있다.

"악!"

책상 밖으로 빠져나와 온몸을 털어냈다. 그럴수록 허벅지는 더 간지럽다. 한참을 긁고 쓸어내고는 손끝에 매달려 있는 게 개미였음을 알아차렸다. 짧은 한숨을 토해냈다.

유리창에는 매매, 전세 등의 글자들이 기이하게 엉켜 있다. 7억, 15억, 20억, 23억. 억 소리 난다. 동이 트고 있다. 새벽 5시쯤 됐나. 한숨 자야 할 것 같은데 엄두도 나지 않는다. 잠에서 깬 내가 좀비로 변해 있을까 봐, 잠시도 의식을 놓을 수가 없다.

쿵.

여기는 고층 오피스텔 1층에 있는 부동산이다. 안쪽 상가 쪽으로 위치한 문에서 미세하지만 분명 '쿵' 하는 소리가 들렸다.

쿵쿵.

나는 습관적으로 소리가 나는 쪽으로 발걸음을 떼다가, 지금 내게는 골프채도 전기봉도 없다는 사실을 알아챘다.

쿵쿵쿵쿵.

내 소리를 듣고 뭔가가 잔뜩 몰려온 게 틀림없다. 나는 한 걸음씩 물러섰다.

쿵!

이번 소리는 정말 컸다. 무작정 밖으로 나갈 수도 없다. 시위대는 유토피아에 침입했을까. 이성욱은 내가 비밀번호를 불어버렸다고 눈치챘을 것이다. 돌아가봤자 나는 역적이다. 시위대에 잡히기라도 하면 산 채로 생체 실험 대상이 될 게 뻔하다. 그 돌팔이 의대생이 칼을 쥐고 덜덜 떠는 모습이 눈앞에 선하다.

소리가 잠잠해지길 기다리기로 했다. 아주 잠시 고요해졌다. 다리가 후들거려 소파 위에 앉아야 할 것 같다. 소파 쪽으로 한 발 움직이는데, 또다시 쿵 소리가 났다. 그리고 문이 활짝 열렸다. 나는 재빨리 몸을 돌려 정문을 열고 도로로 뛰쳐나왔다. 다시 닫힌 정문 사이로 빨간 손이 끼였다.

그래, 차라리 잘됐다. 무력하게 굶어 죽는 것보다는 이편이 낫다. 적어도 강남이 어떤지 내 눈으로 보고 죽어야겠다. 인정한다, 나는 지금 이성적이지 않다. 하지만 이성적이어봐야 해결책도 없다. 어차피 기회는 오지 않는데, 쭈그리고 앉아서 타이밍을 기다려봐야 다리만 아프다.

나는 더 속력을 내 합정역 방향으로 뛰었다. 그것들이 나를 쫓아오는지 확인하기 위해 한 번 고개를 돌렸다. 다행히 뒤에 따라붙은 건 없었다. 다시 속력을 내기 위해 정면으로 고개를 돌리는 순간, 픽 하고 뭔가와 부딪혔다. 나는 그대로 고꾸라졌다.

그르릉, 귀에 익은 소리. 회색 셔츠에 베이지색 면바지를 입은 좀비가 하나 남은 팔을 휘저으며 일어서려 했다. 나는 그를 알아봤다. 김씨 아저씨다. 멋지게 소신껏 살겠다더니 며칠 만에 이 꼴이 된 건가. 나는 그에게서 눈을 떼지 못했다. 내 시선은 그를 더 자극한 게 틀림없었다. 김씨 아저씨는 이빨을 딱딱거리며 내게 기어오기 시작했다. 안개가 짙게 깔린 합정역 앞. 상수역 방향에서 그르릉 소리가 더 커졌다.

골프채도, 전기봉도 없이 몇 분이나 버틸 수 있을지는 모른다. 유토피아를 발견하기 전, 바로 이곳에서 배회했을 때 이후로는 처음이다. 나는 아이볼 수거가 너무 끔찍해서 미쳐버릴 것 같을 때 가끔 생각에 잠기곤 했다. 바퀴벌레 나오던 원룸에서, 좀비가 수북이 쌓여 있던 합정역에서 버티던 때가 차라리 행복했다고 감히 생각했었다. 다시 그때로 돌아간 지금, 내가 얼마나 배부른 생각을 했었는지 실감한다. 이 생활은 결코, 장난으로라도 그리워하거나 행복했다고 감상에 젖을 일은 아니다.

"살려주세요!"

내 목소리만 공허하게 울려 퍼졌다. 이러다 시위대를 만나면 낭패다. 그래도 일단 위기를 모면해야 했다.

"여기요! 살려주세요!"

나는 합정역 사거리에서 좌회전해 유토피아팰리스 쪽으로 뛰었다. 그르렁 소리는 더 커졌다. 그때 어디선가 오토바이 소리가 들려왔다. 소리는 뒤쪽에서 점점 가까이 다가왔다. 하지만 나는 아직 뒤돌아볼 용기가 없어 계속해서 뛰기만 했다. 오토바이는 더 속력을 내더니 내 앞에 끼익 하고 섰다.

"드디어 찾았네."

백화점에서 우리를 버리고 도망갔던 가드였다.

"빨리 타요."

나는 오토바이에 냉큼 올라탔다.

"날 찾았어요?"

"말도 마세요. 회장님이 아가씨 못 찾으면 큰일 난다 해가지고."

오토바이는 벌써 아파트 정문에 진입하고 있었다.

"이제 네고시에이션은 오버야."

최 상무가 뚜껑 열린 참치 통조림을 책상 옆으로 집어 던졌다. 참치 기름 냄새가 코끝을 찔렀다. 입안 가득 침이 고였다.

"어차피 넌 말을 하게 돼 있어. 여기까지 왔는데 굶어 죽을 거야, 어쩔 거야?"

그가 책상을 쿵 내리쳤다. 조금 움찔하긴 했지만, 최대한 안정을 유지하는 척해낸다.

"너, 여기서 죽어 나가도 상관없어. 회장님 지금 안 계시다니까."

나는 그래서 더더욱 말할 수 없다. 이대로 내가 입을 열면, 최 상무의 실적만 올라가는 거다.

"말 안 해?"

이번에는 일어서서 자기가 앉았던 의자를 발로 걷어찼다.

"전 진짜 모른다니까요. 그냥 중간에 길을 잃어서 그 부동산에 며칠 있었을 뿐이에요."

"어제 말이야, 누가 회장실 들어가는 엘리베이터에서 비밀번호를 세 번 틀렸거든."

최 상무는 내 반응을 살폈다.

"그게 뭐요?"

"그 인간이 누른 번호가 말이야, 일주일 전 버전이거든."

"……."

"일주일 전 버전은 말이야, 네가 알고 있거든."

"저만 아는 건 아니잖아요."

"너 말고는, 이번 주 새 버전을 다 알고 있지."

걸려든 것 같다.

"그 사람한테 물어봐요. 왜 나한테 그래요."

"죽었는데 뭘 물어."

"죽었다고요?"

"쓸모없는 가드 하나 사라져봐야 아무도 몰라. 왜? 넌 슬프지? 너네 편이 죽어서."

"전 진짜 아니에요. 전 진짜 뭘 잘못했는지……."

"누가 비밀번호 말해준 걸로 뭐라 그래? 니가 시위대에 잡혀가서 고문받았다 그러면 우리가 이해를 못 하냐고. 그러니까 너도 이제 걔들이 무기를 얻다 숨기는지만 말하란 말이야. 그러면 쌤쌤 아니겠어?"

"상식적으로 생각해봐요. 그 사람들이 나한테 알려줬겠어요?"

느낌상, 최 상무가 찾고 있는 답은 아마도 당인리 발전소 앞 어딘가일 테다. 나는 입을 꾹 다문다.

"난 그게 궁금해. 왜 너네 눈알이 여기 아파트 앞에 안 매달려 있는 건지, 도대체 뭘 넘겨주고 목숨을 보장받은 건지. 언제까지 말 안 하고 버티나 보자."

최 상무는 씩씩대며 사무실을 나갔다. 이내 문을 열고, 엑스가 나타났다. 고작 며칠 만에 본 건데, 인상이 싹 바뀌어 무슨 특전사 같다.

"최 상무 오른팔 다 됐네."

엑스는 조용히 내 맞은편에 앉더니 나를 물끄러미 보았다. 우리는 더이상 한 마디도 하지 않았지만 다량의 메시지를 서로에게 던지고 있는 중이다. 나는 패잔병처럼 보이기 싫었지만 의외의 말이 먼저 나왔다.

"눈썹 웃기게 생긴 남자 기억나? 그 아저씨가 성혜 언니를 죽였어. 몰라, 죽인 것 같아."

"누나는 왜 안 죽였어?"

"네가 궁금한 건 그거니?"

"좀 자. 내가 있을 테니."

책상 옆엔 국방색 간이침대가 하나 놓여 있었다. 경비들이 잠깐 눈을 붙이는 곳인 듯했다. 나는 대화의 의지를 잃고 침대 위에 몸을 뉘었다.

"먼저 좀 씻으면 안 될까?"

"무기고가 어딘지 불면."

"독한 자식."

나는 돌아누웠다.

잠에서 깨보니 책상 위에는 또 뚜껑이 열린 참치 통조림 하나가 놓여있었다. 이것들이 정말 나를 무슨 실험용 쥐 취급하는 것도 아니고, 짜증이 벌컥 난다. 하지만 그 짜증도 의자에 얌전히 앉아 참치 통조림을 바라보는 것까지 막을 수는 없었다. 기름만 좀 마시는 건 괜찮지 않을까? 나는 손을 뻗어 참치 통조림을 입술에 가져다 댔다. 참을 수 없었다. 기름이고 뭐고 나는 입술에 닿는 대로 그 즉시 흡입해버렸다. 하나를 다 먹고 나니 더 참을 수가 없었다. 조금만 더 먹을 수 있다면, 난 뭐든지 할 것 같다. 참치 통조림을 하늘로 쳐들고 마지막 한 방울 기름까지 놓치지 않으려 혀를 내밀고 있는데 문이 열렸다. 이성욱이었다.

나는 머리가 떡이 진 채 여러 가닥으로 나뉘어 메두사 같은 꼴을 하고, 허공으로 혀를 내밀어 뱀처럼 흔들어대면서 이성욱을 맞았다. 그는 내 옆에 앉더니 마치 내 몸에서는 아무 냄새도 나지 않는다는 듯 활짝 웃으며 진심으로 나를 걱정했노라 말했다. 그리고 왜 내게 고작 참치 통조림 하나만 주고 씻지도 못하게 했느냐며 최 상무를 혼내고는 내게 사과까지 했다. 최 상무의 시무룩한 얼굴. 나는 며칠 만에 비로소 호흡이 안정됐다.

나는 따뜻한 물에 몸을 꼼꼼하게 씻고, 빨간 김치에 흰 쌀밥을 먹었다. 선풍기 바람에 긴 생머리를 말리고, 세제 향기가 나는 하얀 민소매 원피스를 입었다. 고작 이런 것에 행복해지는 나는 얼마나 비참한 소시민인가. 열심히 씻고 먹는 동안 단 한 번도 성혜 언니를 떠올리지 않았다는 사실에 소름이 돋았다.

새로 배정된 내 집은 105동 78층이었다. 이성욱의 사무실 바로 아래층이다. 아직은 이성욱의 친절이 어떤 의미인지 잘 알지 못하겠다. 맞은편에 앉아 커피를 마시는 그의 얼굴을 유심히 보았다. 그가 내 왼팔을 발견했다. 물린 자국이 아직 선명하다. 나는 황급히 팔을 감추었다.

"2차 접종 했나?"

그런 게 있었나? 난 대답하지 못했다.

"6개월에 한 번씩 맞아줘야 되는데, 운이 좋았네."

지금이 정확히 며칠인지는 몰라도, 주사를 맞은 지 5개월은 넘었을 것이다.

"안 맞으면 어떻게 돼요?"

"일반인으로 돌아가는 거지. 기한이 얼마 안 남았으니 다음 접종 전까진 조심해. 한 번 더 물리면 큰일 나."

다시 한 번, 인권이 어쩌고 거리에서의 낭만이 어쩌고, 강렬한 사랑이 어쩌고 했던 게 배부른 투정이었음이 확실해졌다.

"다영 씨."

"네."

"어디 있다 온 거야?"

나는 어떤 말을 해야 할지 갈피를 잡지 못했다.

"비밀번호 경보 울린 거, 다영 씨랑 관계있는 건가?"

"우린 납치됐었어요. 우리 아파트 사람 중 한 명이 심하게 다쳤는데, 치료를 하려면 비밀번호가 필……."

"우현이 다쳤나?"

그의 눈이 차갑게 변했다.

"아, 아니요, 성혜 언니가."

혹시 이거 충성도 테스트인가? 이미 진실을 알고 있는데, 내가 똑바로 말하나 안 하나 테스트 해보는 건가? 머릿속이 새하얘졌다.

"그래서, 치료는 잘 받았고?"

"죽었어요."

이성욱은 나지막이 한숨을 뱉었다.

"그 인간들은 우리 아파트 사람들만 보면 잔인하게 죽이거나 협상을 시도하지. 인질이 된 건 다영 씨가 처음이 아니야."

"그런 거 같았어요."

"그런데, 아파트로 눈알이 배달되는 대신 이렇게 멀쩡히 살아 돌아온 건 다영 씨가 처음이야."

이 남자는, 안도하고 있는 걸까, 의심하고 있는 걸까.

"절 의심하시는 건가요?"

"왜 굳이 그 버스에 탄 거지? 왜 명동에 남은 거지? 아니, 우현이라는 남자와는 무슨 관계지?"

목구멍으로 뭔가가 물컹하게 올라오다 내려갔다. 최선을 다해 기억에서 밀어냈던 우현의 이름이 내 귀에 자꾸 들리자, 나는 다시 그날 그 자리로 돌아간 듯했다. 꽉 잡았던 내 어깨를 슬며시 놓고 말던 그 순간. 내 뒤를 따라 나오지 않았던 그 순간. 드디어, 내가 공식적으로 버림받았던 그 순간.

"약이 좀 필요해서 약국에 데려다달라고 한 거고요, 좀비한테 휩쓸려서 엉겁결에 남은 거고요. 우현이는, 정이 좀 들긴 했지만 룸메이트 그 이상도 이하도 아니에요."

"그럼 내가 뭘 궁금해하는지도 알겠네. 그 시위대서 조만간 유토피아 팰리스를 친다는 정보가 있어. 알겠지만 난, 이 아파트가 무사하길 바라거든. 다영 씨도 마찬가지겠지만."

"무기를 보관하는 데인지는 모르겠지만 거기 사람들, 당인리를 교대해가며 지킨다고 했어요. 당인리 발전소 그 자체를 말하는 건지, 그 주위 어디를 말하는 건진 모르겠어요."

"심지은은 어디 있지?"

합정역 일대에 대형 철조망이 설치되기 시작했다. 조만간 다시 입주 추첨회가 열릴 것이다. 합정동 근처엔 강북에서 살아남은 사람 대다수가 몰려들었다. 근처 아파트에 임시로 자리를 잡고 추첨회를 기다리고 있다. 지금은 앞집, 옆집, 아랫집, 윗집에 있는 사람들이 입주권으로 인해 운명이 엇갈릴 것이다. 그래서 누군가는 팰리스민이 될 테고, 다른 누군가는 팰리스민의 아이볼이 돼줄 것이다.

지난 추첨회부터 이번 추첨회까지 이 아파트에 온전히 살아남은 사람이 나와 엑스를 포함해 열 명도 채 되지 않는다는 사실을 저들은 알까. 아니, 이 사실을 안다고 해서 저들이 입주에 대한 로망을 포기할 수 있을까.

엑스는 가드들을 해산시키며 내일 마저 작업하라고 지시했다. 가드들은 어느새 엑스의 말을 최 상무의 그것처럼 일사분란하게 따르고 있다.

엑스는 어깨에 힘을 잔뜩 준 채 인사를 하고는 뒤돌아섰다. 나는 엑스를 불렀다.

"최 상무가 오늘까지 마무리 지으라고 하지 않았어?"

"땡볕에 세 시간이나 일했어. 내일 아침에 해도 돼."

"그래도 최 상무가……."

"이제, 누나한테 줄 서면 되는 거 아니야? 새 동아줄이잖아."

엑스가 씨익 웃고는 나를 지나쳐갔다.

"아, 그리고 그때 그 참치 캔, 내가 주고 간 거다."

나는 피식 웃었다.

그때였다. 펑 하고 강력한 진동이 땅을 울렸다. 엑스는 내게 뛰어와 몸을 낮췄다.

"뭐야? 무슨 소리야?"

"한 번에 없애려나 보네."

"설마 이거 폭탄 소리야?"

나는 고개를 쳐들었다. 쿵, 진동은 한 번 더 울렸다. 엑스가 나를 거칠게 눌렀다.

"저거 강변북로 쪽이야?"

"누나가 말했다며."

심지은 하나 체포할 줄 알았지, 저렇게 통째로 날려버릴 줄은 상상도 못했다. 또 한 번 펑 하고 폭탄이 터진다.

"우현이, 우현이가 저기 있어!"

엑스가 날 더 세게 누르며 끌어안았다.

"조심해. 최 상무가 보고 있어."

나는 괜찮다. 진짜 괜찮다. 진즉에 이랬어야 했다. 나는 아파트를 포기할 수 없다. 그렇다면 우현을 포기했어야 했다. 둘 다 갖겠다는 욕심은 애초에 말이 안 됐다. 받아들여야 했다. 우현과 아파트를 동시에 가질 수는 없다. 찰랑거리는 긴 생머리와 두 발 뻗고 맘 편히 잘 수 있는 도덕적 무결함을 동시에 가질 수도 없다.

내게서 슬며시 멀어지던 우현을 기억한다. 그래, 내가 버린 것도 아니다. 그가 버린 거다. 어쩌면 사랑도 아니었다. 우리는 거기까지였다. 어딘가에 날 '덜' 사랑하는 그가 살아남아 다른 여자를 나처럼, 나보다 더 사랑하게 될 거라고 생각하기는 싫었다. 차라리 그가 폭탄 파편에 맞아 죽었다고 생각하는 게 낫다. 나는 계속 중얼거렸다. 나는 괜찮다, 괜찮다, 진짜 괜찮다. 모든 선택에는 기회비용이 발생한다. 포기해야 할 게 생긴다. 경제학 수업을 얼마나 들었는데, 여태 이 기초적인 공식을 부정해왔던 거다.

이성욱은 혹시 이번 작전이 다른 시위대를 자극할까 봐 대책 회의에 들어갔다. 예상보다 폭탄 소리가 컸고, 예상보다 많은 수의 시신이 나왔다고 한다. 이성욱은 그 바쁜 와중에 굳이 밥을 같이 먹자고 했다. 나는 보란 듯이 활짝 웃으며 김치찌개에 밥을 슥슥 비벼 먹었다. 일자눈썹이 죽었다고 생각하면, 밥 두 그릇도 뚝딱 해치울 수도 있었다. 이성욱은 만

족스러운 표정으로 회의실로 돌아갔다.

난, 괜찮다. 진짜 괜찮아야 했다. 진즉에 이랬어야 했다.

●

사람들이 바글바글 모여들었다. 머리칼을 듬성듬성 잘라내 낡은 축구공 같은 모양을 한 사람 머리들이 자석에 달라붙은 쇳가루처럼 다다다닥 붙었다. 이들의 시선은 단 한 곳, 전광판을 향했다. 전광판 속 늘씬한 여자는 쇼핑백을 잔뜩 쌓아두고 디저트를 즐기고 있다. 나도 입을 쩍 벌리고 저걸 보던 때가 있었다. 저 영상의 힘이 얼마나 압도적인지, 그 누구보다 내가 잘 알고 있다.

철조망은 지난번보다 더 넓게 쳐졌다. 그 밖에서는 한바탕 소란이 벌어졌다가 이내 잠잠해졌다. 아마도 공덕동 아파트를 개조한 유토피아펠리스 새 단지로 데려다주겠다고 약속했기 때문일 것이다. 사람들은 고분고분 버스에 올라탔다.

그즈음 추첨이 시작됐다. 환호와 비명, 절규와 분노가 뒤섞이는 순간. 아마도 저기는 꽤 시끄러울 것이다. 물론 내 귀에는 들리지 않는다. 나는 3층 커피숍에서 내려다보고 있다. 전광판 속 여자처럼 호화롭지는 않아도, 꽤 편하게 푹신한 소파에 앉아 저들을 감상 중이다. 겨우 수십 미터 위에 있을 뿐인데, 나는 제법 저들을 굽어 살피며 저들의 어둡고 빛나는 미래를 걱정까지 해주고 있다. 웃긴 일이다. 몇 시간 뒤면 나는 저들과 똑같이 눈알 수거에 나서야 할 텐데.

추첨은 일사천리로 끝났다. 떨어진 사람들은 달리 반항하지 않고 버스에 몸을 실었다. 공덕동에서는 추첨되리라는 실낱같은 희망이, 사람들을 고분고분하게 만드는 강력한 장치가 됐다. 추첨된 백 명의 사람들은 참치 통조림을 하나씩 허겁지겁 먹어치우고 합정역에 다시 집합했다. 일주일씩이나 고객 대접을 받으며 쉬었던 우리는 그야말로 팰리스에 살았구나 싶었다.

나는 합정역으로 내려가 사람들 앞에 서서 마이크를 쥐었다. 그래도 우리는 백신을 위한 거라는 다큐멘터리 비슷한 것도 보여주며 설득했었는데 이 사람들한테는 그마저도 필요 없나 보다. 최 상무는 내게 다짜고짜 눈알 수거 요령을 알려주라고만 했다.

불편한 침묵이 흘렀다. 큼큼, 괜히 목을 풀고 사람들을 둘러봤다. 나를 보는 사람들 눈에는 반드시 저 여자처럼 될 거라는 야망이 번뜩였다. 내가 느끼고 있는 이 감정은, 아무래도 우쭐함인 것 같다. 나는 긴 머리칼을 귀 뒤로 넘기며 새침하게 웃었다.

"크게 걱정하지 않으셔도 돼요. 저들의 눈알, 아니 아이볼은 쉽게 분리되거든요. 우선 머리를 내리쳐서 기절을 시키고, 음, 기절을 하면……."

나는 고개를 돌려 최 상무를 찾았다. 그는 철조망을 원위치시키기 위해 가드들과 얘기를 나누고 있다.

"기절을 하는 건지, 죽는 건지는 잘 모르겠고요. 어쨌든 쓰러뜨린 후 최대한 몸을 뒤로 빼고요. 괜히 파지티브를 고정시키려 어깨나 배를 밟았다간 발목을 물릴 수도 있어요."

사람들 사이로 당혹감이 흘러들었다. 나는 모르는 척 말을 이어가려다 멈칫했다. 그래, 지금 내가 하고 있는 말이 얼마나 어이없는지는 나도 잘 안다.

"제가 좀비 역할을 할게요."

나는 내게 다가서는 여자를 알아봤다. 시위대서 통신병 역할을 하던 여자다. 그녀가 눈에 익었던 이유도 알아냈다. 강북 고립 첫날 천막에서 봤던 투덜이였다. 그녀는 내 눈을 똑바로 보고 당당하게 걸어왔다. 나는 최 상무를 찾으려 다시 두리번거렸지만 그녀는 조금도 당황하지 않고 나를 향해 고개를 까딱였다. 무슨 뜻이지?

그녀는 이내 바닥에 누웠다. 항복을 하듯 두 손을 쳐들었다. 나는 아이볼 집게를 들어 그녀의 얼굴에 댔다.

"그냥 이렇게 눈 주위에 원을 그리도록 올려놓은 후 꾹 눌러주시면 됩니다."

내 목소리는 점점 작아졌다.

"그 상태에서 바로 뺀다고요?"

"계속 움직이면 어떡해요?"

질문들이 날아들었다. 나는 아무 대답도 할 수 없었다. 투덜이는 바닥에 누운 채 입술 모양으로 속삭이고 있었다.

'살아 있어요.'

이 여자가 누구를 말하는 건지, 나는 단번에 알아차렸다.

버스는 상수역으로 향하다 돌연 우회전했다. 운전대를 잡은 가드는 어디로 가는 거냐고 소리치는 내 말을 무시하고 당인리 발전소 앞으로 향했다.

"이대 앞으로 간다고 했잖아요. 이봐요! 이대 앞으로 가요!"

"저기요."

냉랭한 여자 목소리였다. 뒷좌석에 앉은 여자가 까칠한 눈을 하고 나를 보고 있었다. 나와 같은 원피스, 그 여자였다. 무지하게 예뻤던. 여자는 그때보다 훨씬 더 하얗고 청순해 보였다.

"그쪽이 엄청난 특권층인 건 알겠는데요, 코스까지 이래라 저래라 하는 건 아니죠."

미션 구역을 이제 코스라고 하나 보지? 뒤늦게 굴러 들어온 돌 주제에 안주인 노릇을 하고 있다. 하지만 나는 대항의 의지를 잃어버렸다. 옆에 앉은 지식인을 비롯해 뒷좌석 사람들은 모두 원피스와 같은 표정을 하고 있었다. 친했다곤 할 수 없지만 지식인의 싸늘한 표정은 적잖은 상처가 됐다. 양옆으로 앉은 신입들은 '저 여자가 마냥 실세는 아니구나' 하는 얼굴을 하고 있었다. 버스는 벌써 당인리 발전소 앞에 섰다. 가로수는 시커멓게 다 탔고, 길 군데군데 핏자국이 선명했다.

여기에 나를 노리는 사람들이 살아 있을지도 모른다고 말해봐야, 팰리스민들이 나를 위해 코스를 변경할 가능성은 없어 보였다. 오히려 나 하나만 내려놓고 출발할 가능성이 더 농후했다. 나는 사람들이 버스에서 내리는 중 투덜이를 잡아채 버스 뒤로 끌고 갔다.

"얼마나 살아남았어? 여기에 남아 있지 않아? 넌 여기 왜 들어온 거야? 무슨 꿍꿍이야?"

투덜이는 거칠게 내 손을 뿌리치더니 세상 제일 한심한 사람 보듯 나를 보았다.

"그쪽을 놓쳤는데, 우리가 계속 그 건물에 있었을 거 같아요? 거긴 좀비들밖에 없었을 거예요."

"내가 아파트에 네 존재를 밝히면……."

"그 전에 다 끝날 거예요."

"뭐가 끝나는데?"

"두고 보면 알겠죠."

"우현이는 어딨어?"

"그것도 곧 알게……."

투덜이의 몸이 갑자기 푹 고꾸라졌다. 등에 나무로 만든 화살이 꽂혀 있었다. 화살은 이내 내 바로 옆으로 또 떨어졌다. 건너편 3층짜리 건물에서 날아온 듯했다. 몸을 숙이고 버스를 돌아 나오니 벌써 다섯 명이 당했다. 버스를 다시 타려니 문으로 화살이 빗발쳤다. 원피스와 지식인이 저 앞 가로수 밑으로 뛰고 있었다. 주위에 큰 건물이 없어 그 방향으로는 화살이 확연히 덜 날아갔다. 나도 몸을 낮추고 뛰기 시작했다. 옳은 선택인지, 아닌지 판단할 여유도 없었다. 이 좁은 골목엔 양옆으로 예쁜 카페들이 줄지어 들어서 있다. 우리가 뛸 때마다 각 건물에서 좀비들이 튀어나왔다. 나는 까까머리 아줌마 좀비의 몸을 돌려세워 화살을 막고, 눈알을 빼려 했다. 바닥에 누운 아줌마와 눈이 마주쳤다. 화살은 또 날아들었다. 나는 아줌마를 놓고 뛰었다.

유리 공사 건물을 지나니 맞은편에 다시 고층 건물이 나타났다. 그곳에서 화살이 다시 날아들고 있다. 나는 유리 공사 옆 카페 문을 열고 들어섰다. 좀비는 없었다. 테이블 세 개. 무지개색 쿠션들이 빛이 바랜 채 바닥에 떨어져 있다. 계산대 앞에는 한 남자가 고개를 숙인 채 고꾸라져 있다. 나는 전기봉을 들고 조심스럽게 다가섰다. 봉으로 머리를 조심스럽게 드는데, 남자의 눈썹이 낯익었다. 일자눈썹이었다.

나를 올려다보는 남자의 눈은 고통에 심하게 일그러져 있었다. 허벅지에서는 꽤 많은 피가 흘러나왔다. 감염된 것 같지는 않았다. 남자는 나를 알아보고는 희미하게 코웃음 쳤다.

"그래도 이 세상이 날 완전히 버린 건 아니구만. 날 저 세상에 보내달라고 부탁해야 하는데 말이야. 네년만큼 적임자가 어딨겠어."

남자의 눈은 빨갛게 충혈돼 있었다.

"어서 보내줘. 마누라랑 자식새끼가 눈알 뽑혀서 저승길도 못 찾고 있을 텐데."

"밖에 화살 쏘는 사람들은 누구예요?"

"세상이란 게 그래. 내가 독해지면, 적도 독해져."

"누구냐고요."

"그냥 나 좀 보내주지. 우리 사이에 그 정도는 해줄 수 있잖아."

"성혜 언니는, 결국 죽은 거예요?"

남자는 점차 힘을 잃었다.

"거기에 폭탄 터뜨린 사람한테 물어봐야죠. 겨우 살려났더니, 거기 폭탄 터뜨린 건 그쪽이잖아요."

주방 쪽에서 또 다른 남자가 나타났다. 왼쪽 어깨에 더러운 수건을 덧대고 있었는데, 피가 꽤 많이 배어났다. 나는 다시 전기봉을 높이 쳐들었다. 어디까지 믿어야 할지, 머릿속이 어지러웠다.

"덕분에 강북에 있는 시위대가 죄다 모였으니, 감사를 해야 하나."

머리를 박박 깎은 내 또래 남자였다. 몸은 많이 말랐지만 굉장히 다부져 보였다. 무엇보다 눈빛이 살아 있었다.

"우리도 잘은 모르지만 저들의 목표는 좀비를 다 풀어서 공멸하자는 거예요. 우리가 강변북로를 사수라도 하는 줄 알고 저렇게 죽여대고 있는 거고."

그때 날카로운 여자의 비명이 날아들었다. 남자와 내가 동시에 문 앞으로 다가섰다. 여자의 비명은 계속됐다. 남자는 막아서는 나를 밀쳐내고 문을 열었다. 화살이 닿지 않는 왼쪽 후미진 골목에 지식인이 쓰러져 있었다. 그 옆에서는 원피스가 계속해서 소리를 지르고 있었다. 좀비들이 흐느적대며 모습을 드러내기 시작했다.

"도와주세요."

원피스는 넋을 놓은 듯했다. 나는 어딘가 찜찜해지기 시작했지만, 남자는 다가오는 좀비들을 죄다 쓰러뜨려줬다. 나도 두어 명 처리했다.

"괜찮아요?"

원피스는 고개를 숙이고만 있다.

"여기는 위험해요. 저 사람들이 곧 강변북로도 뚫……."

뚫린 건 강변북로가 아니었다. 남자의 목이었다. 원피스는 남자의 목에서 칼을 뽑고는 집게를 꺼내 쓰러진 남자의 눈알을 누르기 시작했다.

"감염자 아니야."

"그게 더 값 쳐주는 거 몰라요?"

나는 전기봉을 켠 손에 힘을 더 줬다. 그새 원피스는 능숙하게 좀비들의 눈알을 죄다 뽑고, 지식인의 눈알까지 획득했다. 나는 차마 볼 수 없었다.

"왜 그래요, 내 롤 모델께서."

그녀는 전기봉을 쥐고 잔뜩 얼어붙은 나를 비웃으며 지나쳐갔다. 여자는 일자눈썹이 있는 카페로 들어섰다. 나는 발길을 돌려 버스 방향으로 뛰었다. 어떻게든 돌아가야 했다. 전기봉을 휘두르며 좀비와 화살을 걷어내면서 버스를 향해 뛰었다. 맨정신으로는 이 거리를 절대 그냥 뛰지는 못했을 것이다. 하지만 나는 굉장히 화가 났고, 날아오는 화살 따위, 오히려 한 대 맞고 싶기까지 했다.

버스는 마침 시동을 걸고 있었다. 순간 문을 안 열어주면 어쩌나 걱정이 앞섰다. 하지만 내 뒤에서 원피스가 다시 나타났다. 버스는 끼익 서서 우리 둘을 태웠다. 화살이 빗발쳤다. 버스는 거칠게 앞으로 질주했다. 원피스는 미처 수습하지 못한 듯 주머니에서 눈알 두 개를 꺼내 병에 넣었다. 일자눈썹일까.

골목을 빠져나온 우리는 아파트 철망을 둘러싼 엄청난 수의 좀비를 봤다.

"씨×."

운전대를 잡은 신입이 욕을 내뱉었다. 강변북로가 결국 무너진 듯했다. 버스를 향해서도 수십 명의 좀비가 달려들었다. 남산 앞에서의 일이 또 떠올라 나도 모르게 몸을 움츠렸다. 차가 드나들 수 있었던 아파트 철문은 굳게 닫혔다.

"어떡하지?"

좀비들이 둘러싸서 버스가 흔들리기 시작했다. 하지만 이건 그리 걱정할 만한 게 아니었다. 저 멀리, 강변북로 쪽에서 쏟아져 나오는 좀비 떼에 비하면.

"진짜 뚫렸네."

"아이씨, 어떡하냐고요."

"밟아."

내가 말했다. 원피스도 이번만큼은 놀란 표정을 지었다.

"용서 안 할걸요."

"여기 있다가는 다 죽어!"

신입은 또 한 번 욕을 내뱉더니 액셀을 밟았다. 그리고 철문에 쿵 하고 부딪혔다. 반대편에서 최 상무가 길길이 날뛰는 게 보였다.

"안 열어줄 것 같은데."

앞 유리창에 좀비들이 꼈다가 우수수 떨어졌다.

"다시 박아! 내가 책임질게."

내가 손잡이를 단단히 잡으며 말했다. 어떻게든 아파트로 들어서지 않으면 좀비 떼에 당하는 건 한순간이다. 버스가 뒤로 후진했다가 다시 철문을 박았다. 사이에 끼인 좀비들이 피떡이 됐다.

"다시!"

후진을 하는데 앞 유리창에 총알이 날아와 박혔다.

"밟아!"

버스와 충돌하기 직전 철문이 아슬아슬하게 열렸다. 버스가 좀비 수십 명을 주렁주렁 매달고 아파트로 진입했다. 총소리가 이어졌다. 우리는 모두 의자 밑에 바싹 엎드렸다. 총소리가 조용해질 때쯤 조심스럽게 고개를 들었다. 최 상무는 여전히 날뛰고 있다. 두 손을 머리에 얹고 버스에서 내리자 잡아먹을 듯 달려왔다.

"미쳤어? 아파트 아작 내고 싶어서 환장했어?"

"어떻게 안 열어줄 수가 있어요?"

내 목에도 핏대가 섰다.

"저것들을 잔뜩 달고 오면 어떡해!"

"그렇다고 안 열면 어떡하느냐고요!"

"이 일은 반드시 리스판서빌리티가 누구한테 있는지 따질 거야!"

시의적절하게 원피스가 어지러운 척을 하며 쭈그리고 앉았다. 자기는 우연히 그 버스에 타고 있었을 뿐이었다는 걸 보여주기에 적절한 쇼였다. 하지만 오래가지는 못했다. 철문이 구르릉 소리를 내더니 넘어오기 시작했다. 버스가 충격을 주긴 했지만, 저 정도로 세게 박진 않았었다. 수십, 수백의 좀비가 철문을 넘어왔다. 우리는 누가 먼저랄 것도 없이 아파트 정문까지 뛰었다. 내가 앞장섰고, 쭈그리고 앉았다가 뒤늦게 상황을 파악한 원피스가 제일 늦었다. 정문 안에만 들어가면 어느 정도 버텨낼 것이다. 정문에 선 엑스가 빨리 오라고 손짓하는 게 보였다. 나와 신입, 가드 몇몇이 정문을 통과했다. 최 상무와 원피스가 뒤따랐다.

"빨리요!"

최 상무가 문을 통과했다. 뒤이어 원피스의 손이 정문에 닿는 순간, 군복을 입은 좀비가 그녀의 목덜미를 물었다. 눈알을 잔뜩 담은 유리병이 떨어져 데굴데굴 굴러 들어왔다. 엑스는 재빨리 정문을 닫고, 삼중 보호 철문을 걸어 잠갔다. 원피스는 고성을 지르더니 이내 좀비 떼 사이로 자취를 감췄다. 저격수들이 자리한 5층 창문에서 총알이 빗발쳤고, 좀비가 하나둘씩 쓰러지기 시작했다.

"얼마 못 버티겠지?"

최 상무의 오른팔에서 피가 흘러내렸다. 우리는 즉각 물러섰다.

"물렸어요?"

"아니야, 부딪혔어. 약 좀 바르면 돼. 이건 너네 할당분으로 올려주지."

그는 원피스의 유리병을 주워 들더니 태연하게 106동 쪽으로 걸었다. 나와 엑스가 뒤따랐다. 최 상무의 걸음걸이는 묘하게 점점 빨라졌다. 이내 뛰기 시작했다.

"잡아야 돼."

전기봉을 쥔 엑스가 따라 뛰기 시작했다. 나도 따라 뛰었다.

최 상무는 도로를 건너 106동으로 가는 듯하더니 방향을 바꿔 반대쪽으로 달리기 시작했다. 이성욱이 머무르고 있는 105동이었다. 최 상무는 잠시 멈추고 숨을 헐떡이고는 다시 달렸다. 눈에 띄게 휘청거렸다.

"괜찮으세요?"

우리가 불러봤지만 최 상무는 답을 하지 않았다. 그는 멀리서 엘리베이터에 올라탔다. 문이 이내 닫혔다. 뒤이어 도착한 나와 엑스는 가까스로 열림 버튼을 눌렀다. 좀비로 변해 있을 상황을 대비해서 전기봉을 든 엑스의 뒤로 몸을 숨겼다. 문이 다시 열렸다. 그리고, 나는 내 눈을 의심했다. 그는 뭔가를 먹고 있었다. 그 손에 잔뜩 들려 있는 건, 원피스가 모아온 눈알이었다.

●

"괜찮아, 괜찮아질 거야."

최 상무가 신들린 사람처럼 중얼거렸다. 나도, 엑스도 아무 말 하지 못했다.

"죽이지 마, 죽이지 마. 이거 먹으면 괜찮아. 진짜야, 어디 말하면 안 돼."

"일단 내리세요."

나보다 안정을 먼저 찾은 엑스가 말했다.

"진짜야. 여기서 뭐 추출한 거 먹으면 괜찮다 그랬어. 강남 사람들 지금 많이 괜찮아졌잖아. 괜찮아."

"뭘 먹인다고요?"

내가 열림 버튼을 누른 채 말했다. 최 상무는 남은 한 개까지 모두 삼켰다.

"말하면 안 돼. 나도 자세히는 몰라. 더 없어? 더 필요해. 나 좀 보내줘. 위에 70층에 모아둔 게 있어⋯⋯."

최 상무는 잠깐 경련을 일으키는 듯하더니 눈을 하얗게 뒤집었다. 그러고는 엑스를 향해 달려들었다. 엑스는 전기봉을 들어 최 상무를 내리쳤다. 하지만 그는 과연 최 상무였다. 끈질기게 우리 목덜미를 노렸다. 엑스는 전기봉을 놓쳤고, 우린 다시 뛰는 수밖에 없었다. 소리를 치며 105동을 빠져나왔다. 최 상무는 몇 번이나 우리를 잡을 뻔했다. 잘 먹고 죽은 좀비는 역시 힘도 세다.

"도와줘!"

맞은편에 선 신입들에게 내가 외쳤다. 한 명이 달려오면서 골프채로 최 상무의 머리를 날려버렸다. 신입 세 명이 최 상무의 주위를 둘러싸더니 서로 눈알을 빼겠다고 달려들었다.

나는 쭈그리고 앉아 신물을 토해냈다. 식도부터 콧구멍까지 쓰라렸다.

엑스와 내가 나란히 윤 이사의 호출을 받았을 때, 우리는 최 상무의 빈 자리를 차지하게 되는 것인지 아주 살짝 들뜨기도 했었다. 발칵 뒤집어진 합정동 일대를 관리하라는 미션도 좋을 것이고, 강남으로 함께 넘어가 다음 전략을 짜보자는 제안도 좋을 것이다. 우리의 삶이 어떻게 나아갈 것인지, 엑스와 나는 엘리베이터 안에서 조심스럽게 의견을 나누기도 했다. 그때만 해도 우리는 전혀 예상하지 못했다. 이성욱이 CCTV 영상을 내밀며 우리를 추궁할 것이라고는.

"최 상무의 말을 어디까지 이해했는지를 알아야겠는데."

죽기 직전 최 상무가 엘리베이터에서 눈알을 꿀꺽 삼키는 장면이 다시 플레이됐다. 나와 엑스가 적잖이 당황하는 표정이 고스란히 담겼다. 그리고 곧 괜찮아질 거라고 말하는 최 상무의 음성도 또렷하게 들렸다.

"저게 다예요."

엑스가 불길한 기운을 감지한 듯 선을 그었다. 나도 서둘러 고개를 끄덕였다.

"믿을지 모르겠지만 최 상무가 한 말은 사실이 아니야. 저걸 강남 사람들만 먹인다는 건 억측이야."

강남 사람들에게만 돌아간다는 게 억측일까, 그 사람들에게 먹인다는 게 억측일까.

"네, 우리도 그렇게 생각하지 않습니다."

엑스가 또 덧붙였다.

이성욱은 생각에 잠긴 듯했다.

"말은 고맙지만, 난 좀 더 확실하길 바라지. 억울하고 화나겠지만, 그것도 인생의 일부니 받아들여야겠지."

나는 이성욱의 말을 전혀 이해하지 못한 반면 엑스의 표정은 눈에 띄게 굳었다. 이성욱은 주머니에서 권총을 꺼내 들고 쐈다. 엑스는 사무실 문밖으로 뛰쳐나갔다. 바닥에 피가 흘렀다. 이성욱은 엑스를 따라 뛰었지만 이내 다시 사무실로 들어왔다. 나는 소파에 털썩 주저앉았다가 다시 일어섰다. 이성욱은 아직 권총을 들고 있다.

　"가슴께를 맞았으니 오래가진 못할 거야. 지금 강북 사람들을 자극하는 그 어떤 것도 새어 나가선 안 돼. 다영 씨는, 완전히 내 편이지?"

　이성욱은 내게서 시선을 떼지 않았다. 또다시 시험대 위에 올라선 기분이다. 나는 고개를 끄덕였다.

　"그걸론 부족해."

　"당연히, 회장님 편이죠."

　이성욱은 권총을 주머니에 넣었다.

　"헬기 오면 강남으로 넘어갈 거야. 준비해."

　그는 금세 사라졌다.

　강남으로 갈 때 챙겨야 할 건 뭘까. 지갑에 있을 신분증? 아무 쓸모 없어진 휴대폰? 나는 뭔가 챙겨야 할 게 있다고 스스로 되뇌며 이전에 살았던 102동으로 향했다. 그래, 우현과의 추억을 내 생애 마지막으로 곱씹을 기회가 될 것이다. 나는 80층에 미리 올라가 헬기를 기다려도 모자랄 판이라고 생각하면서도 예전 집으로 향하는 발걸음을 되돌리지 못했다. 엘리베이터 버튼을 누르는데, 나와 우현, 성혜 언니, 정호가 피로에

찌든 몸으로 엘리베이터에 올라타던 예전이 떠올라 울컥했다.

엘리베이터에서 내리자 바닥에 뻗어 있는 남자 다리가 보인다. 낯익은 반바지. 엑스다! 그는 우리 집 앞 현관에 쓰러져 있었다. 나는 순간 망설였다. 그런데 다리가 조금씩 움직였다. 나는 뛰어서 엑스에게 다가갔다. 엑스의 팔을 잡아당기고 있는 소녀와 눈이 마주쳤다. 우현이 데려왔던 열 살짜리 꼬마였다. 얘의 존재를 완전히 까먹고 있었다. 소녀를 도와 엑스를 집 안으로 옮겼다. 이 모습을 이성욱이 CCTV로 보고 있을지도 모르지만, 그가 강남으로 갈 준비에 바쁘길 바라는 수밖에 없었다.

현관문이 닫히고 엑스가 거실 입구에 그대로 쓰러졌다. 소녀는 눈물로 범벅이 돼 있었다.

"그동안 이 오빠가 보살펴줬니?"

소녀는 고개를 끄덕였다.

"수건이랑 옷이랑 암튼 천 같은 거 다 가져와."

소녀는 후닥닥 뛰어가더니 성혜 언니의 티셔츠 몇 장을 가져왔다.

"이거밖에 없는데."

"응, 괜찮아."

나는 티셔츠를 건네받아 엑스의 배를 눌렀다. 피가 계속 흘렀다.

"내가 순진했던 거지?"

엑스가 쓴웃음을 지었다.

"말하지 마."

"내가 여기서 살아 나가지 못할 거라는 거, 누나도 알잖아."

"말하지 말라니까."

"내가 순진했어. 열심히 살면 성공한다길래, 그 말만 믿었지. 애초에 남이 짜놓은 판인데, 거기서 어떻게 성공을 하겠다고."

엑스의 입으로 피가 한 움큼 쏟아졌다. 무슨 말을 해줘야 할까. 넌 최선을 다했으니 그것만으로도 아름다웠다? 아무리 죽어가는 애 앞이지만 그딴 소리는 할 수 없다.

"누나는 좋겠다. 나도 여자로 태어날걸."

"뭐라고?"

"누나는 좋겠다고."

나는 엑스를 놓고 자리에서 일어섰다. 엑스가 한 번 더 피를 토해냈다.

"나쁜 새끼."

엑스와 내가 마지막으로 눈이 마주쳤다. 네 눈에 보이는 나는 그런 여자였구나. 나는 그의 말을 반박할 수가 없어서 더욱 화가 났다.

"어디 가세요?"

소녀가 눈물을 닦으며 말했다. 널 버리고, 이 지긋지긋한 강북을 벗어날 거라고 말해버리고 싶었다.

"일단 나가자."

소녀는 의식을 잃은 엑스의 옷자락을 놓고 떨어지지 않았다.

"그럼 여기 있든지."

나는 우현의 방을 보지 않기로 결심했다. 그대로 다시 현관문을 열고 복도로 나왔다. 소녀가 어느새 내 허리춤을 잡는 게 느껴졌다. 엘리베이터 버튼을 눌렀다.

  105동으로 다시 가기 위해서는 정원과 도로를 통과해야 했다. 나는 자연스럽게 꼬마를 잃어버리고 헬기에 탑승할 계획이다.

  "뭐 좀 먹어야 되지? 잠깐만 여기 있어, 식당 가서 뭐 좀 가져올게."

  괜찮다는 아이의 팔을 뿌리치고 뛰기 시작했다. 울음소리가 들렸지만 이내 묻혔다. 철조망 밖에서는 좀비 떼의 그르렁거림과 이들을 향한 총소리가 절정에 달했다. 다시 세운 철조망은 언제든 또 넘어올 듯 위태롭게 흔들렸다. 맞은편 합정역 주상복합 아파트 옥상에 빛이 잠깐 깜빡하는 듯했다. 비어 있을 텐데, 나는 시선을 던지며 발걸음을 재촉했다.

  105동 80층에서는 이성욱과 윤 이사 그리고 가드 한 명이 전기봉을 점검 중이었다. 윤 이사는 내게로 와서 전기봉을 하나 건넸다. 만에 하나를 대비하기 위한 것이라고 했다.

  "헬기는 2분 후에 도착할 거예요."

  윤 이사의 말투에는 데려가는 것도 황송할 텐데 시간을 아슬아슬하게 지키느냐는 가시가 돋아 있었다. 나는 전기봉의 전원을 켰다가 다시 껐다.

  "그럼 올라가지."

  우리는 계단을 이용해 옥상으로 올라갔다. 깜깜한 밤, 나는 마치 어두운 허공에 무중력 상태로 떠있는 듯한 느낌이 들었다. 맞은편 아파트 옥상에서는 아무 불빛도 보이지 않았다. 내가 잘못 봤나 보다. 이제 우리 옥상에 불이 환하게 켜졌다. 멀리 헬기 소리가 들리기 시작했다. 그래, 이래야 했다. 진즉에 이래야 했다. 나는 두 손에 힘을 주고 침을 꼴깍 삼켰다. 나는 다시 집으로 돌아간다.

그때였다. 맞은편 아파트 옥상에 다시 불이 확 켜지더니 쿵 폭탄 소리가 났다. 그리고 헬기가 중심을 잃었다. 옥상 끄트머리에 충돌하곤 그대로 밑으로 곤두박질쳤다. 총소리가 빗발쳤다. 우리는 다시 비상구 방향으로 뛰었다. 이성욱이 제일 빨랐다. 그는 문을 통과하고 그대로 계단 밑으로 뛰어 내려갔다. 그 바람에 문이 다시 닫혔다. 내가 낑낑거리며 다시 문을 열고 윤 이사와 함께 계단으로 진입했다.

"저기로요!"

윤 이사가 계단 아래를 가리켰다. 이성욱은 아래층에서 가드와 씩씩거리고 있었다. 이번엔 유리창이 세게 흔들렸다. 폭발음이었다. 1층에서 헬기가 폭발했다. 철문이 넘어지고 좀비들이 쳐들어오는 게 보였다.

"× 같네."

이성욱이 욕을 내뱉었다.

"방화벽 내려."

"그럼 우리가 고립됩니다."

"좀 버티다 다음 헬기 부르면 돼."

"앞 동에 불이 붙었습니다. 저들이 뭘 가졌을지 몰라요. 붕괴 위험도 예상하셔야 합니다. 일단 빠져나가시는 게……."

102동 유리창이 차례로 박살 나며 굉음을 냈다.

"저것들이 벌써 정문 코앞까지 왔잖아! 에이씨! 일단 70층부터!"

나와 윤 이사가 70층에 엘리베이터를 대기시키고 기다리는 동안, 가드와 이성욱이 캐리어 네 개를 가져왔다. 안에 뭐가 들어 있을지는 자명했다. 나와 윤 이사가 캐리어 하나씩을 받았다. 그 누구도 이 가방에 대해 말하지 않았다. 엘리베이터는 4층에 도착했다. 지하 주차장에 가려면 갈아타야 했다. 가드가 앞장서서 내리고 우리가 뒤따랐다. 나는 너무 무서워서 누군가를 붙잡고 싶었다. 바로 옆에 이성욱이 있었지만, 왠지 그를 잡아서는 안 될 것 같았다.

　"차도로 한남대교까지 갈 수 있겠어?"

　"그 전에 헬기가 내려올 수 있을 겁니다. 일단 빠져나가시죠!"

　가드가 모퉁이를 돌아나가며 속삭였다.

　탕.

　가드가 그 자리서 쓰러졌다. 그리고 4층에 불이 모두 꺼졌다. 이내 한 여자와 건장한 남자 세 명의 실루엣이 드러났다.

　"이렇게 뵙는군요."

　심지은의 목소리였다. 이성욱은 즉각 권총을 뽑아 들었지만, 상대편의 움직임이 더 빨랐다. 총을 장전하는 소리가 공포스럽다. 이성욱은 두 손을 들었다.

　"무슨 짓이요?"

　"총부터 던지시고요."

　이성욱은 잠깐 머뭇거리더니 총을 내려놨다.

　"방금 헬기를 떨어뜨린 건 우리 짓이 아니에요. 우리보다 훨씬 더 급진

적인 시위대예요."

"그래서요?"

"이왕 죽을 거 다 같이 죽자는 주의죠. 강북을 쓸어버리고, 모두 좀비로 만들어서 강남으로 진격하자는. 회장님의 사업에 꽤 큰 걸림돌이 될 테죠."

"원하는 게 뭐지?"

"우리가 돕겠습니다. 대신, 생존자들을 들여보내줄⋯⋯."

"더 들을 것도 없겠네요. 고작 그 총 몇 자루로 우리를 돕겠다는 거요?"

"방해는 안 할 수 있죠."

"말도 안 되는 소리."

"오랜만이야, 다영 씨."

심지은이 갑자기 내게 말을 걸었다. 그리고 이 말을 신호로, 한 남자가 잽싸게 다가와 내 목을 감았다. 전기봉을 켜보려 버둥거렸지만 남자의 힘이 너무 셌다.

"왜 여기 있지? 식당가에 있다고 하던데."

나는 남자 팔뚝에 목이 막혀 아무 말도 할 수 없었다.

"어떻게 방해를 할 건데?"

이성욱의 관심은 심지은에게 가 있었다.

"정문을 열 수⋯⋯."

그 순간, 남자 한 명이 쓰러졌다. 윤 이사가 전기봉을 켜서 던진 것이다. 그와 동시에 이성욱이 총을 주워 들어 두 발을 쐈다. 이성욱은 나를 쥐고 있던 남자를 가장 마지막에 쐈다. 그러고는 가드가 갖고 있던 캐리어까지 끌고 뛰기 시작하며 심지은 쪽을 향해 한 방을 더 쐈다. 어두워서 명중까지 됐는지는 알 수가 없었다. 뒤따르는 윤 이사의 구두 소리도 들렸다.

"빨리 와! 다영 씨! 캐리어 갖고!"

이성욱의 목소리였다. 나는 무언가에 발이 걸려 넘어졌다. 일어서는데 바로 옆에서 인기척이 느껴졌다. 신음을 토해내는 심지은이었다.

"우현이가 당신 구하러 갔어, 식당가로."

심지은의 목소리는 금세 괜찮아졌다. 나는 대답하지 않고 이성욱의 목소리가 나는 방향으로 뛰었다.

두 사람은 지하 4층 주차장에 먼저 도착했다. 몇 번 넘어지긴 했지만 나도 뒤이어 지하 4층에 도착했다. 두 사람은 마치 탱크같이 생긴 대형 지프차에 올라타고 있었다. 차는 내 앞에 멈춰 섰다. 갑자기 벼락같은 경고음이 울렸다.

"이것들이! 결국 정문을 열었군."

내가 뒷좌석에 올라타서 문을 채 닫기도 전에 차는 거칠게 앞으로 질주했다.

"캐리어 꽉 끌어안아!"

운전석에 앉은 성욱은 반쯤 이성을 놓은 듯 보였다. 내 옆에는 캐리어 네 개가 놓여 있었다. 나는 캐리어를 꽉 잡았다. 차에서는 무전기 소리가 계속 났다. 이성욱은 무전기를 들어 헬기를 상수역 근처에 다시 띄우라는 명령을 내렸다.

차는 주차장을 빠져나와 도로에 진입했다. 여기저기 불꽃이 일고 좀비들이 날뛰었다. 좀비들은 우리 차에 조금만 부딪혀도 저 멀리 튕겨 나갔다. 102동은 불에 거의 다 탄 상태였다.

'우현이가 당신 구하러 갔이.'

심지은의 목소리가 귓전에 울렸다. 차가 101동을 지나갔다. 정문으로 좀비들이 신나게 뛰어 들어가는 게 보였다. 캐리어가 흔들려 나는 다시 꽉 잡았다.

'우현이가 당신 구하러 갔어.'

나는 고개를 돌려 앞을 보았다. 백미러로 이성욱의 얼굴이 보였다.

'우현이가 당신 구하러 갔어.'

"잠깐만요!"

"왜!"

이성욱이 성질을 냈다.

"저 내려주세요!"

"뭐?"

"저 가봐야 해요! 빨리요!"

"미쳤어? 뭐라는 거야?"

마침 좀비 셋이 한꺼번에 앞 유리창으로 돌진해 차가 속력을 줄였다. 나는 문을 열고 도로로 뛰어내렸다. 내 발에 걸린 여자 좀비가 넘어지면서 가르릉 소리를 냈다. 나는 벌떡 일어나 지하 식당가로 향하는 계단을 찾았다. 계단 입구에서 헤매고 있는 좀비 몇을 밟고 계단에 내려섰다. 그리고 지하 1층으로 뛰기 시작했다.

"우현아!"

식당가는 이미 좀비로 빼곡했다.

"우현아!"

그의 이름을 이렇게 크게 부르며 달리는 건 처음이었다. 늘 그가 "다영아!"라고 외치며 뛰어왔었다.

"우현아!"

심지은이 굳이 거짓말을 했을 리는 없다. 그리고 무엇보다도 난 우현을 믿는다. 그는 분명, 나를 구하러 식당가에 왔을 것이다.

"우현아!"

전기봉을 휘둘렀지만 모든 좀비를 막기엔 역부족이었다. 물리는 건지, 긁히는 건지 팔다리에 상처가 조금씩 생겼다. 하지만 걸음을 멈출 수 없었다.

"우현아!"

"다영아!"

분명 우현의 목소리였다. 샌드위치 집 쪽이다. 나는 전기봉을 더 세게 휘둘렀다. 몇몇 좀비가 물러섰다. 나는 한걸음에 달려가 샌드위치 집 문을 열었다. 유리로 된 문을 여니, 우현이 쓰러져 있었다.

"우현아! 괜찮아?"

"나 찾으러 온 거야?"

나는 우현을 품에 안았다. 그의 상체는 피로 흥건했다. 나는 그의 얼굴을 닦았다. 까만 두 눈이, 나를 보고 있다.

"너 여긴 왜 왔어!"

"너 찾으러."

"바보야! 날 왜 찾아!"

"몰라. 너 가는 데에는 본능적으로 따라가게 된다니까."

우현이 희미하게 웃었다.

"너도 그래서 와준 거지?"

나는 고개를 끄덕였다.

"나도. 도무지 이유를 모르겠다."

눈물이 흘렀다. 우현이 몸을 일으켜 나를 끌어안았다.

"정말 좋았어. 네가 택시에서 내려서 나만 보고 걸어왔을 때, 정말, 정말 좋았어. 그리고 이렇게 또 와줘서 고마워. 그리고 미안해."

"나도 미안해."

내 얼굴은 눈물로 범벅이 됐다. 다시 펑 하고 폭발음이 들렸다. 유리문에 금 가는 소리가 요란하다.

"그리고 그때 못 준 거."

그가 주머니에서 반지를 꺼내 내 네 번째 손가락에 끼웠다. 우리 둘 다 손이 덜덜 떨렸다.

"그때 백화점에서 가져왔는데, 너한테 줄 용기가 없더라."

"미안해."

진심이었다.

"내가 미안하지. 이제 빨리 도망가. 나 물렸어."

우현의 목소리가 작아졌다.

"응, 봤어."

그가 다시 희미하게 웃었다.

"빨리 가."

"나도 물렸어."

나도 씨익 웃었다. 유리창이 깨진다. 그 틈새로 좀비들이 상체를 구겨 넣고 있다.

"넌 백……."

"아냐, 이제 백신 같은 거 없어. 없어도 돼."

나는 우현을 다시 안았다. 우현이 작은 경련을 일으킨다. 나는 그를 더 세게 안는다. 내 몸에도 경련이 인다. 그도 나를 더 세게 안는다. 나는 이후의 일을 계산한다. 아마도, 우리는 이대로 오랫동안 행복할 것이다.